MÉMOIRES
SECRETS
POUR SERVIR À L'HISTOIRE
DE LA
RÉPUBLIQUE DES LETTRES
EN FRANCE,

DEPUIS MDCCLXII JUSQU'À NOS JOURS;

O U

JOURNAL
D'UN OBSERVATEUR,

CONTENANT les *Analyses des Pieces de Théâtre qui ont paru durant cet intervalle ; les Relations des Assemblées Littéraires ; les notices des Livres nouveaux, clandestins, prohibés ; les Pieces fugitives, rares ou manuscrites, en prose ou en vers ; les Vaudevilles sur la Cour ; les Anecdotes & Bons Mots ; les Eloges des Savans, des Artistes, des Hommes de Lettres morts, &c. &c. &c.*

TOME DIXIEME.

. . . . *huc propius me,*
. . . . *vos ordine adite,*
Hor. L. II. Sat. 3. vs. 81 & 82.

A LONDRES,
CHEZ JOHN ADAMSON.

M. DCC. LXXX.

MÉMOIRES

SECRETS

POUR SERVIR A L'HISTOIRE DE LA RÉPUBLIQUE DES LETTRES EN FRANCE, DEPUIS MDCCLXII, JUSQU'A NOS JOURS.

ANNÉE M. DCC. LXXVII.

1 *J*Anvier. Le même Chevalier de *Rutlidge*, se disant l'Auteur du *Bureau d'Esprit*, vient de faire imprimer des *Observations à l'Académie Françoise*, au sujet de la *Lettre de M. de Voltaire sur sa Traduction de Shakespear*. Quoique l'Auteur ait souvent raison, on y trouve une dureté de style & de critique bien opposée à l'enjouement de sa comédie, ce qui empêche ceux qui le connoissent de en croire l'auteur, malgré son aveu. Ils assurent que c'est un menteur impudent, s'étant

Tome X.   A

déclaré déjà plusieurs fois le pere d'écrits anonymes, dont les auteurs avoient à deſſein &
par néceſſité gardé l'incognito, & qui avoient
repris leur bien, les cauſes de leur ſilence ne
ſubſiſtant plus.

2 *Janvier* 1777. *La Poſte du ſoir*, malgré
tous les obſtacles, a paru hier, & ſe continue. Juſqu'à préſent elle eſt très-platte, &
l'on étoit ſi perſuadé qu'elle n'auroit pas lieu
ou qu'elle ſeroit mauvaiſe, qu'il n'y avoit au
commencement de l'année que mille ſouſcripteurs.

3 *Janvier*. Le Sr. de Beaumarchais profitant
de ſon aſcendant ſur l'eſprit du Comte de Maurepas, pour obtenir la permiſſion d'entretenir
de nouveau le public, donne un Mémoire
dont on parle beaucoup, & qui roulant toujours ſur ſon affaire n'en peut être qu'une
répétition faſtidieuſe. Malgré les réglemens il
l'a mis en vente, eſpérant en faire de l'argent.

3 *Janvier*. Un jeune Officier aux Gardes,
nommé M. *de la Belinaye de la Roirie*, eſt
devenu éperdument épris de Mlle. *Beaumeſnil*
de l'Opéra, & l'a enlevée à ſon oncle, qui
l'entretenoit. Non content de cet exploit, il
a voulu ſe lier à elle d'un nœud indiſſolube &
l'épouſer. L'Actrice s'y eſt refuſée généreuſe-
ment, en lui faiſant ſentir l'éclat ſcandaleux
que cet hymen feroit dans le monde, le tort
qui en réſulteroit pour lui, forcé de quitter
ſon emploi & le dégoût qu'il pourroit prendre
d'elle enſuite ; ce qui les rendroit malheureux
l'un & l'autre. Ce diſcours ſenſé n'a fait que
l'enflammer davantage, & rien n'ayant pu
vaincre ſon Amante, il s'eſt retiré à *la Trappe*;

aventure qui fait l'objet des converſations du jour.

3 Janvier 1777. On écrit de Geneve que M. de Voltaire travaille avec plus d'ardeur que jamais ; qu'il eſt dans un accouchement laborieux, ſans qu'on diſe ce que c'eſt. On préſume que c'eſt la tragédie qu'on a annoncée.

4 Janvier. La nouvelle production du Sr. de Beaumarchais a pour titre : *Suite de la juſtification*, &c. C'eſt une rapſodie contenant diverſes pieces judiciaires relatives à ſon procès.

Dans le courant de ſa Requête, il a inféré un diſcours qu'il avoit préparé pour être prononcé devant les deux Chambres du Parlement ; morceau oratoire fort bien fait, mais purement de parade, deſtiné à flatter les Juges & à amener une oraiſon funebre du Prince de Conti, où l'amour propre de l'auteur ne s'exalte pas mal en exaltant le héros & s'identifiant en quelque ſorte avec lui.

5 Janvier. Le Sr. le Breton, Imprimeur de l'*Almanach Royal*, s'eſt attiré une affaire très-fâcheuſe pour une innovation qu'il a voulu y faire. Au rang des Premiers Préſidens du Parlement de Paris, il a mis *Etienne François d'Aligre*, 1768, rétabli le 12 Novembre 1774; & puis *Louis Jean Bertier de Sauvigny*, le 13 Avril 1771, juſqu'au 12 Novembre 1774. Depuis qu'on s'eſt apperçu de cette inſertion ſcandaleuſe, on a arrêté le débit du livre juſqu'à ce qu'on y ait ſubſtitué des cartons. On a également mis au rang des Procureurs généraux & des Avocats généraux, les Srs. *de Fleuri*, *de Vergès* & *de Vaucreſſon*. L'Impri-

A 2

meur eft d'autant plus repréhenfible , qu'au lieu de foumettre fon ouvrage à la cenfure de M. de Mairobert , auquel il avoit été adreffé , il a jugé à propos de fe choifir M. de Cré-billon : ce qui annonce de la manœuvre & de la mauvaife foi. On ne fait comment il s'en tirera , le Parlement ayant fort à cœur de venger cette infulte.

6 *Janvier* 1777. Il y a environ 177 ans, de-puis que M. Péricard , Evêque d'Avranches arrêta dans fes Statuts Synodaux qu'il ne fe-roit plus permis d'inhumer dans les églifes de fon Diocefe. Douze Pafteurs du premier or-dre , le fiecle dernier , quelques autres au com-mencement de celui-ci & un grand nombre dans ces derniers tems, ainfi qu'on le voit dans le curieux Requifitoire du Promoteur du Diocefe de Rhodès , du 11 Juin 1774 , fur les fépultures , ont arrêté de femblables défenfes. Tout récemment M. l'Archevêque de Tou-foufe & le Parlement ont conjointement pris des mefures à cet égard. Enfin , après un Arrêt rendu il y a quinze ans par le Parlement de Paris pour ordonner le tranfport des ci-metieres hors de l'enceinte de la capitale fur les conclufions de M. de Saint-Fargeau , alors Avocat-général , eft intervenu l'année der-niere une Déclaration confirmative , & ce-pendant l'abus n'eft pas détruit ; il fubfifte , & il n'y a rien de changé. C'eft ce qui a indigné M. Molé , Avocat au Parlement , & lui a donné lieu d'écrire fa Lettre , datée du 1er. Novembre , qu'on a déjà annoncée. Elle roule *fur les moyens de transférer les cimetieres hors l'enceinte des villes.* Il faut voir dans fon ou-

vrage même ce détail trop long & trop difficile à exttaire. Il ne paroît pas qu'il ait encore
atteint le point de perfection à cet égard ; mais
il donne des idées qu'on peut améliorer.

7 Janvier 1777. Outre la *Requête des Soldats
à la Reine*, dont on a parlé il y a plusieurs
mois, on voit manuscrit l'*Extrait d'une Lettre
d'un Grenadier du Régiment de Champagne à
un de ses camarades à l'Hôtel des Invalides*.
Cette critique que, pour conserver sans doute
le costume, on a trop exactement lardée de
F...... & de B....., porte non seulement sur les
coups de plat de sabre, mais sur plusieurs autres points de la constitution & de la discipline nouvelle, tels que la maniere de conduire en procession les Soldats à la messe, de
mettre les Eleves de l'Ecole Militaire sous la
direction de moines, de défendre à un Général
d'avoir plus de 24 Officiers à sa table, aux
Capitaines de donner des bals ou des soupers
dans les garnisons, d'empêcher les réceptions
que se faisoient les Régimens les uns aux autres en passant par les villes ; on blâme l'affectation d'avoir détruit les Grenadiers à cheval,
les Mousquetaires ; d'avoir ôté les timbales à la
Cavalerie, les tambours aux Dragons ; enfin
d'avoir supprimé les Vétérances, les pensions
& une foule d'Officiers réduits à la fainéan-
tise. Il y a quelque sel, beaucoup de vérité &
des épigrammes un peu dures dans cette facétie, qui pourroit cependant être infiniment
mieux faite.

8 Janvier. Le célèbre *Piccini* est arrivé
à Paris depuis peu. C'est un homme d'environ
cinquante-cinq ans. Il est petit, maigre, pâle,

comme prefque tous les gens de génie. Il a
beaucoup de feu dans les yeux ; il paroit con-
fumé de travail, ayant déja compofé plus de
120 Opéra, tant bouffons que férieux. Il ne
fait pas parler François. Il a été accueilli par
fon digne éleve, M. Grétry. On compte qu'il
va achever de confommer la révolution & anéan-
tir abfolument la Mufique Françoife. Les Directeurs actuels de l'Opéra l'ont appellé pour
inftituer & commencer ici une nouvelle Ecole.

10 *Janvier* 1777. L'affaire du Sr. Le Breton
paroît affoupie, au moyen de cartons qu'il a
mis aux nouveaux exemplaires de *l'Almanach
Royal* qu'il diftribue.

11 *Janvier* 1777. On voit depuis peu ici deux
volumes imprimés en pays étranger, qui ne
font que les premiers d'un ouvrage très-éten-
du. On en va juger par le titre fort détaillé :
*Mémoires fecrets pour fervir à l'hiftoire de la
République des Lettres en France, depuis 1762
jufqu'à nos jours, ou journal d'un Obfervateur,
contenant les Analyfes des pieces de Théâtre qui
ont paru durant cet intervalle ; les relations des
Affemblées littéraires ; les notices des Livres nouveaux, clandeftins, prohibés ; les pièces fugitives, rares ou manufcrites en profe ou en vers ;
les Vaudevilles fur la Cour ; les Eloges des Savans, des Artiftes, des hommes de Lettres morts,
&c.* Par feu M. de *Bachaumont* ; avec cette Epi-
graphe : .... *Huc propius me, ... vos ordine
adite.* (Cette notice eft tirée de Nouvelles à la
main très accréditées dans Paris).

11 *Janvier.* Les Adminiftrateurs actuels
de l'Opéra ont fait exécuter une nouveauté.
C'eft un petit acte intitulé : *Alain & Rofette,*

ou la Bergere ingénue, Ballet. Les paroles font d'un nommé Bouteiller & la Musique du Sieur Pointeau, Organiste. Comme on se plaint de la briéveté d'*Orphée*, ils l'ont donné à la suite de celui-ci. La Reine honoroit heureusement le Spectacle de sa préfence : fans cette fauve-garde la piece n'auroit pas eu lieu jusqu'à la fin, tant le mécontentement du public s'est manifesté avec humeur. Rien de plus plat fous les deux afpects. On dit que cette drogue avoit été applaudie dans des fociétés particulieres ; cela confirme la néceffité de fe défier de tous ces ouvrages prônés par les cotteries. Le Sr. Danberval a reparu pour la premiere fois ce jour-là depuis fa longue & cruelle maladie, mais on l'a trouvé bien dégénéré. La chambrée étoit des plus complettes. On a fait 5,500 Livres.

12 *Janvier* 1777. Depuis longtems le bas-Clergé fe plaint de la mauvaife affiette des impofitions qui le concernent. Il prétend que Noffeigneurs les Evêques étant prefque tous maîtres, chacun dans leur diftrict, de la Chambre Diocéfaine chargée de la répartition, ils la font faire à leur gré, & fe ménagent en écra-fant leurs inférieurs. Enfin les abus inouïs intro-duits à Rhodès dans cette jurifdiction eccléfiaf-tique, ont donné lieu à des réclamations qui en exciteront beaucoup d'autres, fi elles ont quelque fuccès. Auffi l'Ordre Epifcopal eft-il intervenu dans cette conteftation particu-liere, & ce n'eft plus contre le Sr. de Cicé, Evêque du Diocefe, feulement, que les plai-gnans ont affaire, mais contre les Agens gé-néraux du Clergé de France. Le procès eft

pendant au Confeil, & il paroît un Mémoire
inftruétif & curieux *pour les Dignités, Perfon-
nats & Chanoines de l'Eglife de Rhodes*, Il eft
de Me. Drou, & l'on fait combien cet Ora-
reur véhément jette d'intérêt dans ce qu'il com-
pofe, furtout lorfque la matiere en eft auffi fufceptible.

13 *Janvier* 1777. Les Bals de la Reine continuent, mais affez triftement, par le défaut
d'Aéteurs, S. M. étant très difficile à cet égard.
On raconte que le Roi lui ayant fait reproche
qu'elle n'invitât point un Seigneur qu'il aime,
elle lui avoit répondu qu'il danfoit trop mal :
Mais perfonne ne danfe plus mal que moi, a repliqué le Monarque, *il faut donc que je m'abf-
tienne auffi d'y aller.*

13 *Janvier.* Extrait d'une Lettre de
Rome, du 20 Décembre...... ,, Toutes les
,, Gravures que vous avez en France du Saint
,, Pere aétuel, ne font point reffemblantes. Il
,, l'eft plus exaétement fur une pierre de com-
,, pofition que je vous envoye. Quoiqu'en
,, petit, il eft parfaitement bien rendu. Vous
,, conviendrez que c'eft un des plus beaux hom-
,, mes qu'on puiffe voir, plus jeune encore fur
,, la figure qu'il ne l'eft réellement. Comme il
,, eft entiérement fubjugué par le Cardinal de
,, Bernis, il s'eft conformé à cette Eminence,
,, il fe frife & fe poudre; ce qui ne contri-
,, bue pas peu à faire reffortir davantage la
,, grace & la nobleffe de fes traits. On a beau-
,, coup crié contre cette innovation & Paf-
,, quin en a plaifanté. On avoit toujours cru
,, ici qu'un Souverain Pontife devoit avoir les
,, cheveux plats & gras. Il a bien retranché

„ du cérémonial pour l'aborder , plus de mule
„ à baiſer , &c. Il eſt dommage que ſa tête ne
„ ſoit pas auſſi bonne que belle. Il a peu d'eſprit
„ & point de goût. Il fait faire actuellement
„ une Sacriſtie pour *Saint-Pierre de Rome* , qui
„ coûtera énormément cher & eſt du plus mau-
„ vais deſſin. C'eſt ainſi qu'en penſe M. Vien
„ & les autres Artiſtes François ".

13 *Janvier* 1777. Tout eſt de mode dans ce pays-ci & tient aux circonſtances. La nouvelle production du Sr. de Beaumarchais, quoique contenant un diſcours, bref, il eſt vrai, mais ſupérieur à tous ſes Mémoires , ne fait aucune ſenſation.

14 *Janvier.* *Monſieur* a reçu ces jours derniers une Lettre avec la ſuſcription ſuivante : *A Monſieur , Monſieur , Prince de Provence , pour remettre à Monſeigneur le Prince de Montbarey , Secrétaire d'Etat du Département de la guerre & ſon premier Domeſtique.* On s'imagine bien que perſonne n'a oſé ouvrir un paquet ſi hétéroclitemeut adreſſé. On l'a remis en mains propres de S. A. Royale, qui en a beaucoup ri, a été curieuſe de ſavoir ce qu'il contenoit & a fait appeller ſur le champ le Capitaine Colonel des Suiſſes de ſa garde. M. de Montbarey venu, Elle lui a donné le paquet pour qu'il en fît lecture. Il s'eſt trouvé que c'étoit la Lettre d'un pauvre Gentilhomme, parent du Miniſtre, & lui recommandant trois garçons & une fille qu'il a, dans un ſtyle qui ne ſentoit pas plus le courtiſan que l'adreſſe. *Monſieur* a demandé à M. de Montbarey ſi tout cela étoit vrai, & ce qu'il comptoit faire ? Il n'a pu nier la vérité des faits articulés dans le Mémoire,

mais à paru peu difposé à exaucer la demande
du fuppliant, vu fon étendue & l'impoffibilité
qu'il a prétextée d'y fatisfaire. Alors S. A.
Royale lui a dit qu'elle comptoit être plus heureufe ; qu'elle prendroit l'aîné pour fon Page,
donneroit le fecond à fon Frere d'Artois, &
le troifieme à la Reine ; que, quant à la fille,
elle efpéroit avoir aflez de crédit pour la faire
recevoir à *Saint Cyr.* Les courtifans témoins
de l'entretien, qui avoient ri d'abord de la
gaucherie du pere, n'ont pu s'empêcher de
reconnoître qu'il n'étoit pas fi bête.

14 *Janvier* 1777. M. de Lille étoit trop
gravement inculpé par le Mémoire de M. l'Abbé Chrétien, dont on a rendu compte, pour
n'être pas dans le cas d'une réponfe ; ce qu'il
vient de faire par un premier Mémoire très-
intéreffant pour les gens de Letttes.

15 *Janvier.* Les Directeurs du Concert
Spirituel, pour reconnoître, fans doute,
les complaifances de la Signora Giorgy, récompenfer fon talent, l'encourager & s'attacher de
plus en plus cette Cantratrice, donnent aujour-
d'hui mercredi un Concert extraordinaire en
fa faveur & à fon profit. Toutes les places
feront de 6 Livres. L'Héroïne doit chanter
quatre fois, & l'on a choifi tout l'acceffoire
qui pourroit rendre le fpectacle intéreffant.

16 *Janvier.* Malgré la profcription qu'a
fait le Parlement de la brochure intitulée, *les
inconvéniens des droits féodaux,* on en a multiplié
les éditions, & il en paroît une nouvelle, aug-
mentée de *Fragmens fur l'origine des Droits féodaux & de l'examen de la regle :* Nulle terre fans
Seigneur, *par M. Francaleu,* qui y a joint

auſſi des Notes. Ces additions la rendent encore plus curieuſe. On y prouve qu'il eſt aiſé
de concevoir, que les Droits féodaux ne ſont
qu'une ſervitude traveſtie, & ne doivent leur
origine & leur exiſtence qu'à la force, à la ty-
rannie, au deſpotiſme. Quant à la regle : *Nulle
terre ſans Seigneur*, l'Ecrivain la qualifie *d'un
ſimple brocart de Droit*, ſans aucune eſpece
d'authenticité, également contraire à la loi
naturelle, & aux monumens de notre hiſtoire,
& à l'ancien état des choſes, reçu par tradi-
tion, adopté ſur parole, & dans tous les tems
combattu par les hommes les plus éclairés. Enfin, dans les Notes on conteſte le principe de
l'inaliénabilité des Domaines de la Couronne,
& l'on en fait voir l'abſurdité ſous certains
rapports.

17 *Janvier* 1777. La mode eſt aujourd'hui
d'avoir une gravûre de M. *Franklin* ſur ſa che-
minée, comme on avoit autrefois un *Pantin* ; &
le portrait de ce grave perſonnage eſt tourné
en dériſion, à-peu-près comme celui du
futile colifichet qui ſervoit de joujou, il y a
trente ans.

18 *Janvier.* Une ſcene tumultueuſe arrivée
lundi à la Comédie Françoiſe a fait mettre
au Fort-l'Evêque le Sr. Monvel, qui, ſans
vouloir manquer au Public, mais par une étour-
derie incroyable, ne s'eſt pas trouvé pour
remplir ce jour-là ſon rôle dans les *Horaces*.
Il avoit écrit au Semainier pour l'avertir qu'il
ne pourroit jouer de la ſemaine : or la ſemaine,
ſuivant l'arrangement du Calendrier Comique,
ne commence que le mardi, ce qu'avoit oublié
l'Acteur ; enſorte qu'à l'heure indiquée ne pa-

roiffant pas, le Service a été fufpendu, malgré
la préfence de Madame la Ducheffe de Bourbon.
Il a fallu s'arranger pour donner une autre piece
que les *Horaces*, celle indiquée. Cependant le
Parterre témognoit fon humeur ; en vain a-t-on
voulu la calmer par un difcours préparatoire,
cela ne s'eft terminé qu'en offrant de rendre
l'argent aux mécontens. Un d'eux a pouffé l'in-
décence jufqu'à faire fes ordures au milieu de
l'affemblée, efcorté & foutenu par quelques poliffons comme lui. La Ducheffe de Bourbon eft
reftée, mais n'a point voulu être juge entre le
Public & les Comédiens, comme ceux - ci le
defiroient, ou plutôt elle leur a déclaré qu'il
falloit fe rendre au defir du premier.

19 *Janvier* 1777. Le Grand - Confeil, fort
maltraité du Sr. de Beaumarchais dans fon nouveau Factum, s'eft affemblé pour avifer aux
moyens de punir l'infolence de cet audacieux.
Il avoit un moyen prompt dans la puiffance qu'a
toute Cour de venger la majefté de fon tribunal
infulté, par la lacération, la brûlure de l'écrit
injurieux, & par les décrets qu'elle peut prononcer contre le coupable. Mais celle-ci, fort
circonfpecte, ou plutôt fort poltronne & fort
baffe, n'a ofé fe compromettre avec ce dangereux adverfaire, & fur-tout engager une querelle avec le Parlement. Par une timidité peut-
être fans exemple dans une affaire particuliere,
elle a arrêté des repréfentations au Roi, qui ont
dû être portées aujourd'hui à S. M. De fon côté,
le Parlement, pour éviter toute réclamation de
ce Tribunal, s'eft hâté de rendre Arrêt qui fupprime ledit Mémoire, comme contenant un

difcours non prononcé, mais fans aucune qualification.

19 *Janvier* 1777. Le Sr. Dauberval, comme
Semainier, a été aufli mis au Fort-l'Evêque,
& quant au Sr. Monvel, comme il a joué à
Verfailles dès le mardi, lendemain du tumulte
arrivé à fon occafion, on croit qu'il reftera en
prifon plus long-tems que le premier, à moins
que la faveur du public ne fafle abréger fa captivité, car en étant forti aujourd'hui pour jouer
dans les *Horaces*, le Parterre bonafle, loin de
lui témoigner fon indignation, l'a applaudi à
tout rompre.

19 *Janvier*. Les Directeurs de l'Opéra,
pour fatisfaire aux plaintes du public à l'occafion
de la briéveté du fpectacle d'*Orphée* qui finiffoit
à fept heures & demie au plus tard, y avoient
joint l'Acte de *la Bergere ingénue*. Comme ils
ne l'ont ofé faire jouer qu'une fois, il y vont
fubftituer le *Ballet des Horaces* du Sr. Noverre.
La premiere repréfentation doit avoir lieu
mardi 21.

19 *Janvier*. Le livre de M. Gudin, intitulé : *Aux Mánes de Louis XV, &c.* eft une
chronique feche, plutôt que rapide, des événemens du regne de ce Monarque. La plûpart
des faits n'y font qu'indiqués, & le tout eft
traité fur un ton d'adulation qui auroit bien dû
faire trouver grace à l'auteur. On ne fait pourquoi il fe plaint fi amérement, dans fa préface,
des Cenfeurs & de leur incertitude à fon égard.
La partie des Arts eft ce qu'il y a de plus
approfondi. Le procès du Sr. de Beaumarchais
& fes tracafleries avec le Parlement *Maupeou*,
font le feul morceau hiftoriqne fur lequel l'E-

crivain fe foit étendu avec une vraie complaifance. On peut définir cette production une
table de matieres très - exacte & fort utile à
ceux qui voudront écrire *l'Hiftoire de Louis
XV.*

20 *Janvier* 1777. *Le Journal de Paris* a peine
à fe foutenir dès fon début, à raifon de fon
infipidité. D'ailleurs, la jaloufie de fes confreres lui fufcite toutes fortes de tracafferies
pour le faire échouer. Ils lui enlèvent différentes
parties, fous prétexte qu'il va fur leurs brifées
& offenfe leurs privileges. Tout récemment,
la *petite Pofte*, chargée de le répandre tous les
matins, refufa de le faire, fous prétexte d'un
abonnement plus confidérable qu'elle exige. Le
Journal Politique & Littéraire du Sr. Pankouke
éprouve auffi des contradictions. D'abord,
comme l'on a dit, le nombre des Soufcripteurs
eft tellement diminué que le Libraire crie merci
& a préfenté à M. de Vergennes un Mémoire
pour obtenir une réduction fur les 22,000 Liv.
qu'il donne annuellement aux Affaires Etrange-
res: enfuite, comme il n'ignore pas que l'indignation de beaucoup de Lecteurs contre la
fatuité & l'infolence du Sr. de la Harpe n'a pas
peu contribué à les écarter, il voudroit changer
de rédacteur, & demande deux Académiciens,
Mrs. Marmontel & Suard.

20 *Janvier.* L'auteur de l'adreffe hétéro-
clite à *Monfieur*, qui a fi bien réuffi, eft M.
le Baron *de Saint-Maurice*, Gentilhomme de
Franche- Comté.

21 *Janvier*. Le Ballet des *Horaces &
Curiaces*, eft annoncé avec le plus grand fafte.
Il eft divifé en cinq parties ou actes. C'eft la

tragédie toute entiere de *Corneille*, mife en pantomime. La Reine doit y venir. On doute
que ce fpectacle ifolé ait le fuccès que s'en
promet le Sr. Noverre, & s'il ne réuffit pas
cette fois, on regarde fa miffion comme man-
quée. Il eft fâcheux qu'il ne veuille pas s'af-
treindre à compofer des morceaux de choréographie adaptés à une action théâtrale, qui l'ac-
compagnent, lui foient fubordonnés, &, fans
la refroidir ou l'étouffer, la foutiennent, au
contraire, & la réchauffent dans les entr'actes
accordés à la Danfe.

21 *Janvier* 1777. Depuis le fameux Confeil
de guerre tenu à Lille, concernant le Régiment
Royal-Comtois, par lequel 35 Officiers ont été
punis de diverfes manieres & caffés, ce Corps,
régénéré en quelque forte, odieux aux autres,
n'a pas été abfolument pacifié. Les jennes gens
dont on l'a compofé fe font fait un point d'honneur de regarder de mauvais œil, ce qu'ils ap-
pellent *les Rétractés*. Ce font des Officiers qui,
ayant d'abord trempé dans le complot formé
contre le Lieutenant-colonel & le Major, fur
un faux expofé, & ayant figné le Mémoire envoyé au Miniftre, ont reconnu leur tort &
défavoué une accufation injufte & calomnieufe.
Ces étourdis ont fait fchifme avec ces Meffieurs,
& malgré toutes les remontrances & les injonc-
tions de leurs Supérieurs, ont perfifté à les
mortifier par des procédés malhonnêtes. Plufieurs ont été mis aux arrêts, & quelques-uns
s'étant encore portés à de nouvelles infultes,
trois viennent d'être caffés tout récemment. M.
le Comte de Chemeau, le Major ancien, n'a
pas voulu avoir la douleur d'aller leur fignifier

les ordres du Roi ; il a préféré de donner fa
démiffion. S. M. l'a acceptée, en lui accordant
un brevet de Colonel pour retraite, avec promeffe d'être mis en activité dès que l'occafion
le permettra.

21 *Janvier* 1777. Quoique feu M. *de Bachaumont* fût un pareffeux aimable, peu capable d'accumuler par lui-même la Collection
immenfe des matériaux littéraires qu'on annonce dans la Préface des Mémoires Secrets,
&c. on ne peut douter qu'il n'y ait eu au moins
quelque part, en fuivant la filiation du Recueil
que l'on prétend avoir été formé originairement
chez Mad. *Doublet*, Virtuofe très-renommée
en effet par fon goût pour les nouveautés de
toute efpece qu'elle recueilloit & qui fe ré-
digeoient chez elle, & par fon ardeur à les
répandre. C'eft un fait connu de tout Paris.
Cette collection neuve, ainfi que l'annonce
l'Editeur, par des notices courtes, inftruc-
tives & amufantes, doit être bien reçue du
Public, fi le goût & l'impartialité y ont en
effet préfidé. Il faut attendre le tout pour en
juger plus pertinemment. Il paroît qu'on fe
propofe de la continuer enfuite année par
année, fous le même titre. (Cette Notice eft
tirée de Nouvelles à la main très-accréditées
dans Paris.)

22 *Janvier.* Le Ballet des *Horaces & des Curiaces*, fi admiré en Allemagne, ne l'a pas
autant été ici : on a trouvé cette pantomime
trop longue, trop confufe, trop énigmatique,
& préfentant quelquefois des contrefens; d'ailleurs péchant contre fon objet même, puifqu'il
y a très-peu de Danfe. Du refte, un beau

Spectacle, quelques momens du plus grand effet. Mlle. Heinel y brille de la façon la plus pittoresque. Elle fait le rôle de *Camille*, la sœur des *Horaces*, & a rendu très-énergiquement la scene de l'imprécation. On reproche aussi au Décorateur d'avoir mis des anachronismes dans sa partie, en représentant *Rome* avec des monumens beaucoup trop modernes.

22 *Janvier* 1777. Les Comédiens François donnent aujourd'hui la premiere représentation de *Zuma*, cette tragédie de M. Lefevre, qu'on a prétendu n'avoir pas réussi à Fontainebleau ; bruit injurieux à la réputation de l'Auteur, contre lequel il a réclamé par une Lettre imprimée dans le *Journal de Politique & de Littérature*, où il rend un compte détaillé de l'impression éprouvée successivement par les spectateurs durant les cinq Actes. Nous verrons ce qui en arrivera ce soir.

23 *Janvier*. " *Messieurs*, a dit l'Avocat
" général Séguier, nous apportons à la Cour
" un Recueil imprimé, intitulé *Suite de la
" Justification du Sr. de Beaumarchais*. Au
" nombre des différentes pieces que ce Re-
" cueil renferme, nous avons trouvé dans
" une Requête également imprimée du Sr.
" de Beaumarchais, un discours qu'il s'étoit
" proposé de prononcer à votre audience. La
" sagesse qui accompagne toujours vos dé-
" marches, ne vous permit point alors de lui
" accorder la faculté qu'il demandoit d'être
" entendu dans sa propre défense ; les mêmes
" motifs de prudence qui avoient déterminé
" la Cour à ne point permettre au Sr. de
" Beaumarchais de prononcer ce discours lors

„ de la plaidoyerie de la cause, auroient dû
„ lui faire comprendre qu'il étoit également
„ dans l'intention de la Cour qu'il ne fût point
„ rendu public par la voie de l'impreſſion,
„ &c. „ En conſéquence, Arrêt de ſuppreſſion, ſans aucune qualification, rendu le 18,
Grand'Chambre & Tournelle aſſemblées.

On aſſure que le Grand Conſeil, enfin ai-
guillonné par ce mépris inſultant, cette ré-
ticence affectée, ou plutôt cette approbation
tacite des injures que lui dit le Sr. de Beaumarchais dans ſon diſcours, a pris le parti de
le faire décréter ; mais que celui-ci a eu recours au Parlement, qui a rendu Arrêt pour
le prendre ſous ſa protection.

23 Janvier 1777. Zuma a été joué hier en
effet. La décoration impoſante a d'abord prévenu favorablement le Public, & le premier
Acte a été très-applaudi. Quelque choſe de
choquant dès le ſecond a excité des huées. Le
troiſieme & le quatrieme, pleins d'abſurdités &
de choſes révoltantes, ſembloient menacer l'auteur d'une chûte inévitable, lorſqu'au cinquieme
acte une ſeconde reconnoiſſance a ranimé le
Parterre languiſſant, l'a enthouſiaſmé & a
cauſé ces tranſports véritables de l'ame émue
& hors d'elle-même. Il falloit que le public fût
fortement électriſé pour avoir ſupporté la gaucherie du Poëte, qui, au lieu de briſer-là &
de clorre ſa piece, comme il le pouvoit & le
devoit, l'a allongée par un dénouement ſan-
guinaire & oppoſé aux deſirs du ſpectateur.
Ceci eſt aiſé à corriger, & l'on peut regarder cette tragédie comme couronnée d'un
plein ſuccès, malgré les défauts énormes du

plan & des caracteres, l'hemphafe & la bouf-
fiffure du ftyle, l'incohérence, les contradictions & le faux des penfées & du dialogue.

24 *Janvier* 1777. On parle d'un procès prêt
à s'élever entre les Comédiens & le Sr. de
Beaumarchais, au fujet d'une pique des premiers qui, par une fauffe délicateffe, ne voulant point accepter les honoraires d'auteur que
le fecond leur abandonnoit entiérement, lui
ont fait porter la fomme décidée lui revenir
pour fa part. Le Sr. de Beaumarchais, indigné à fon tour, a mis en avant la querelle dès longtems mue entre les hiftoriens &
les auteurs dramatiques, relativement à l'a-
bonnement des petites loges, que ceux-là fe
réfervent en entier. Il feroit bien à fouhaiter
que cet intriguant, plus adroit, plus coura-
geux & plus foutenu que les Poëtes qui ont
déja agité la queftion, la fît réfoudre & hu-
miliât l'infolence de ces Rois de Théâtre.

24 *Janvier. Mémoires d'une Reine infor-
mée, entremêlés de Lettres (écrites par elle-
même) à plufieurs de fes parens & amis illuftres, fur plufieurs fujets & en différentes occafions, traduits de l'Anglois.* On voit à la tête
la gravure de l'héroïne, la Reine *Caroline-
Mathilde.* On conçoit combien la matiere étoit
difficile à traiter.

25 *Janvier.* Madame la Ducheffe d'An-
ville eft une femme finguliere, qui aime beaucoup à jouer à la Lotterie Royale de France.
Ces jours derniers elle a rêvé que pour être
heureufe il falloit qu'elle fît choifir fes numéros par un fol. En conféquence elle va aux
Petites-maifons & prie les Chefs de cet Hô-

pital de lui en faire venir un , mais raifonnable à quelques égards , & avec qui elle puiffe
caufer. Le fol venu , elle lui déclare le fujet
de fa vifite , & le prie de vouloir bien lui
nommer trois Numéros fur lefquels elle doive
mettre avec confiance. Le Devin très gravement demande une plume & de l'encre ; les
écrit bien diftinctement & féparément ; puis
montrant le papier à la Duchefle: ,, Lifez,
,, Madame , étudiez-bien ces Numéros. Les
,, favez-vous par cœur ? ---- Oui , Mon-
,, fieur ,, ... Alors il en fait trois parts
les plie en petites boules , les avale ; puis il
ajoute : " Madame , allez les prendre ; c'eft
,, demain le tirage ; je vous réponds que ces
,, Numéros fortiront ; qu'ils vous feront une
,, Terne ; mais je ne vous garantis pas qu'elle
,, foit feche. ,, Tous les fpectateurs de la
fcene rient beaucoup , & jugent que le plus
fol n'eft pas le prifonnier.

25 *Janvier* 1777. *Le Journal de Paris* eft arrêté dès jeudi 23 , & n'a point paru ce jour-
là. On a pris le prétexte d'une épigramme point
neuve & affez obfcene pour le fufpendre ; ce
qui caufe un grand mouvement dans cette capitale. Quelque peu intéreffant que fût ce
nouveau papier public , il y avoit déjà beaucoup de foufcripteurs ; les gens les plus diftingués de la cour vouloient l'avoir : la Reine ,
la famille Royale , les Princes le lifoient , même
Madame *Elifabeth*. Malgré cette curiofité générale , il n'y a point d'apparence qu'il puiffe
reprendre , à raifon de la multitude de gens
qui s'y oppofent. D'un autre côté , M. l'A-
vocat-général Seguier ne veut pas qu'on y

parle de lui & conféquemment des affaires du Palais Le Clergé fe recrie contre un hiftoire d'Abbé qu'on y a inferée. Un Officier aux Gardes, M. de la Roirie, a jetté feu & flamme pour fon anecdote qu'on y a rapportée. Enfin c'eft une rumeur confidérable.

26 *Janvier* 1777. Il y avoit très-peu de monde au Ballet des *Horaces* le jour où il a été exécuté pour la feconde fois. On peut regarder cette Pantomime comme fans fuccès. Cependant il eft des gens qui préfument qu'en la réduifant à trois actes, elle pourroit produire un grand effet. On ne peut néanmoins s'empêcher de reconnoître beaucoup de génie dans fon compofiteur qui, ainfi qu'il le dit dans fa préface, a transformé fon métier en art, a ramené la danfe à fon premier principe qui eft l'imitation. Du refte, il fe défend contre le reproche qu'on lui pourroit faire, d'avoir entiérement abandonné la danfe méchanique pour la danfe en action : il en attefte la quantité d'Eleves qu'il a formés en ce genre, prouvant fuffifamment qu'il s'eft partagé entre les deux.

27 *Janvier* 1777. Depuis quelque tems le Sr. Audinot donne fur fon Théâtre un fpectacle ancien, intitulé : *La belle au bois dormant.* Il avoit déja beaucoup de fuccès, mais il eft infiniment plus confidérable aujourd'hui par les améliorations, les embelliffemens & une exécution plus parfaite. La fureur eft telle d'y aller, que l'Opéra en a conçu de la jaloufie & a fait défendre au Directeur de donner cette piece les mardi & vendredi. Il eft certain qu'il n'eft rien de plus agréable pour la rapidité dont

les décorations font fervies & pour l'illufion
qu'elles produifent.

27 *Janvier* 1777. La guerre entre les Gluckiftes & les partifans de la Mufique Françoife
continue & enfante des bons mots, dont quelques-uns font affez plaifans. Dernierement,
à une repréfentation d'*Alcefte*, un détracteur
de cette nouveauté prétendit que Mlle. le
Vaffeur chantoit mal & lui arrachoit les oreilles : » Ce feroit un grand fervice à vous rendre,
» Monfieur, répartit un admirateur de cet
» Opéra, fi c'étoit pour vous en donner d'autres. «

17 *Janvier* 1777. Le fujet de la tragédie de
Zuma eft tiré de l'hiftoire du Pérou, mais
travefti en un Roman rempli d'invraifemblances
& mêmes de fautes contre le bon fens. Le caractere principal de *Pizare* en offre furtout
beaucoup, par les contradictions qu'on y rencontre. C'eft un monftre fi attroce, que l'auteur, malgré fon répentir, a cru ne pas pouvoir le laiffer exifter, & devoir l'immoler à
la vengeance de *Zuma*, Reine de ces contrées
dont il a fait périr le mari, errante & fugitive
depuis qu'elle a été détrônée. D'un autre côté,
la fituation de la reconnoiffance de ce *Pizare*
avec fon frere, qui fe trouve confervé, élevé
& chéri par cette Princeffe, au point qu'elle
lui veut faire époufer fa propre fille, eft fi
déchirante ; la converfion du Héros *Efpagnol*,
quelqu'atroce qu'il foit, femble fi fincere, que
le fpectateur s'attend à le voir fauvé & eft fâché
qu'il meure.

28 *Janvier*. On commence à voir une
defcription fommaire du Cabinet de feu S. A.

Séréniffime Monfeigneur le Prince de Conti. La Collection des tableaux eſt compoſée de près de 300 originaux des meilleurs Maîtres de l'Ecole *Italienne*; de plus de 300 tableaux des meilleurs Maîtres anciens & modernes de l'Ecole *Françoiſe*; de près de 200 tableaux des meilleurs Maîtres de l'Ecole *Flamande*; de plus de 200 tableaux des meilleurs Maîtres de l'Ecole *Hollandoiſe*; de 12 tableaux de *Ruiſch*, *Dietriçei*, *Fergue* & autres Maîtres de l'Ecole *Allemande*, des mieux choiſis; de 42 Miniatures choiſies & des meilleurs Peintres de ce genre; de pluſieurs morceaux agréables peints à gouache, & d'environ 100 tableaux repréſentant des cérémonies *Turques* & *Chinoiſes*; de 24 Baſreliefs, &c. On conçoit que cette Collection feroit des plus riches, ſi elle étoit auſſi bien choiſie que nombreuſe, & ſi elle répondoit à l'annonce pompeuſe qu'on en fournit.

28 *Janvier* 1777. Depuis qu'il eſt arrêté de tranſporter aux Invalides tous les modeles en relief des places de guerre qui ſont dans la Gallerie du Louvre, on a beaucoup varié ſur les moyens d'exécuter ce projet: tous ſembloient fort diſpendieux, & la moindre propoſition des Entrepreneurs ſe montoit à 60,000 livres. Enfin on a imaginé d'y faire une ouverture du côté qui donne ſur le quai de la riviere, d'y établir un échaffaud en pente douce, par lequel on fera couler ces monumens militaires: on les embarquera ſur la Seine; ils feront ainſi facilement conduits ſans riſques à l'autre bord & à très-peu de frais; enſorte que cette dépenſe énorme, vu ſon objet, ſe trouvera infiniment réduite. Les

amateurs des Arts attendent avec impatience le moment où l'on commencera à développer dans ce vaste emplacement les richesses inconnues de S. M. en tableaux, sculptures & autres curiosités de toute espece. Ce jour, s'il arrive jamais, fera beaucoup d'honneur à M. le Comte de la Billarderie d'Angiviller, Directeur & Ordonnateur général des Bâtimens, Arts, Académies & Manufactures Royales. Ce sera une époque fameuse sous son administration.

29 *Janv.* 1777. Le premier *Mémoire pour l'Auteur de la Philosophie de la Nature*, en réponse à celui de l'Abbé Chrétien, ancien Conseiller au Conseil Supérieur d'Arras, Censeur Royal &c. a pour objet, moins d'instruire que d'éclairer le public trompé par celui de l'adversaire. Après un Précis des faits par rapport à l'accident qui devient l'objet de ce Factum, M. de Lisle cherche à refuter les imputations dont le Censeur le charge dans le sien, & surtout celle du crime de faux ; il l'accuse à son tour & prétend que c'est lui qui est coupable d'une multitude de faux répandus dans sa diatribe, dont il fait une énumération assez détaillée ; enfin il s'élève particuliérement contre la Consultation des quatre Avocats dont le Mémoire de l'accusateur est signé, & il y oppose une autre Consultation, en date du 5 Novembre, signée *Dorlbac*; suivant laquelle les Réponses de M. de Lisle prouvent de la maniere la plus conséquente que son intention n'étoit point d'attaquer les principes religieux & politiques reçus dans l'Etat, puisqu'il soumettoit ses idées à la Censure du Gouvernement ;

ment ; que c'eſt par une calomnie condamnable que le Sr. Abbé Chrétien cherche à s'excu-
ſer de ſon approbation, puiſque c'eſt ſur lui
ſeul que doit tomber l'anathême des Magiſtrats, l'ouvrage n'ayant été rendu public que
ſous ſes auſpices. A l'égard du crime de faux,
ſon attaque n'eſt point admiſſible ni dans la
forme, ni au fond. Enfin on veut qu'il ne
ſoit ni délicat ni adroit dans ſa défenſe & que
ſon Mémoire ſoit la plus forte des pieces juſ-
tificatives de l'accuſé.

30 *Janvier* 1777. Le *Journal de Paris* eſt reſ-
ſuſcité le 29, mais abſolument éthique : on n'a
point fourni les ſix feuillets intermédiaires depuis la ſuppreſſion du 23 ; le Rédaĉteur de
l'ouvrage n'en a fait aucune excuſe au public,
n'en a donné aucune raiſon. On croit ſeulement que le Gouvernement a exigé le ſacrifice
du Sr. de la Place chargé de cette direĉtion, par
un *Nota*, où l'on avertit que ce n'eſt plus lui,
ſans nommer celui qui le remplace.

31 *Janvier*. L'affaire de l'Encyclopédie
commence à ſe remuer & l'on voit un Mémoire
en faveur de onze ſouſcripteurs de l'Encyclopédie contre le Sr. le Breton, Imprimeur, &c.
en préſence du Sr. Luneau de Boisjermain
auſſi ſouſcripteur de l'Encyclopédie. Cette diſcuſſion intéreſſante dans ſes détails ſe réduit à
trois objets : *Faits relatifs à l'Engagement des*
Libraires, Preuve de l'inexécution de cet engage-
ment, Obligation de reſtituer, ou Réfutation de
fins de non recevoir. Elle eſt ſignée de Me. *la*
Croix de Frainville, & fait honneur à cet Avocat, ſi elle eſt réellement ſon ouvrage.

31 *Janvier* 1777. Il paroît que la guerre eſt

Tome X.   B

ouverte entre Mrs. Dorat & de la Harpe, &
que le premier eſt ſi outré, qu'indépendamment
d'une Lettre inſérée dans les feuilles de *l'Année
Littéraire*, où il traite ſon adverſaire de la façon
la plus mépriſante, il annonce publiquement
qu'il ſe propoſe de le vexer, d'une maniere encore plus outrageante, s'il le rencontre. Ce qui
oblige la *Bamboche* (c'eſt une expreſſion de
Mr. Dorat) à ſe tenir cloſe & couverte & à
ne ſortir qu'en voiture.

1 *Février* 1777. Le 25 Janvier dernier l'Académie Royale de Peinture & de Sculpture a
aggréé M. de *Launay*, à qui l'édition de *l'A-
rioſte*, faite à Londres, & celle des *Métamor-
phoſes d'Ovide*, doivent une grande partie de
leur ornement. Les talens de cet artiſte ſont
encore connus par différentes gravures d'a-
prés M. M. Pierre, Cochin, Beaudoin, &c.
Entre pluſieurs morceaux qu'il a préſentés, on
a ſurtout diſtingué une Eſtampe, dans le genre
de l'hiſtoire, d'après Rubens, qui eſt d'un très-
beau burin & lui a mérité les ſuffrages de l'aſſemblée.

1 *Février*. Quoique le Mémoire publié
récemment dans l'affaire de *l'Encyclopédie* ne
roule que ſur un ſujet bien rebattu, cependant
par le laps de tems qui s'eſt écoulé depuis la
ſuſpenſion du procès, la matiere redevient neuve & l'on ne peut fournir à la multitude de
curieux empreſſés de s'en pourvoir. Il eſt vrai
que dans celui-ci il y a encore plus de clarté
& plus de détails intéreſſans concernant les
fraudes des Entrepreneurs utiles de cet im-
menſe édifice Littéraire.

On s'y concilie d'abord la bienveillance de la

tous les foufcripteurs, en leur faifant voir que le Sr. le Breton & fes Affociés fe prévalent de leur filence & l'annoncent comme une approbation tacite des furprifes multipliées qu'ils leur ont faites ; ce qui doit exciter leur indignation & les engager à fe joindre aux réclamans.

Les Gens de Lettres ne font pas moins intéreffés à cette attaque, puifqu'il s'agit d'empêcher qu'on ne fe ferve à l'avenir de leur nom pour tromper les amateurs avides de leurs productions. Du refte, on rend juftice aux Auteurs du Dictionnaire Encyclopédique, qui n'ayant point partagé les dépouilles des Soufcripteurs, refuferont de protéger les manœuvres infidieufes par lefquelles on fe les eft appropriées.

Enfin, les Magiftrats, fous les aufpices defquels fe font commifes tant de vexations fourdes, doivent fe faire juftice eux-mêmes des moyens qu'on a pris pour furprendre leur vigilance ou pour abufer de leur confiance.

Tout cet exorde adroit eft précédé du corps de délit établi, confiftant en ce qu'un ouvrage vendu & payé d'avance 280 livres, a cependant coûté aux Soufcripteurs une fomme de 984 livres qu'ils ont été forcés de payer.

2 *Février* 1777. Quoique le Cabinet de M. de Gagny n'ait pas rapporté par fa vente autant que fe flattoient les héritiers, il y a eu des morceaux vendus très-cher. *L'Enfant prodigue* de David Teniers, a été adjugé à 29,000 livres. *Le Marché aux herbes* par Metru, à 25,800 livres. Deux *Payfages* de Claude Gelée, dit le Lorrain, à 24,000 livres. *Le Marchand d'Or*

viétan, petit tableau de Kavel Dujardin, à
17,200 livres. Un *Payfage* avec figures, d'A-
drien van de Velde, à 14,980 livres. *Ver-
tumne & Pomone* de Rembrandt, à 13,700
livres. *Adam & Eve*, grand tableau de San-
terre, à 12,400 livres. Enfin le tableau de
Murillo & plufieurs *Payfages* de Claude le
Lorrain, ont monté à de groffes fommes auffi.
Il paroît que les étrangers ont enlevé beaucoup de ces richeffes pittorefques.

3 *Février* 1777. Les *Mémoires de la Reine
Caroline-Mathilde* font une compilation in-
digefte des Gazettes, contenant peu de faits
nouveaux, encore moins d'anecdotes. Cependant les Lettres dont elle eft enrichie font in-
téreffantes, quoiqu'écrites très-incorrectement
en François; elles donnent une idée des connoiffances fupérieures de cette Princeffe dans
la Littérature, dans les Sciences, dans les
Arts, & fur-tout de l'excellence de fon
cœur & d'une façon de penfer humaine &
philofophique bien rare fur le trône. On y a
joint plufieurs morceaux de fa compofition;
fçavoir, *l'hiftoire de l'infortunée Princeffe
de Zell*, ayant beaucoup de rapport à la fienne; un *Abrégé de la Vie de Charles XII & de
Pierre le Grand*; les *Aventures de Charles
Stuart, Prétendant à la Couronne d'Angleterre*;
enfin des *Recherches fur le caractere des Anglois,
des Français & des Danois*. Ces petits morceaux, faits fans prétention, ont chacun leur
mérite & fe font lire avec quelque plaifir. Cette
Princeffe eft morte le 10 Mai 1775. Suivant
l'Editeur elle n'a jamais été coupable que de
légereté, d'indifcrétion & d'un amour trop

vif pour le plaifir, fi naturel à fon âge. Comment donc, devenue libre, n'a-t-elle pas fait
un manifefte pour fe juftifier aux yeux de
l'Europe entiere & confondre fes calomniateurs ? On ne peut rendre raifon de ce filence volontaire & injurieux à fon honneur.

4 *Février* 1777. Le Docteur Franklin, arrivé
depuis peu des Colonies Angloifes dans ce
pays, eft très-couru, très-fêté des Savans. Il
a une belle phyfionomie, peu de cheveux &
un bonnet de peau qu'il porte conftamment
fur fa tête. Il eft fort réfervé en public fur les
nouvelles de fon pays qu'il vante beaucoup :
il dit que le ciel jaloux de fa beauté, lui a
envoyé le fléau de la guerre. Nos efprits-forts
l'ont adroitement fondé fur fa religion, & ils
ont cru entrevoir qu'il étoit de la leur, c'eft-
à-dire qu'il n'en avoit point.

4 *Février.* M. de Montblin, jeune Confeiller au Parlement, vient de mourir, à Touloufe, d'une maladie de langueur qu'il avoit
contractée dans fon exil. On peut fe reffouve-
nir que M. le Chancelier lui avoit choifi l'endroit le plus incommode, le plus dénué de
fecours & le plus malfain. On peut le regarder
comme une victime de la révolution. Son éloquence dans les affemblées étoit fi impérieufe,
qu'à la premiere féance tenue à Verfailles dans
l'affaire du Duc d'Aiguillon, il fubjugua le
Roi, qui s'écria : *Je fuis de l'avis de Michau !*
Il eft auteur de plufieurs Remontrances & laiffe
beaucoup de manufcrits précieux, dont il demande par fon teftament qu'on ait le plus grand
foin pour les remettre à fon fils lorfqu'il fera en
âge d'en profiter. Il lui legue fpécialement fa

charge de Conseiller au Parlement & desire fort qu'il prenne cet état.

5 *Février* 1777. Quoique M. de Lisle de Sales, dans son Factum contre M. l'Abbé Chrétien, cherche à faire tomber sur celui-ci tout le tort de l'affaire, prétendant aujourd'hui le rendre garant de ce qu'il pourroit y avoir de repréhensible dans son ouvrage, il ne persuadera personne que l'écrit du premier ne soit plein de circonspection & de modération. Il est bien vrai que naturellement un auteur qui donne un livre dans ce pays-ci, se trouvant en lisieres par les formalités qu'on lui fait subir, devroit être excusable. D'un autre côté, le métier de Censeur deviendroit impraticable, s'il devoit répondre de toutes les surprises qu'on peut lui faire. Il seroit bien à souhaiter que cette querelle donnât lieu à un Réglement précis sur cette matiere, qui assignât exactement les devoirs de chacun & les peines qu'il peut encourir faute de s'y conformer.

Du reste, M. de Lisle, qui ne laisse pas d'avoir des amis & des protecteurs, suspendu depuis longtems de son décret de prise de corps, a obtenu une Lettre de M. le Garde des Sceaux au Châtelet pour hâter & terminer enfin ce procès.

6 *Février.* Il est très-vrai que M. Dorat se charge de donner une nouvelle vie au *Journal des Dames*, qui, jusqu'à présent, n'a fait que végéter & languir. A coup sûr quand le sexe se seroit choisi lui-même un Journaliste, il n'auroit pu en choisir un plus convenable. Des observations, plutôt que des censures, de la politesse dans les critiques, surtout

plus exacte impartialité, telles sont les promesses qu'il fait au Public, suivant son usage, dans son *Idée d'un Journal des Dames* servant de *Prospectus*. Il se propose de donner une attention particuliere aux Spectacles. On publiera encore dans cet écrit périodique des Contes, des Romans, des poëmes entiers & quelquefois des Eloges historiques des femmes les plus célébres. Le premier cahier paroîtra le 15 Mars: il y en aura deux par mois.

8 *Février* 1777. On parle d'un événement arrivé à la foire St. Germain le jour de la Purification, qui, quoique singulier, n'est pas absolument impossible, & est regardé comme vrai par tant de monde, qu'il mérite qu'on le rapporte. Un quidam s'est présenté au Wauxhall d'hiver avec un barbet. On lui a représenté que son chien ne pouvoit pas entrer; que s'il vouloit le confier au corps-de-garde, on en auroit soin & qu'il le reprendroit en sortant. Entré dans l'assemblée il a voulu voir l'heure & a trouvé qu'il n'avoit plus de montre. Il a fait du bruit: un Exempt est venu; il a conté son accident; on l'a consolé en lui disant qu'on en rendroit compte à la Police. Il a trouvé le terme trop éloigné & a prétendu que, plus habile que l'Exempt, il alloit la r'avoir, s'il lui étoit permis d'amener son barbet. Il a obtenu cette grace; il a rodé avec son chien, qui s'est bientôt attaché à un homme richement vêtu. L'acharnement de l'animal bien constaté, son maître a requis que le personnage fût conduit au corps-de-garde, en offrant de payer tous les dommages-intérêts d'un pareil esclandre, de faire toutes les réparations exigées. Il a

parlé fi affirmativement , que l'homme foupçonné a été obligé de fuivre l'Exempt, &
la montre a été retrouvée avec plufieurs autres dont s'étoit déja nanti le filou. Ce trait ,
s'il eft exact, mérite d'être configné dans *l'é-
loge du chien*, avec tant d'autres, qui font honneur à fon zele pour fon maître & à fa fagacité.

9 Février 1777. M. Dorat ne diffimule point
à fes amis, qui le blâment de renoncer en quelque forte au cothurne & au brodequin pour
s'armer du fceptre de la Critique, que c'eft une
fpéculation de finance. Quoique cet auteur ,
né homme de condition, ayant 4,000 Livres
de rentes de patrimoine, avec les honoraires
qu'il retiroit de fes ouvrages & pieces de
théatre, parût devoir vivre dans une forte d'ai-
fance, le luxe qui gagne même chez nos poëtes,
l'a fort dérangé, & il cherche à réparer les
brêches faites à fa fortune. L'Entrepreneur
utile du *Journal des Dames* doit lui rendre,
tous frais faits, de chaque Soufcription de
18 Livres un tiers, c'eft-à-dire 6 Livres. Il
compte fur mille Soufcripteurs au moins &
conféquemment fur 6,000 Livres de rentes.

Un jeune Poëte qui promettoit beaucoup,
par une fuite de cette inconduite trop commune chez les gens de Lettres , vient d'être
obligé de quitter ce pays-ci & de fe retirer
chez l'Etranger. C'eft M. Imbert. On le dit à
Liege. On évalue fa banqueroute à 40,000 Liv.

10 *Février*. Madame de Senneville, femme d'un Officier aux Gardes, vient de mourir
d'une fievre maligne. Elle étoit née en Amérique. Elle fe nommoit *Grandpré* en fon nom.
Elle avoit par fa beauté enflammé l'Amiral

Knowles, Anglois, qui l'avoit voulu épouser, & ayant été refusé en conçut tant de désespoir & de rage, qu'il engagea en 1754 les premieres hostilités, qu'on peut regarder comme le germe de la derniere guerre. Elle vivoit depuis long-tems avec le Prince Camille, dont elle étoit devenue la maîtresse : elle avoit des talens & jouoit fort bien la comédie. Tout cela fait anecdote, & rend cette perte intéressante & la matière des conversations.

11 *Février* 1777. Les Comédiens Italiens sortent enfin de leur inaction : ils n'avoient donné aucune nouveauté absolument depuis le retour de Fontainebleau. Ils annoncent pour demain *le Mort marié*, Opéra-comique en deux actes & en prose, mêlé d'ariettes de M. Sedaine, musique de Bianochi. On assure que le sujet de cette piece est fondé sur une historiette qui a couru, il y a quelques années, concernant un Magistrat de province, qui, forcé de se battre contre un Officier, son rival auprès d'une Demoiselle, contrefit le mort, obligea le militaire de s'écarter & profita de cette absence pour avancer ses affaires & terminer son mariage.

12 *Février*. *La Jurisprudence du Grand Conseil dans les maximes du Royaume*, est encore un ouvrage attribué au Sr. Goezmann, qui, chassé de cette Cour, ci-devant Parlement, en est aujourd'hui le plus cruel adversaire. Il démontre que sa jurispudence, qu'il appelle *solitaire*, c'est-à-dire différente de celle des autres Cours, contraire même à la leur, est un vice radical dans l'Etat, une semence de division ; que c'est présenter aux peuples

B 5

étonnés le fpectacle effrayant de la Loi oppofée à la Loi, du Roi oppofé au Roi, de la magiftrature oppofée à la Magiftrature, du Barreau oppofé au Barreau ; que cette contradiction réfidant principalement dans les matieres Eccléfiaftiques n'en eft que plus pernicieufe, parce qu'elles tiennent de très-près au préjugé de religion & influent néceffairement fur l'autorité extérieure, qui fe verra contrainte de plier fous l'effort des opinions toutes les fois qu'elle n'aura pas l'art de les diriger. C'eft donc une mauvaife politique d'avoir rétabli le Grand Confeil fur cet adage *divide & impera*, qui ne peut jamais avoir un fens vrai fuivant l'écrivain, à l'égard des tribunaux de la Juftice, qui n'ont jamais pour caufe, au moins apparente, des intérêts particuliers & doivent néceffairement entraîner par-là le Royaume dans le défordre & l'anarchie.

13 *Février* 1777. *Le mort marié* n'a pas eu hier tout le fuccès que fembloient lui promettre les noms des auteurs. Le fujet préfente une idée vraîment comique, mais dont on n'a pas tiré parti. Les fcenes ont paru froides ; le combat, qui a eu lieu fur la fcene, puérile, & le procès burlefque, fans gaieté. La mufique a fait peu de fenfation ; on y a même remarqué des contrefens, ou du moins fouvent peu de rapport aux paroles & aux fituations. On a annoncé la feconde repréfentation pour dimanche, mais avec répugnance de la part du public qui a hué l'acteur.

14 *Février.* Il y a fur le Pont Notre-Dame une Machine à eau très-effentielle pour en fournir dans cette capitale. Malheureufe-

ment fa vetufté & fon état de dépériffement irré-
médiable ne permettent pas d'efpérer qu'elle
puiffe fubfifter encore longtems. Cependant
fi elle venoit à manquer avant que d'être rem-
placée par une autre, une grande partie de
Paris fe trouveroit dénuée d'eau pendant plufieurs années & feroit expofée aux plus grands
dangers dans les cas d'incendie. Il eft donc de
néceffité abfolue de prévenir de bonne heure
deux inconvéniens auffi confidérables. Mais
puifqu'on eft obligé de conftruire une nouvelle
machine, il faut profiter de cette occafion pour
corriger les défauts de la premiere, dont les
principaux font de fournir une trop petite
quantité d'eau, & d'en donner une chargée
d'immondices qui fortent continuellement des
égoûts, des bâteaux de chaux, des boucheries,
du travail des blanchiffeufes & des teinturiers
qui fe trouvent dans le voifinage.

C'eft pour remplir ces vues, foit en totalité,
foit en partie, qu'on a préfenté en 1776 trois
projets à l'Académie des Sciences.

Le premier eft celui de Mr. de Parcieux,
vérifié & perfectionné par M. Perronet. Son
objet eft d'amener par des aqueducs les eaux
de l'Yvette, de Bievre & du ruiffeau de
Bures.

Le fecond, propofé par M. Dauxiron, & en
dernier lieu par M. Perrier, eft d'établir plufieurs pompes à feu difperfées fur les bords de
la riviere.

Le troifieme eft la Machine du Sr. Capron,
que l'Académie a reconnue, "utile, poffible
,, dans fon exécution, capable enfin de four-
,, nir une eau plus pure par fon emplacement,

B 6

,, un plus grand volume de ce fluide, & à
,, une plus grande hauteur que les machines
,, actuellement établies fur la Seine. ,,

Il faut efpérer que la ville s'occupera inceſſamment d'un parti néceffaire à prendre dans
les circonſtances.

14 *Février* 1777. Voici les principaux arti-
cles fur lefquels la Jurifprudence du Grand
Conſeil eſt, fuivant l'expreffion énergique de
M. Goezmann, *folitaire.*

I. Cette Jurifprudence reconnoît l'Inquifition comme un Tribunal de Juſtice en
France.

2. Elle autorife les Juges d'Eglife à connoître du Petitoire & du Poffeffoire des matieres
Eccléfiaſtiques.

3. Elle favorife les claufes *proprio motu &
Apoftolicæ Poteſtatis plenitudine*, & par conféquent l'infaillibilité du Pape.

4. Elle a dans tous les tems fomenté les
atteintes qui ont été données à la Loi Nationale de la Pragmatique Sanction & à l'ancienne Difcipline de l'Eglife.

5. Le Grand Conſeil fe prétend Juge des
appellations comme d'abus dans les renvois &
attributions qui lui font faites, au préjudice
de l'article XX. de l'Edit de 1695, & dans
fa Jurifprudence à cet égard il reſtreint la Jurifdiction Royale, en ce qu'il fe réferve toujours de déclarer l'Appellant non-recevable.

6. L'attribution qui lui eſt faite des conteſ-
tations à naître au fujet des nominations qui
fe font en vertu du droit de Joyeux Avénement
& du ferment de fidélité, fuppofe que ces deux
Droits Royaux font moins privilégiés que la

Régale, & émanent d'une source différente.

7. Il est d'usage d'adjuger les dignités des Eglises Cathédrales & Collégiales aux Gradués, comme les autres Bénéfices, au préjudice des réclamations faites à cet égard par l'assemblée générale du Clergé, notamment en 1660.

8. Dans la connoissance qu'il s'attribue des délits Ecclésiastiques, il ne reconnoît point le privilege de Cléricature que le Parlement a toujours défendu & protégé.

Quoique la matiere de cet ouvrage semble très-aride, l'auteur l'a rendue intéressante par beaucoup de faits dont il s'appuie ; ce qui annonce une grande connoissance de l'histoire & une érudition profonde. Il y a d'ailleurs de la clarté, de la méthode, du style ; ce qui feroit présumer que c'est mal à propos qu'on l'attribue au Sr. Goezmann.

14 *Février* 1777. Le Grand Conseil a repris le mardi gras son usage antique de jouer aux dez après l'audience. Le premier Huissier apporte le cornet au Premier Président, qui commence, & tous les Magistrats suivent : le Public y est admis. C'est sur le Bureau même du Greffier que se tirent les chances. On ne dit point l'origine de cette cérémonie futile en apparence & sans doute allégorique. C'est un avis salutaire aux plaideurs de la maniere dont vont être jugés leurs procès, & plût à Dieu qu'ils ne le fussent jamais qu'ainsi !

15 *Février*. L'exécution du premier projet pour procurer de l'eau à *Paris*, monte, suivant le devis de M. Perronnet, à 7,826,200 Livres. A quelque perfection qu'on doive s'attendre dans un travail fait sous ses ordres, l'eus

tretien toujours inévitable d'un ouvrage quelconque, doit être estimé dans celui-ci proportionnément à son étendue, qui a près de 9 lieues de longueur.

Le second projet d'employer les pompes à feu monteroit par an, suivant les calculs de l'Académie, à la somme de 129,900 Livres, pour fournir 600 pouces d'eau à la hauteur seulement de 80 pieds. Mais 1°. cet entretien qui répond au capital de 2,598,000 Livres, seroit pour la ville une charge perpétuelle & très-considérable, qui ne feroit qu'augmenter de tems à autre par les réparations nécessairement fréquentes dans une construction de cette nature. 2°. La hauteur de 80 pieds ne suffisant pas pour les quartiers les plus élevés de Paris, il faudroit augmenter la dépense pour y porter l'eau dont ils ont besoin. 3°. La consommation journaliere & prodigieuse du charbon de terre ameneroit avec le tems la diminution & la cherté de cette denrée nécessaire à plusieurs Arts. 4°. L'abondance des vapeurs sulphureuses & bitumineuses qui s'exhaleroient continuellement des fourneaux & qui seroient condensées par l'air toujours épais des grandes villes, formeroit un nuage infect, qui porteroit l'incommodité & peut-être la maladie, principalement dans les maisons voisines des lieux où différens corps de pompes seroient placés.

La machine de M. Capron, suivant lui, n'a aucun de ces inconvéniens, & a beaucoup d'avantages que n'ont pas les deux autres.

15 *Février* 1777. Le 7 Février l'Avocat général Seguier à dénoncé au Parlement dans un

long Requisitoire un écrit intitulé : *Motifs de ne point admettre la nouvelle Liturgie de M. l'Archevêque de Lyon.* Il est relatif à la querelle existante depuis longtems entre ce Prélat & son Chapitre. Le Magistrat très - zélé pour M. de Montazet , y déploie son éloquence contre le parti Moliniste dont il juge l'ouvrage émané , & fait le plus grand éloge de l'Archevêque , Coryphée des Jansénistes.

Par une singularité remarquable la Cour , en ordonnant que le libelle en question soit lacéré & brûlé , ne lui donne aucune qualification.

16 Fév. 1777. *Dom Japhet d'Arménie*, comédie en cinq actes & en vers de *Scarron* , est une farce fort bonne pour le tems où elle a été composée & qu'on ressuscite ordinairement les jours gras pour amuser les bourgeois & le peuple , qui vont par extraordinaire au Spectacle ces jours-là. Cette piece a fait une fortune extraordinaire cette année , & elle a fort réjoui la Reine & la famille Royale. On y a joint le Divertissement qu'on appelle la *Cavalcade* : on l'a enrichi de tableaux pittoresques analogues aux Courses , qui font aujourd'hui la fureur des Princes & de nos jeunes Seigneurs , ce qui fait spectacle & est réellement fort amusant ; ensorte que *Dom Japhet* dure encore durant le Carême.

16 Février. Il paroît décidé que la ville reprendra l'Administration de l'Opéra à Pâques. Un M. de Vougny , cousin - germain de M. Amelot , fort bien avec M. le Comte de Maurepas , grand coureur de filles , & allant beaucoup à ce spectacle comme le centre de cette marchandise , a desiré y présider sous l'inspection du Ministre & en aura la direction honorifique

& utile. On ne doute pas qu'il n'ait des crou-
piers. Du refte, le Sr. le Berton conduira toute
la machine, quant à ce qui concerne la partie
des Arts.

*17 Février 1777. Mémoires de Louis XV, Roi
de France & de Navarre, dans lefquels on donne
une defcription impartiale de fon caractere, de
fes guerres, de la politique de fa cour, du génie
& de l'habileté de fes Miniftres, Généraux & Fa-
voris. Par un ancien Secrétaire d'Ambaffade de
la Cour de France : traduits de l'Anglois.*

Tel eft le titre d'un ouvrage, qui fous cette
annonce impofante cache la plus parfaite ftérilité.
En effet, quel talent ne faudroit-il pas pour
réduire tant de chofes en 59 pages qui font
toute l'étendue du pamphlet ? Mais on y remarque en outre une ignorance craffe, des ana-
chronifmes fréquens & une infinité de fautes qui
ôtent tout le mérite qu'il pourroit avoir comme
hiftorique. Il eft d'ailleurs fort mal écrit, & ne
peut avoir été compofé que par un étranger,
non - feulement n'ayant aucune étude, aucune
politique, mais aucun ftyle. Il eft affez impartial & fans méchanceté : ce font les feules bonnes
qualités qu'on y remarque.

17 Février. Il paroît une *Requête au Roi
pour les malheureux habitans du Mont-Jura,* au
nombre de douze mille. Elle eft accompagnée
d'une *Lettre,* écrite le 24 Août dernier par ces
habitans à M. le Comte de Saint-Germain, rapporteur de leur affaire au Confeil. Il eft queftion de faire caffer un Arrêt du Parlement de
Befançon du 18 Août 1775, qui conferve au
Chapitre de St. Claude le droit & la poffeffion
de la main-morte générale & territoriale réelle

& perfonnelle fur les hommes , fonds & territoi-
res des fuppliants. On connoît depuis long-tems
cette queftion par les éloquens écrits de M. de
Voltaire. Tout récemment encore il a offert à
M. de Mirbeck , avocat aux Confeils , leur défenfeur , de le feconder de fa plume , de fon
crédit & de fa bourfe , pour faire brifer les fers
de fes cliens.

18 *Février* 1777. Les Libraires affociés à
l'*Encyclopédie* , n'ont pas manqué de faire une
Réponfe au Mémoire du Marquis de la Saone &
Conforts intervenans , & contre le Sr. Luneau de
Boisjermain. Elle eft fignée de Me. Serpaud ,
Avocat , & fuivie d'une Confultation de Me.
Boudet , en date du 8 de ce mois. Il eftime que
cette réponfe contient les moyens les plus fo-
lides & qu'elle donne une nouvelle force à
ceux qu'il a lui - même employés dans fon
Précis.

Les Libraires écartent dans le grand nombre
des *opérations relatives à l'Encyclopédie* , toutes
celles qu'ils ne peuvent , difent - ils , regarder
comme liées à l'intérêt public. Ils ne parlent
dans cet écrit que de celles analogues aux per-
miffions apparentes ou tacites qui leur ont été
accordées , de celles qui frappent fur leurs conditions avec les foufcripteurs , & enfin de celles
concernant les Réglemens. Ils prétendent avoir
répandu fur ces trois points la plus vive lumiere ,
& il faut avouer qu'ils difent des chofes affez
fatisfaifantes , fans cependant répondre à tout.

On voit qu'ils en veulent fur- tout à M. Luneau de Boisjermain , qui depuis huit ans les
tracaffe : ils l'inculpent adroitement d'avoir
déféré l'affaire au tribunal de 1771 ; mais ils

se targuent du jugement du 7 Septembre de la
même année, qui fit perdre en un instant à leur
adversaire sa prétention à passer pour un homme
supérieur dans les sciences, dans les lettres,
dans les arts : " Ses titres de Censeur, Cri-
,, tique, Délateur, Témoin, Expert, Juge,
,, Exécuteur, ajoutent-ils, tout disparut par
,, ce jugement ».

A l'égard du *Retentum* de la requisition du
Ministere public, qui chargea les Libraires de
rapporter les Mémoires & autres pieces relatives à l'Encyclopédie, pour en être rendu
compte & ordonné ce qu'il appartiendra, ils
semblent se faire un mérite d'avoir différé d'y satisfaire alors, en s'empressant aujourd'hui de
le faire.

19 *Février* 1777. M. Dorat ayant jugé à propos de se louer à outrance dans une *Lettre d'une*
prétendue *Académicienne des Arcades de Rome*,
on a pris la même tournure pour le dénigrer
dans une Epigramme attribuée à Mrs. Palisso
& Clément. Il faut se rappeller que l'Apologie
roule principalement sur ses ouvrages dramatiques & sur *le Malheureux imaginaire*. L'épigramme est intitulée :

Confession Poëtique, par un Académicien des
Arcades.

De petits vers pour Iris, pour Climene,
Dans les boudoirs m'avoient fait quelque nom :
Desir me prit de briller sur la scene,
Mais j'y parus sans l'aveu d'Apollon.
Là, comme ailleurs, s'achette la victoire :
A beaux deniers l'on m'a vendu la gloire :

Mieux eût valu, ma foi, qu'on m'eût berné.

Que m'ont fervi tant de prôneurs à gages ?

De mes fuccès où font les avantages ?

Un feul encore, & je fuis ruiné !

20 *Février* 1777. La machine à eau du Sr. Ca-pron, fuivant lui, n'eft fujette à aucun des in-convéniens qu'on critique dans les autres pro-jets : elle eft fimple dans fa conftruction, & n'a pour moteur que le mouvement de la Seine. Placée à 300 toifes au - deffus de l'ifle Louvier, par conféquent de tous les égoûts de Paris, & conftruite de manière à ne pouvoir nuire à la navigation, elle formeroit par fon château d'eau un obelifque de 150 pieds de hauteur, fufcep-tible d'être décoré : par l'élévation de fes cuvet-tes elle fourniroit de l'eau aux quartiers fupé-rieurs, & par fa pofition cette eau feroit plus pure que celle puifée dans le centre de la ville par les pompes à feu, ou prife dans l'Yvette, dont le goût marécageux ne peut fe perdre que par une longue évaporation. Son moindre produit fera de 600 pouces, rendant 1,800 muids par heure : volume triple de ce que donnent ordinairement la Pompe de Notre-Dame, la Sa-maritaine & la Conduite d'Arcueil réunies. Quoique ce volume foit fuffifant, fur-tout en laiffant fubfifter *Arcueil*, & la Samaritaine, qui, par fon emplacement, ne gêne point la naviga-tion comme la Pompe Notre-Dame, cependant fi l'on defiroit l'augmenter, il feroit très-facile de fe procurer un excédent quelconque avec une dépenfe moindre des deux tiers que celle propofée. Enfin ce projet ne change rien à la

poſition actuelle des conduites , châteaux d'eau
& fontaines dans l'intérieur de la ville ; ce qui
procure une aſſez grande épargne , que ne
forme pas le projet de la riviere d'Yvette.

20 *Février* 1777. Comme Paris a beſoin abſolument d'un *Arlequin* , que le Carlin preſque
ſeptuagénaire ne peut long - tems ſuffire à ce
rôle , que le Sr. Coraly , déſigné pour le rem-
placer ne plaît pas au Public , le Sr. Bigotini a
eſſayé de faire rire & de déployer ſes talens en
ce genre ; ce qu'il a fait avec ſuccès le 18 de ce
mois. Reſte à ſavoir ſi cela durera. Une choſe
qui doit le rendre plus agréable & plus précieux ,
c'eſt qu'il eſt à la fois acteur & auteur. Du
moins, on lui attribue la piece d'*Arlequin Eſprit
follet* , dans laquelle il a paru. Elle a été jouée
pour la premiere fois le même jour : elle eſt en
trois actes , avec ſpectacle & divertiſſement , &
a beaucoup amuſé les amateurs.

21 *Février.* C'eſt à un nouveau jeu Anglois , nommé le *Creſp* , qu'ont été faites au Palais Royal les groſſes pertes dont on a parlé. Il
ſe joue avec deux dez & c'eſt une eſpece de
paſſe-dix. Les gros joueurs ne pouvant traîner
avec eux , ou même avoir réaliſé dans le moment les ſommes énormes qu'ils courent riſque
de perdre , ont imaginé des boîtes avec des
jettons ou fiches à leur nom , portant de l'autre
côté 10 , 15 , 20 , 100 Louis. Ce ſont des eſ-
peces de Lettres de change qu'on prend pour
bonnes & qui ſe payent le lendemain ſur le
champ. M. de la Vaupalliere ayant prié ſa femme de lui en faire arranger une de cette eſpece ,
elle y a joint ſon portrait & ceux de ſes enfans,
avec ces mots : *Souvenez-vous de nous* ! Mot

peu efficace, car il n'en a pas moins perdu beaucoup. Cette paffion eft devenue une fureur
encore plus épidémique & plus extrême durant
ce carnaval.

21 *Février* 1777. Ce qui fâche le plus les Libraires dans le Mémoire des Soufcripteurs de
l'Encyclopédie, c'eft le calcul de leurs gains
qu'en y révele, & qui, fuivant le réfultat
qu'on en foutnit, après en avoir articulé en
détail toutes les parties, fe montent au capital
énorme de 3,240,798 Livres 15 Sols 6 Deniers.
Alors il refte toujours près d'un million de lu-
cre illégitime, c'eft-à-dire au-dela de la con-
vention primitive.

21 *Février*. A la vente des Tableaux
de l'hôtel d'Aligre on voit avec plaifir que les
curieux & amateurs portent à un prix affez
haut les ouvrages de l'Ecole moderne, même
de Maîtres médiocres. On y trouve deux
tableaux en tapifferie des Gobelins, fujet paf-
toral, fous glace, vendus 2,659 Livres 19 Sols.
L'Etude de la tête d'une jolie femme par Greuze,
montant à 2,599 Livres 19 Sols. Un tableau
d'une feule figure, par Aubri, à 1,000 Livres.
Deux tableaux par Ollivier, Vues de jardins,
ornés de figures, 725 Livres. Deux payfages
par Robert, 900 Livres. Un petit tableau de
Payfage avec figures par Bounieu, 650 Livres.

21 *Février*. Rien de plus plaifant que
l'appareil impofant avec lequel M. de Lille
nous donne une Edition des *Mélanges de Madame la Comteffe de Vidampierre*. Le tout a
64 pages, la préface feule 24, & dans le furplus fe trouvent encore plufieurs pieces étran-

geres. On ne peut nier qu'il n'y ait des graces
& de la facilité dans les trois ou quatre Opuſcules de cette Dame, mais qui ne valent pas
aſſurément la peine de la placer au deſſus de
Mad. Deshoulieres, comme le fait l'emphati-
que Editeur. Il paroît, au ſurplus, que cette
charlatannerie a pour motif louable de procurer
quelque argent à cette femme de qualité dans
l'indigence.

22 *Février* 1777. Ce qui pourroit faire pen-
cher la ville pour le projet du Sr. Capron,
c'eſt que ſon devis eſt très modique en comparaiſon des deux autres & relatif aux vues d'économie & d'embelliſſement que le bureau de cette
adminiſtration pourroit ſe propoſer. La machine adoptée telle qu'il la préſente, ne coûteroit
que 1,800,000 Livres, & comme elle eſt infiniment moins compliquée que celle du Pont
Notre-Dame, dont l'entretien ne va qu'à 7,000
Livres, il eſt clair que la dépenſe annuelle ſeroit
beaucoup moins conſidérable.

Si l'on veut adopter l'Obelisque à un Pont,
qui facilite la communication des nouveaux
boulevards aux anciens, qui, en formant un embelliſſement digne de la Capitale, établiſſe une
circulation avantageuſe entre trois fauxbourgs
très peuplés, *Saint-Antoine, Saint-Victor &*
Saint-Marcel, qui ſerve enfin à faire paſſer directement les conduites deſtinées au quartier de
l'Eſtrapade, & qui éviteroit un grand circuit,
la dépenſe montera à 3 millions, en cédant à
l'Entrepreneur les matériaux & le terrein de la
garre dont la ville a abandonné le projet.

Enfin, ſi l'on eſt forcé de n'employer que
les moyens les plus économiques, l'Architecte

fera placer fa machine au Pont au Change, où la tour du Palais pourroit fervir de château d'eau. Dans ce cas-là la dépenfe ne montera qu'à 900,000 Liv. & le produit fera le même. Il eft vrai que dans cet emplacement l'eau n'a plus le dégré de pureté qu'elle avoit dans le premier ; cependant en prenant certaines précautions, il prétend que l'eau puifée en cet endroit feroit moins chargée d'impuretés qu'à la Pompe Notre-Dame, & l'on acheveroit de la clarifier, en la filtrant avant de l'élever dans les cuvettes de diftribution.

22 *Février* 1777. Malgré la réduction du Ballet *des Horaces*, appellé depuis Pantomime, en trois actes, & fon nouveau dénouement, d'autant plus heureux, qu'il permet à l'auteur de rendre au caractere du vieil *Horace* toute fon énergie, il n'a pu aller bien loin, & l'on l'a donné le 20 Février pour la derniere fois. Ce dénouement eft cependant beau. *Horace* eft condamné : le pere arrive & harangue l'armée. Ce n'eft point un bavardage oratoire dans lequel on emploie toutes les fineffes de l'art pour affoiblir le crime, c'eft un plaidoyer fublime en action. Il va de rang en rang & préfente aux Soldats les dépouilles des *Curiaces ;* les lances & les drapeaux, auparavant renverfés, fe relevent, & le fauveur de la patrie eft porté fur des boucliers. Tout cela n'a pu tenir contre les mauvaifes plaifanteries, & il en a réfulté une chanfon. Peut-être n'aura-t-elle pas beaucoup de fel lorfque le fujet fera perdu de vue & oublié, mais elle amufe aujourd'hui & c'eft à qui la chantera.

CHANSON,

Sur l'Air : *Palfembleu Mr. le Curé*

Tout le monde est convaincu
 Que le Ballet des Horaces,
En même tems est le Ballet des Cu...i...
 Le Ballet des Curiaces.

Quel spectateur n'est point ému,
 En voyant l'aîné des Horaces
Prendre courage & pourfendre trois Cu...
 Pourfendre trois Curiaces.

Ah, juste ciel ! tout est perdu,
 Dit Camille au fier Horace :
Je suis ta sœur & tu perces mon Cu...
 Tu perces mon Curiace !

A l'instant son frere bourru,
 Vous la poignarde avec grace,
Camille tombe & montre encor son Cu...
 Montre encor son Curiace.

Vous, à qui Noverre est connu,
 Jettez des fleurs sur ses traces,
A l'Opéra j'aime à claquer les Cu...
 A claquer les Curiaces.

23 *Février* 1777. Mlle. Arnoux avoit émeuté
une forte cabale en sa faveur le jour où elle
a joué le rôle d'*Iphigenie* ; ensorte que ses partisans ont contrebalancé les huées de ses adversaires. Les gens impartiaux, en convenant de

la beauté de son jeu, ont trouvé qu'elle n'a-
voit plus de voix & qu'il n'étoit pas possible
qu'elle pût rester longtems avec succès à ce
théatre. Quant à la tragédie, elle a paru encore
embellie de la *fête d'Achille* au second Acte,
devenue plus intéressante par l'art du Sr. Noverre, qui lui a donné le caractere propre &
la lie merveilleusement à l'action.

23 *Février* 1777. On a dit que *Dom Japhes
d'Arménie* avoit été représenté à la cour. Le
Roi, pour s'amuser, avoit donné le mot aux
coryphées de la Cavalcade; il leur avoit ordonné d'imiter toutes les allures, attitudes, sima-
grées de la Reine & du Comte d'Artois à la fameuse Course de Fontainebleau, & leur en avoit
fait faire des répétitions. Cette petite farce a été
exécutée avec tant de vérité, que les augustes
personnages s'y reconnoissant & voyant un
dessein formé de les jouer, se seroient peut-
être courroucées, si par l'affection du jeune
Monarque à n'en rire que plus fort, ils n'avoient
jugé que S. M. étoit d'intelligence; ce qui les
a déterminées à prendre aussi le parti d'applaudir. Le Roi a été si satisfait de ce spectacle,
qu'il a voulu que tous les Acteurs, Farceurs &
Suivans de la troupe eussent bouche à cour ce
jour-là, & fussent régalés à ses dépens.

23 *Février.* Un tableau de *Greufe* représentant un enfant qui tient un chien entre ses
bras, faisant partie de ceux vendus à l'hôtel
d'Aligre, a été adjugé pour la somme de 7,200
Livres 1 Sol.

24 *Février.* Par le nouveau plan du Palais
qui s'exécute, on y arrivera par la place Dau-
phine, que l'on dégagera en face de *Henri* IV,

Tome X.   C

en jettant des maisons bas, ainsi que devant la porte d'entrée qui donne dans la rue *du Harlay*. On élargira la cour de *Lamoignon* & l'on y construira une aîle du côté de la Première Présidence, qui sera rebâtie dans une forme différente. On conservera par les Salles une communication avec la Sainte Chapelle, mais elle sera isolée à l'avenir. Le Roi n'arrivera plus par les petites vilaines rues, par où l'on étoit obligé de prendre, mais par le Pont-neuf. En un mot, cela sera plus noble & plus magnifique, si le plan s'exécute ainsi qu'il est présenté.

24 *Février* 1777. Tout fait spectacle dans ce pays-ci, & aujourd'hui que l'on est revenu des plaisirs du Carnaval, la foule se porte successivement vers les églises pour en voir un d'une espece particuliere. M. *Haun*, Abbé du Mont-Liban & Général des Antonins, est depuis la fin de Décembre à Paris. Ce Prélat Maronite y est venu avec un de ses Religieux à dessein de faire une quête pour l'aider à rebâtir son Abbaye que les flammes ont dévorée. Elle a lieu pendant la messe qu'il célebre tour-à-tour dans les paroisses & dans les couvens. Il est muni d'attestations de son Eminence le Cardinal Girault, & a en conséquence obtenu cette permission de l'Archevêque de Paris. Il officie en langue Syriaque. Les cérémonies de la messe sont dans ce rit les mêmes que celles du rit Romain, à cette différence près que l'officiant ne prend d'abord qu'une portion de l'Hostie & du précieux Sang. Cette premiere communion faite, il s'empare du calice d'une main, & de l'autre de la seconde partie de

l'hostie, qu'il tient au dessus du calice, re-
couvert de sa patene. Il se tourne alors vers le
peuple, comme pour l'inviter à venir participer
avec lui aux saints mysteres & expose aux yeux
cette portion de l'hostie & le calice, les élevant
& les abaissant de la même maniere que se
donne la bénédiction avec l'ostensoir. Il ne
chante à la célébration de la grand'messe que
le *Kyrie*, le *Gloria*, &c. comme dans le rit
Gallican. Le Clerc, (natif de Montpellier,
élevé au Mont-Liban, qui lui sert d'interprête)
l'accompagne alors avec deux especes de cym-
bales, qu'il frappe l'une contre l'autre en différens sens pour produire des sons variés ; quelquefois il frappe l'instrument avec une clef,
musique très-peu harmonieuse.

Ce Prélat a officié à Saint Denys aux Car-
mélites. Madame Louise le manda, se trans-
porta à la grille, &, à la tête de sa Communauté, reçut sa bénédiction.

M. Haun est logé chez les Bénédictins dans
l'Abbaye de Saint-Germain des Prez, où il est
plus à portée de trouver des Savans avec qui
converser, n'entendant pas notre langue.

25 *Février* 1777. Il résulte du projet de l'Architecte Capron : 1. Qu'il est infiniment moins
dispendieux que les deux autres. 2. Que l'eau
qui sera élevée par sa machine à 300 toises de
l'île Louvier, sera beaucoup plus pure & plus
salubre. 3. Que le volume de cette eau étant
triple de celui que fournissent communé-
ment Arcueil & les machines de la Seine
réunies, non-seulement il sera suffisant pour
toutes les fontaines publiques faites ou à faire
dans les différens quartiers de la ville, mais

qu'il en reftera {encore plus de la moitié , que la ville pourra vendre à fon profit. Ce bénéfice , qui eft très-confidérable , puifque 200 pouces feulement vendus à moitié du prix ordinaire , c'eft-à-dire à 100 Livres la ligne , formeroient une fomme de 2,88,000 Livres , & payeroient au-delà des frais de la machine , eft encore fuf-ceptible d'une augmentation plus forte, & beau-coup moins coûteufe que dans les autres projets.

Ce qui pourroit furtout déterminer à accep-ter ce projet , c'eft que l'auteur , dans le cas où il ne plaîroit pas au Roi d'autorifer la ville à faire les avances pour l'exécution de fon entre-prife , s'en eft chargé par une foumiffion par-ticuliere , remife entre les mains de M. Ame-lot , le Secrétaire d'Etat ayant le département de Paris.

25 *Février* 1777. Le Concert exécuté le fa-medi 23 au profit des Srs. *Franzl & Punto*, a ravi tous les connoiffeurs par la beauté des détails & l'excellence des maîtres qui y ont brillé. Mais les héros de cette affemblée s'y diftinguerent furtout. Le premier exécuta un concerto de violon plein d'agrément & de difficulté. On admira la belle qualité de fon & le fini précieux du jeu de ce virtuofe, qui n'a cependant rien de fupérieur à ceux que nous connoiffons. On ne peut pas en dire autant du fecond , dont la compofition pleine d'agrément n'approche pas de fon exécution. Il n'y en a pas d'exemple. On peut dire avec juftice qu'il a porté fon inf-trument à un degré de perfection dont on ne l'auroit pas cru fufceptible. Il n'eft arrêté par aucune difficulté. Le fon qu'il tire du cor-de-chaffe eft celui de la voix la plus douce & la

plus fenfible. Et ce qui étonne même les mu-
ficiens, c'eft qu'il a le talent de faire entendre
deux fons très-diftinctifs fur un inftrument qui
femble n'en comporter qu'un.

26 *Fevrier* 1777. La fureur des fpectacles
portée aujourd'hui à fon comble fait s'évertuer
les Artiftes, qui ne ceffent de préfenter des
projets pour former de nouvelles Salles : il en
paroît un nouveau concernant la Comédie
Françoife, que l'on imagine de conftruire
fans qu'il en coûte rien au Gouvernement, dans
le jardin des Capucins de la rue Saint-Honoré.
On propofe de tranfporter ces moines à la
chauffée d'Antin, où ils fuppléeront aux fecours eccléfiaftiques dont manquent les habitans de ce quartier. Mrs. Cellerier & Poyet
font auteurs de ce projet. On en voit tous
les avantages par la difpofition du plan. Ils fe
félicitent d'avoir trouvé un emplacement, le
plus beau qu'on puiffe choifir en pareil genre,
tant en lui-même qu'à caufe des autres difpofitions du local, qui fourniffent toutes les
commodités néceffaires pour l'abord, le féjour
& la fortie des voitures.

27 *Février*. On peut fe rappeller le bruit
qui a couru, il y a environ deux mois, que le
nouveau Directeur du Tréfor royal, quoiqu'hérétique, avoit dîné publiquement chez
l'Archevêque de Paris. Cette nouvelle certaine
a été confignée dans une épigramme qui n'a
tranfpiré que depuis peu. Il faut favoir que
le Prélat fe nomme Chriftophe.

Nous l'avons vu, fcandale épouventable!
Necker affis avec Chriftophe à table,

Et vingt Prélats favourant à l'envi
De rouges bords le nectar délectable.
L'Eglife en pleure & le Diable eft ravi.
Mais en ce jour, d'une indulgence telle,
Quel feroit donc le motif important
Qui de Beaumont a perverti le zele ?
C'eft que Necker, le fait eft très-conftant,
N'eft Janféniſte, il n'eſt que Proteſtant.

27 *Février* 1777. Les Gluckiſtes l'ont emporté; ils ont obtenu qu'on donneroit *Alceſte* pour la Capitation des Acteurs. On y joindra un Ballet champêtre de la compoſition du Sr. Noverre. C'eſt lundi 3 Mars que la premiere repréſentation aura lieu.

28 *Février.* Mercredi à fept heures & demie du foir on voyoit partir du Couchant une gerbe de lumiere femblable à la queue d'une Comete, qui s'élançoit du Bélier vers la Ceinture de Perſée. Cette lumiere s'étendoit peu à peu juſqu'à l'Orient & forma vers les neuf heures un arc lumineux de près de 150 dégrés. En même temps l'horifon étoit éclairé vers le Nord-Oueſt d'une grande Aurore Boréale, qui jettoit de tems en tems des colonnes lumineuſes. M. de la Lande, qui regarde les Aurores Boréales comme des émanations électriques, croit que cette lumiere circulaire étoit une fuite de l'Aurore Boréale. La chaleur qu'on éprouve depuis quelques jours rend plus vraifemblable encore cette explication. Ce grand cercle difparut vers les neuf heures & demie. Il eſt extrêmement rare dans nos climats de voir des Aurores Boréales arriver juſqu'à une ſi

grande diftance du Nord & furtout de les voir abfolument féparées de la lumiere , qui vient ordinairement du Nord-Oueft.

28 *Février* 1777. Mlle. Dumefnil retirée du théâtre dans un âge avancé , fe trouve avoir be-foin de fecours extraordinaires. Les Comédiens payent aujourd'hui à fes talens un tribut de re-conneiffance qu'ils lui doivent. Ils donnent une repréfentation à fon profit par une annonce extraordinaire. On joue *Tancrede*.

1 *Mars*. La maffe de l'Edifice propofé par les Srs. Cellerier & Poyet , pour une nou-velle Salle de Comédie Françoife élevée fur le terrein des Capucins de la rue St. Honoré , feroit de 24 toifes de face fur le devant & de 36 de profondeur fur les rues latérales. Elle feroit décorée extérieurement d'une Colonnade Dorique , pettée par un foubaffement ouvert en arcade , formant galerie au pourtour.

Dans les terreins à vendre , dont le produit fuffiroit pour la conftruction de la Salle , on ménage deux rues latérales de 50 pieds de largeur , qui conduiroient aux Tuilleries , bordées de bornes , formant trottoirs pour les gens de pied , & une autre de même largeur derriere la Salle , ce qui l'ifoleroit de toutes parts. Les deux rues latérales du côté de la rue St. Honoré feroient terminées par deux grandes arcades , fous lefquelles on defcen-droit à couvert. La forme de la Salle intérieure eft ovale : on y a pratiqué quatre rangs de loges. Le tout eft couronné d'une voûte ornée de caiffons. Les fpectateurs y feroient tous affis.

Les gens de l'art s'accordent généralement fur la beauté de cette Salle , dont la forme exté-

rieure , rappellant l'idée des anciennes Bafi-
liques , auroit un air impofant & de nouveauté
dans Paris. Ils aiment furtout la galerie au pourtour, qui réuniroit l'utilité à la magnificence ,
en ce qu'elle procureroit aux fpectateurs , dans
les entr'actes ou dans l'intervalle des pieces,
le moyen de changer d'air & de refpirer à leur
aife.

Enfin les architectes , pour ne point choquer
les dévots & fe ménager l'agrément de Mr.
l'Archevêque , au cas où l'on adopteroit le
plan en queftion , ont eu foin de refpecter le
fol de l'églife & d'en éloigner la Salle du
Spectacle.

2 *Mars* 1777. On parle beaucoup d'un pamphlet fatyrique intitulé *la Béquille*. On fent
qu'en effet ce fujet peut prêter à quantité d'idées
analogues aux circonftances ; mais comme il eft
infiniment plus aifé d'imaginer un titre que de
le remplir , jufqu'à ce qu'on ait vu l'ouvrage,
on peut le ranger avec cet *Almanach Royal*
commenté, dont tant de gens ont parlé & que
perfonne digne de foi n'affure avoir lu.

2 *Mars*. Il eft décidé que le Régime actuel de l'Opéra va changer encore. C'eft le Sr.
Le Breton qui , fuivant le nouveau plan , fera
adminiftrateur général : on met fous lui un
nommé Grenier comme Directeur, & la Ville
reprend la haute police de cette machine. Le
Sr. Buffau eft le feul des Régiffeurs actuels qui
reftera : il aura le département des fonds, il
veillera à la recette & à la dépenfe. Ce fera le
petit N * * * de ce Tréfor , aufli pillé & aufli
fouvent vuide que le R. . . . .

3 *Mars*. On étoit dans l'impatience de ce

qu'enfantoit à Londres Mr. Linguet : l'on en a
un échantillon ; C'eſt une nouvelle Diatribe intitulée : *Lettre de M. Linguet à M. le Comte de*
VERGENNES, *Miniſtre des Affaires Etran-*
geres en France, in-8°. de plus de 60 pages.
Il y maltraite non - ſeulement ce Miniſtre,
mais tous ceux auxquels il a eu affaire & qui
n'ont pas fait ce qu'il deſiroit. Il n'épargne ni
l'Académie, ni le Conſeil, ni le Parlement :
c'eſt l'écrit d'un forcené qui ne ménage que
le Monarque. A travers ſes fureurs convulſives,
on aſſure qu'on découvre beaucoup d'éloquence ; il renonce abſolument à ſa patrie &
déclare qu'il va reſter en Angleterre pour va-
quer à une édition de ſes Oeuvres & qu'il em-
ployera ſes loiſirs à faire un Journal François.

Tous nos Miniſtres ſont outrés, & l'on craint
que cet Aretin n'éprouve une fin ſiniſtre.

3 Mars 1777. Les Comédiens ou le Foyer, co-
médie en un acte & en proſe par M* * *. Suivant l'avertiſſement de l'Editeur, cette facétie
ſeroit de l'Auteur du *Bureau d'eſprit*. Il faut
avouer qu'elle lui eſt auſſi inférieure que le
ſujet. Il y a quelque gaieté cependant, quelque
trait caractériſtique ; mais, en général, les
portraits ſont vagues, les anecdotes futiles :
nulle intrigue, nulle fineſſe, nulle méchanceté, comme il en faudroit pour aiguiſer ce
fond trivial. Malgré cela, il en a encore aſſez
pour exciter le courroux des hiſtrions, les
ameuter contre le poëte & lui attirer l'animadverſion des Gentilshommes de la Chambre,
s'il eſt connu.

Entre les Actrices, Meſdem. Bellecour,
Préville, Veſtris, Fanier, Hus, ſont ſeules

mifes en fcene. Mlle. Doligny y eft auffi ;
mais pour contrafter : fa décence, fa modeftie, fa douceur, font, fans fes reproches,
la fatyre des autres. Quant aux hommes, Préville & Monvel font les plus maltraités.

3 *Mars* 1777. Mercredi prochain il y aura dans
la Salle où fe tient ordinairement le Concert
des Amateurs à l'hôtel de Soubife, un Concert
appellé de *Bénéfice*, au profit du Sr. Jarnowick,
fameux violon.

4 *Mars*. Un *Mémoire pour Nicolas Four-*
fon, Maître Tailleur d'habits à Paris, Deman-
deur, contre Madame la Préfidente de St. Vin-
cent, Défendereffe, fuivi de deux Confultations,
l'une fignée *Mallet* & l'autre *de la Ville*, que
perfonne ne vouloit lire & ne connoiffoit,
excite aujourd'hui la curiofité générale, depuis
qu'il a été affiché une Sentence du Châtelet qui
le fupprime comme *indécent & fcandaleux*. Il
paroît qu'il eft queftion au fond d'un habit
noir que Mad. de Saint Vincent avoit fait
faire pour l'Abbé Coulon, fon Avocat aĉuel
ou du moins fon Orateur. On voit que le
Maréchal de Richelieu, outré contre l'Abbé
qui, fuivant l'anecdote qu'on a rapportée précédemment, non-feulement n'a pas voulu écrire
pour lui, mais a prêté fa plume à fa partie
adverfe, a acheté cette créance & a fait pourfuivre le payement fous le nom du tailleur ;
qu'il a profité de l'inftance pour publier &
répandre le *Factum* en queftion, où l'on cherche à verfer le ridicule fur l'Abbé & fa cliente,
en affeĉant de ne parler que peu de l'habit
& beaucoup des culottes ; ce que l'auteur
trouve plaifant de ramener jufques à la fa-

tiété. On y remarque d'ailleurs une autre méchanceté, c'est en suppofant que la Préfidente
ait hypothéqué cette créance fur les dommages
& intétérêts qu'elle a droit d'attendre du Maréchal de Richelieu, de difcuter fes interrogatoires & de révéler toutes les turpitudes dont
ils font remplis relativement à fes galanteries,
à fes amours avec le Maréchal & M. de Vedel,
enfin à l'enfant qu'elle vouloit leur faire ac-
croire féparément avoir d'eux. Du refte, cet
écrit, comme facétie, pourroit être plus agréable, plus gai & infiniment mieux fait, car au
fond il eft très-médiocre.

L'Ordre doit s'affembler aujourd'hui à l'occafion d'un des deux Avocats dont ce Mémoire eft foufcrit, car l'autre eft rayé du Tableau depuis longtems.

5 Mars 1777. Me. *Mallet*, l'Avocat qui a figné
la premiere Confultation à la fuite du Mémoire
du tailleur, a été rayé hier du Tableau, par
délibération de l'Ordre. Il y étoit infcrit depuis 44 ans.

5 Mars. *Alcefte* n'a pas eu lieu lundi
pour la Capitation des Acteurs. Toute la popu-
lace lyrique s'eft révoltée & a prétendu que
cette tragédie étoit trop-ufée, qu'il n'y auroit perfonne: les uns ont refufé de danfer,
les autres de chanter; & Mrs. les Commiffaires du Confeil, devant quitter à Pâques,
n'ont pas jugé à propos de déployer leur
autorité; enforte que ce Spectacle eft dans
l'anarchie.

6 Mars. Le Concert de *Bénéfice* pour le
Sr. Jarnowick, eu lieu hier, mais non dans
la Salle du Concert des Amateurs, parce que

M. le Prince de Soubise s'y eſt oppoſé & a prétendu qu'il ne convenoit pas qu'on donnât chez lui un Concert à prix d'argent. C'eſt M. le Prince de Guemenée, demeurant dans le même palais, qui a prêté ſa ſalle de ſpectacle extrêmement jolie, mais trop petite. Le Sr. Niboul Caſtrate, y a brillé pour le chant, ainſi que le Sr. Guichard dans la haute-contre; le Sr. Baër dans un concerto de clairinette: les Srs. Franzl & Jarnowick ont ſéparément déployé leur talent pour le violon. On a décidé que le premier étoit plus fini, plus correct, plus léché; mais que l'autre avoit plus de feu, d'énergie & même de graces. Enfin le Sr. Punto a ravi de nouveau dans un concerto de cor, & quoiqu'il convienne modeſtement qu'il n'eſt que le troiſieme ſur cet inſtrument à Manheim, on ne peut l'en croire. En général ce Concert a été médiocre pour le chant.

7 *Mars* 1777. La Reine eſt venue mardi dernier à l'Opéra. On donnoit *Iphigenie*. S. M. ſenſible aux huées dont le parti adverſe pourſuivoit Mlle. Arnoux, a cru les faire ceſſer en ſe déclarant & en applaudiſſant beaucoup cette Actrice; mais ce ſuffrage n'a pu contenir les mécontens, qui ont continué leur manœuvre indécente.

7 *Mars*. M. le Maréchal de Nicolaï eſt fort mal. L'ancien Premier Préſident de la Chambre des Comptes, ſon frere, l'a exhorté à ſe confeſſer. Après pluſieurs difficultés qui n'annonçoient pas une foi bien vive dans le moribond, celui-ci y a conſenti à condition que ſon frere feroit venir ſon fils, le Premier Préſident du Grand Conſeil, & ſe réconcilieroit

avec lui. Le Magiftrat pouffé au pied du mur, n'a pu éluder cette alternative, & l'on affure qu'il a reçu en grace cet objet qui lui étoit odieux.

8 *Mars* 1777. On vient d'imprimer une petite relation de ce qui s'eft paffé au Parlement concernant les mouvemens des ci-devant Jéfuites, ou plutôt les inquiétudes des Magiftrats & les motifs fur lefquels elles font appuyées.

C'eft le vendredi 28 Février que les Chambres furent affemblées fur la demande de Mrs. de la troifieme des Enquêtes. Le Préfident Augran, le plus ancien de cette Chambre, fit fa dénonciation par un difcours, où après s'être arrêté un moment fur le dangereux projet de fonder à l'Ecole-Militaire un Seminaire d'Aumôniers compofé d'Ex-Jéfuites, & conféquemment de leur donner l'afcendant le plus décidé fur les troupes, & de mettre par la fuite dans leurs mains une partie de l'éducation nationale, il félicita le Premier Préfident de l'avoir éventé, & par fon entremife d'avoir détourné le Gouvernement même d'y fonger.

Mais il ne put s'empêcher de dépofer dans le fein de la Compagnie les allarmes que prenoient fes confreres de certains faits, les uns publics, énoncés dans les gazettes, les autres particuliers, mais méritant quelque confiance.

Il obferva d'abord que les Ex-Jéfuites, fans être réunis en Corps dans cette Capitale, y affluoient de toutes parts; qu'ils étoient répandus dans prefque toutes les paroiffes; qu'ils font employés dans le Miniftere; qu'ils rempliffent les Chaires, &c. Il ajouta que la même chofe fe paſſoit à Lyon , & qu'ils y arrivoient même des pays étrangers.

Il remarqua enſuite que ces Ex-Jéſuites dans leurs principes & par leur conduite ne ſe regardoient pas comme diſſous par la Bulle de ſuppreſſion de Clément XIV , dont ils attaquent la compétence dans leurs écrits ; qu'en Ruſſie ils étoient diſpoſés à avoir une maiſon de Noyiciat.

Il a cité un fait concernant l'Archevêque de Paris , ſuivant lequel ce Prélat adoptant la même façon de penſer , traitoit toujours les ſupprimés en véritables Jéſuites.

Il a parlé d'un écrit , eſpece de Commentaire ſur l'*Apocalypſe* , d'où l'on infere le rétabliſſement prochain de l'Inſtitut comme prédit.

Il a fini par rendre compte d'une Compagnie de commerce établie à Lyon , dont le ſoin principal concerne les Ex-Jéſuites.

Un des Meſſieurs ajouta d'autres renſeignemens concernant ce dernier fait , par leſquels il établit que les Capitaux de ladite Société formoient un rapport de 900,000 Livres.

A la ſuite on lit les noms de huit de ces aſſociés , hommes & femmes & ceux de pluſieurs témoins à ouir.

C'eſt ſur cette dénonciation circonſtanciée qu'on a remis le tout aux gens du Roi pour faire l'information.

Il faut avouer que les gens impartiaux & de ſang froid ont peine à ne pas traiter le dénonciateur de viſionnaire , tant ſon récit eſt vague & dénué de probabilités.

9 *Mars* 1777. Le Sr. Dangé , Fermier général , mort ces jours-ci , avoit ſoixante deux ans & a toujours joui & uſé de ſa bonne & excel-

lente fanté. La veille de fa mort il recevoit encore du monde : il étoit fur fa chaife longue,
dans une robe de chambre à fleurs d'or, jouant
à la bouillote & parlant filles. Il difoit qu'il vouloit s'en aller gaiement ; ce qui, dans ce Tur-
caret, étoit moins l'effet d'une vraie philofophie,
dont il ne s'étoit gueres piqué, que de l'apa-
thie d'une ame dure & racornie, n'ayant jamais
eu aucune fenfibilité.

Il a inftitué fon Légataire univerfel, le Sr.
Dangé d'Orçay, fon neveu chéri, outre cinq
millions de legs particuliers qu'il donne ; ce qui
n'empêchera pas le fucceffeur d'avoir encore
une fortune de huit millions.

9 Mars 1777. On parle d'une brochure fort
finguliere intitulée : *Mémoire à confulter pour les
Soufcripteurs du Journal de Théatre rédigé par le
Sr. Le Fuel de Méricourt*. Il eft imprimé à Liege
& eft fuivi d'une longue Confultation de Me.
Falconnet, en date du 10 Février 1777. On juge
que c'eft une tournure convenue entre les parties & l'Avocat pour mettre impunément au
jour le récit de toutes les tracafieries effuyées
par l'auteur de la part de fon Cenfeur Coquelay
de Chauffe-pierre & de M. Camus de Neville,
le Directeur général de la Librairie. On affure
cependant que pour mieux jouer cette petite
comédie, les demandeurs, au nombre de fept,
& à la tête defquels eft le Chevalier de Rutlidge, ont fait affigner au Châtelet le S. le
Fuel de Méricourt, par exploit du 11 Février
dernier.

10 Mars. On parloit depuis plus d'un mois
de la production extraordinaire de Madame
de Barentin, la femme du Premier Préfident

de la Cour des Aides. Elle eft accouchée le 7 Février d'une fubftance abfolument femblable à une végétation, en deux portions, qui fe font fuivies immédiatement : leur caractere étoit le même ; les globules étoient remplis d'une liqueur lymphatique qui fe communiquoit par les vaiffeaux capillaires qui les foutiennent ; ce qui a fait courir le bruit qu'elle avoit rendu par la matrice une *grofeille*. Le Sr. Ragnaud, Peintre & Graveur, qui a confacré fon art à la defcription de ces écarts de la Nature, a conftaté le phénomène par une gravure qui le repréfente à tous les yeux.

10 *Mars* 1777. La recette de l'Opéra jufqu'à préfent n'avoit été que de 500,000 Liv. ; quand elle étoit montée à 600,000 Livres on la regardoit comme extraordinaire. Elle ira cette année à 700,000 Livres ; enforte qu'on efpere qu'elle égalera la dépenfe à peu près. Cependant c'eft cette adminiftration floriffante qui va changer. Mrs. les Commiffaires du Confeil ont fur le cœur les coups de bâton dont les a tous menacés le Prince d'Henin en la perfonne du Sr. Hebert, l'un d'eux, pour avoir voulu ôter à Mlle. Arnoux la Loge dont elle ne fe fervoit prefque pas, pour la donner à Mlle. Rofalie chantant journellement. Comme ils n'ont point eu à cet égard la fatisfaction qu'ils defiroient, ils ne veulent pas être expofés à une feconde aventure de cette efpece inévitable dans un pareil tripot & demandent à fe retirer.

11 *Mars.* Quoique M. Turgot ne foit plus au Confeil, il paroît que fon fyftême fur l'ufure y eft abfolument adopté, & qu'il eft queftion de le confacrer par une nou-

velle Loi qui abroge les anciennes en vigueur
à cet égard. On fait que ce fyftême eft que
l'ufure n'eft point criminelle dans l'ordre politique ; que l'argent eft une marchandife comme une autre, qui doit baiffer ou augmenter à raifon de fa rareté ou à raifon du
befoin de celui qui la demande , ou même
du caprice du poffeffeur. Mais cette matiere
délicate a befoin d'être difcutée long-tems
avant que la Loi dont il eft queftion foit
rédigée & adoptée. Cependant le Parlement,
tout récemment dans une affaire d'ufure
exercée à Orléans , à peu près femblable à
celle fi connue d'Angoulême , fe conformant
à fa jurifprudence & à fes maximes , avoit
condamné les ufuriers de la maniere la plus
rigoureufe. Le gouvernement venant au fecours des coupables , arrête non - feulement
l'exécution de l'Arrêt, mais l'impreffion, qui
refte fufpendue par ordre fupérieur chez
Simon.

Le Sr. Prault, Libraire, entiérement confacré à la vente des Edits, Déclarations ,
Arrêts , &c. ayant trouvé un ancien arrêt
du Parlement , d'environ un fiecle de date,
qui contenoit des difpofitions exactement
femblables à celles de celui arrêté , s'eft
imaginé gagner quelqu'argent en le faifant
réimprimer & en le mettant en vente pendant que l'autre excitoit encore le defir des
curieux. Mais ordre eft intervenu audit Prault
de retirer le dit Arrêt , & de ne point vendre fa nouvelle édition : tant le Gouvernement a à cœur de détruire les impreffions
fâcheufes reftées dans les efprits contre l'u-

fure & les ufuriers , & de pouvoir enfuite donner plus à l'aife de meilleures notions fur ce point.

11 *Mars* 1777. L'envoyé de Tunis avec fa fuite , au nombre de fept , eft venu à l'Opéra le vendredi 7 de ce mois. Il occupoit la loge du Roi & celle d'à côté : Il étoit accompagné de fon Interprète & du Commandant de la Garde de Paris. Le public a confidéré avec attention ce Mufulman, qui marquoit fon admiration par des mouvemens très-expreffifs, & qui a principalement paru frappé des machines de ce fpectacle.

13 *Mars.* La crainte de fe conftituer en dépenfes a déterminé la ville à permettre aux Sieurs Perrier de donner au public un *Profpectus de diftribution d'eau de la Seine, dans tous les quartiers & dans toutes les maifons de la ville de Paris.* Elle fe fera par foufcription, & s'ils peuvent avoir affez de foumiffions pour entreprendre leurs travaux avec certitude, ils commenceront. Leur projet confifte dans des machines à feu pour élever l'eau & la répandre, à l'inftar de celle de Londres, dont on a déjà parlé. Il eft d'autant plus honnête qu'ils ne demandent aux Soufcripteurs qu'un engagement conditionnel, & qu'ils n'exigent la fomme promife qu'après que le fuccès de la machine fera bien conftaté & que l'eau exigée fera parvenue à leurs portes.

14 *Mars.* Il paroît un *Supplément* au Mémoire des Soufcripteurs intervenans contre le Sr. Le Breton, Imprimeur de l'Encyclopédie, dont l'affaire eft au rapport & va fe juger avant

pâques. Ce nouvel écrit eſt motivé ſur ce
que l'adverſaire a enfin déchiré le voile myſ-
térieux qui enveloppoit ſes regiſtres de Souſ-
cription , ſes journaux de dépenſe. Ils prétendent tirer des argumens & des indices
contre lui de ces propres monumens qu'il a
produits pour ſa défenſe. Ils concluent que
ſes prétentions, ſes excuſes, ſes juſtifications
s'évanouiſſent, quand on les oppoſe aux réglemens qui ont prévu ſes fraudes, aux preuves phyſiques qui les ont démontrées , aux
calculs des richeſſes immenſes qu'ils lui ont
procurées , à la vérité qui devoit le guider
dans l'expoſition des faits relatifs à ſa juſtification. Ils le trouvent condamné par la loi ,
convaincu par l'évidence & trahi par la con-
noiſſance qu'il a donnée lui – même de ſes
livres , journaux , &c.

15 *Mars* 1777. Le poëme des *Incas* de M.
Marmontel, contenant des principes auſſi erron-
nés en théologie que ceux de *Beliſaire* , cet
auteur étoit dans des tranſes conſidérables.
Le Syndic Riballier ſe propoſoit bien de le
faire cenſurer par ſa Faculté , mais il paroît
cependant que l'orage n'aura pas lieu , &
l'Académicien ſe prévaut aujourd'hui de ce
ſilence & prétend que les Docteurs n'ont pas
oſé l'attaquer.

16 *Mars.* On ne peut aſſez s'étonner de
l'audace des hiſtrions François , ou plutôt de
l'extrême indulgence des Gentilshommes de
la chambre à leur égard. Les premiers acteurs
ont jugé à propos, long-tems avant la clôture , de prendre leurs vacances & d'aller
dans les provinces y commencer leur récolte

ordinaire. Enforte que fur la fin & même
pour la clôture, on n'a eu que dés Doubles
& des Triples.

17 *Mars* 1777. Une Compagnie a acheté le terrein de la Monnoie & travaille déja à le
convertir à fon utilité particuliere en y conf-
truifant des maifons ; mais pour gagner davantage, elle a voulu économifer fur la largeur des rues qui doivent y être pratiquées.
Suivant les Réglemens, elles doivent avoir 30
pieds de largeur & n'en ont que 24. On ne
conçoit pas pourquoi les Tréforiers de France, chargés de veiller à cette partie de la
police publique, la négligent ou fe laiffent
féduire ; mais elle eft fort mal faite & Paris
reftera toujours une vilaine ville, fi l'on n'y
porte pas plus d'attention.

17 *Mars*. Si les François rient de leurs
propres maux, on ne doit pas s'étonner qu'ils
rient de ceux des autres. On a fait ici une
Chanfon fur les *Infurgens*, qui contient fuc-
cintement tous les faits relatifs à cette guerre.
On peut la regarder comme un vaudeville
politique dont la plaifanterie confifte dans le
refrein. Suivant *l'air de Joconde*, fur lequel
il eft, on appuie fort & l'on refte fur la
premiere fyllabe du mot *Continent*. C'eft la
chanfon à la mode qui amufe beaucoup la
ville & la cour.

1.

Pour amufer notre loifir,
    Sans bleffer la décence,
Il eft naturel de choifir
    Ce que l'on aime en France :

Il faut donc sûr un nouveau ton,
  Comme notre mufique,
Ne parler ici que du Con-
  Tinent de l'Amérique.

2.

Qu'a donc fait certain Général,
  Dans cette injufte guerre ?
Aux Infurgens fort peu de mal,
  Beaucoup à l'Angleterre.
Ces fiers ennemis de Bofton,
  De honte ou de colique,
Meurent à la porte du Con-
  Tinent de l'Amérique.

3.

Il en coûte bien des écus,
  A plus d'un Royalifte,
Le tout pour ne voir que des cus
  Que l'on fuit à la pifte ;
Mais malgré tant d'exploits, dit-on,
  Le Sire Britannique
N'aura jamais un poil du Con-
  Tinent de l'Amérique.

4.

Fit-on jamais en pareil cas
  Plus brillante retraite ?
Auffi ne le cache-t-on pas,
  Dans certaine gazette :
Chacun parlant de Washington,
  Et de fa politique,

Trouve qu'il eſt digne du Con-
Tinent de l'Amérique.

5.

Pourquoi voudroit-on abolir
Le droit de la nature ?
A Londres on ſait bien jouir
Et même avec uſure :
La Liberté n'eſt pas un don,
Qu'aiſément on trafique ;
Laiſſons-en donc jouir le Con-
Tinent de l'Amérique.

17 *Mars* 1777. Mrs. du Concert des Amateurs
font célébrer ſamedi 22 Mars, dans l'égliſe
des Feuillans, pour feu M. *Le Duc*, Violon
fameux, leur Aſſocié & Directeur du Concert
Spirituel, la meſſe de *Requiem* de M. Goſſec.
Ce chef-d'œuvre d'harmonie funéraire a été
compoſé & exécuté la premiere fois en faveur
du Sr. Trial, Directeur de l'Académie Royale
de Muſique.

18 *Mars.* Les nombreux paillards de
l'Opéra étoient fort empreſſés de ſavoir qui tou-
cheroit le cœur novice de Mlle. *Cécile*, cette
jeune Danſeuſe qui enchante déja tous les amateurs. Enfin c'eſt le Sr. Gardel, ſon maître,
qui paſſe pour cet heureux mortel. Le Sr. Le
Gros, qui avoit des prétentions, en eſt furieux, & les riches luxurieux qui marchan-
doient ce pucelage, ne l'auront que de la ſeconde main au plus.

18. *Mars.* On annonce avec beaucoup de b

prétention cinq Courfes qu'il doit y avoir jeudi 20 à Vincennes, fçavoir :

1. *Comus*, Cheval Bai, âgé de fix ans, de M. le Comte d'Artois, portant 9 Stones. (*Le Stone Anglois vaut, en poids François, 12 Livres environ*).

Contre *Nip*, Cheval Alezan, âgé de cinq ans, du Marquis de Conflans, portant 8 Stones 8 Livres : trois milles, pour 200 Louis fans dédit.

2. *Pyrois*, Cheval Alezan, âgé de huit ans, de M. le Duc de Chartres, portant 8 Stones.

Contre *Ebrir*, Cheval Alezan, âgé de 7 ans, du Prince de Guémené, portant 8 Stones : trois milles, pour 100 Louis, 25 de dédit.

3. *Narciffus*, Cheval Alezan, âgé de cinq ans, du Marquis de Conflans, portant 8 Stones 8 Livres.

Contre *Gargafheitt*, Cheval gris, âgé de quatre ans, appartenant au Duc de *Lauzun*, portant 7 Stones 11 Livres : trois milles pour 100 Louis, moitié de dédit.

4. *Jonquille*, Cheval bai, âgé de fept ans, du Comte d'Artois, portant 8 Stones.

Contre *Nulem*, Cheval bai-brun, âgé de quatre ans, du Duc de Chartres, portant 8 Stones : un mille, pour 100 Louis, fans dédit.

5. *Barbary*, Cheval gris, âgé de cinq ans, du Comte d'Artois, portant 8 Stones.

Contre *Marfhal*, Cheval bai-brun, âgé de fix ans, du Marquis de Conflans, portant 8 Stones 3 Livres : trois milles, pour 150 Louis, fans dédit.

On annonce même la couleur des *Jockeis* ou palfreniers coureurs, de chacun des concurrens.

19. *Mars* 1777. Il eſt queſtion d'inſtituer à la Cour un Ordre nouveau ſous le nom de la *Perſévérance* entre les Seigneurs & Femmes de qualité. Il doit purement être de ſociété & de galanterie. On parle d'ériger un Temple ſuperbe à cette Divinité, & d'y élever trois autels, à *l'Honneur*, à *l'Amitié*, & à *l'Humanité*. C'eſt au Palais-royal qu'a été conçu ce projet, & l'on ne déſeſpere pas de voir la Reine y entrer. Il n'y a encore eu que des aſſemblées préparatoires, entr'autres une où Madame de Genlis a prononcé un très-beau diſcours.

Préciſément le lendemain a eu lieu la Courſe où M. le Comte d'Artois a perdu, ſuivant ſa coutume : ,, Monſeigneur, lui a » dit M. de Coigny préſent, on eſt embarraſſé » de choiſir un Grand-Maître de l'Ordre de ,, la Perſévérance, vous ſeriez bien digne ,, de l'être ! "

19 *Mars*. Hier au Concert des Amateurs a brillé pour la premiere fois Mlle. *Dantzy*, jeune Cantatrice de dix-huit ans. Sa voix a paru très-étendue, douce, juſte & flexible. Elle annonce même déja beaucoup d'art ; elle a été fort applaudie, & ſa ſenſibilité en a été excitée au point de verſer des larmes.

20 *Mars*. Mlle. Arnoux de l'Opéra ſe trouvant l'autre jour à la vente de feu M. Random de Boiſſet, au moment qu'on y avoit expoſé le buſte de Mlle. Clairon, a doublé la premiere enchere. Perſonne ne lui ayant conteſté cette acquiſition,

acquisition, cela a donné lieu au Quatrain suivant qu'on lui a adressé :

Lorsqu'en t'applaudissant, Déesse de la Scene,
Tout Paris t'a cédé le buste de Clairon,
Il a connu les droits d'une Sœur d'Appollon
Sur un portrait de Melpomene.

21 *Mars* 1777. Entre les tableaux de prix vendus
derniérement chez M. de Boisset, les plus chers
font une *Marchande Epiciere*, par Gerard Dow,
vendue 15, 500 Livres ; *l'Adoration des Rois*,
par Gerard Lairesse, 13,000 Livres ; & un
Paysage par Adrien Van de Velde, 20,000
Liv.

22. *Mars.* Il s'est rendu un monde prodigieux
à la Course mercredi, quoique le tems fût incertain & que la Reine n'y dût pas venir.
Voici le résultat : *Comus* a gagné *Nip. Pyrois*
s'étant trouvé blessé, a perdu le dédit. *Narcis-*
sus a gagné *Gargasheitt. Jonquille* a perdu contre *Nulem*, & *Barbary* a perdu contre *Mars-*
hall.

23 *Mars.* Les courtisans ont observé
que le Roi ne s'occupoit plus depuis quelque
tems, comme auparavant, à des ouvrages de
ferrurerie qu'il aimoit beaucoup : ils en ont
voulu approfondir le motif, & voici ce qu'on
en rapporte. S. M. travailloit avec deux ouvriers très-habiles dans cette profession, & cher-
choit à s'y perfectionner ; ces artisans, au soir
de la fête de leur communauté, pour gagner
quelqu'argent avoient imaginé d'offrir un bou-
quet à leur Royal Eleve ; n'osant pourtant
prendre cette liberté sans y être autorisés, ils

conſulterent le Sr. Thierri, le premier valet-
de-chambre du Roi, qui a ſa confiance pour
les menus détails de ſon intérieur. Celui-ci les
en diſſuada. Ces artiſans fâchés de perdre une
auſſi bonne occaſion, profiterent au moins de
celle que leur fit naître le Monarque de lui
apprendre le cadeau qu'ils vouloient lui faire &
ce qui les en avoit empêché. S. M. n'a rien
de plus preſſé que d'interroger Thierri : c'eſt
un homme de bon ſens, qui éluda d'abord de
dire le vrai motif de ſa défenſe, l'attribuant au
reſpect dans lequel il falloit maintenir ces artiſ-
ſans. S. M. ſoupçonnant une autre raiſon, après
beaucoup de difficultés lui ordonna de parler
vrai : ,, SIRE, lui répondit-il, c'eſt que j'ai
,, craint que cette indulgence de V. M. ne
,, donnât trop d'éclat à cette anecdote de ſa
,, vie privée ; c'eſt que tout honnête que ſoit
,, ce genre d'occupation ou d'amuſement, il
,, répugne au préjugé général ſur les ſortes
,, de plaiſirs que doit prendre un Monarque,
,, & il pourroit atténuer à votre égard l'idée
,, des peuples, s'attendant à voir un carac-
,, tere de grandeur imprimé à toutes vos
,, actions. ''

S. M. ſentit ce que cela vouloit dire, elle
remercia les deux ouvriers & leur donna une
récompenſe, en leur ordonnant de ne revenir
que lorſqu'elle les feroit appeller. Elle s'eſt ſé-
vrée depuis de cette occupation ; ce qui
prouve que le jeune Prince eſt ſuſceptible de
réflexion, & n'a beſoin que d'être bien dirigé
& ſoutenu, ſurtout dans ſes bonnes réſolutions.

23 *Mars* 1777. Un jugement rendu vendredi
par le Châtelet dans le procès dont on a parlé,

concernant le livre de *la Philofophie de la Na-*
ture , équivaut prefque , pour l'abfurdité, le
fanatifme & la barbarie , au rétabliffement de
l'Inquifition en *Efpagne*. L'Auteur & le Cenfeur , confrontés la veille , ont été mis en prifon : la fureur des opinans s'eft manifeftée
d'une façon révoltante : quatorze Juges fur
trente-trois fe font retirés dans leur indignation
& enfin à deux heures du matin a été rédigée
la fentence , qui bannit à perpétuité M. de
Lifle , l'Auteur ; blâme l'Abbé Chrétien , le
Cenfeur , &c.

23 Mars 1777. On parle encore du Sr. Dangé,
dont le teftament a des difpofitions affez ori-
ginales. On cite entr'autres un article de cinquante bouteilles de vin d'un cru exquis, qu'il
laiffe en rentes viageres à Madame de Coigny.
Ce don a été motivé fur une plaifanterie de
cette Dame , fe plaignant qu'après la mort de
cet excellent Amphytrion elle ne pourroit
plus boire d'auffi bon vin.

Il fupplie auffi S. A. Monfeigneur le Prince
de Conti de lui permettre de lui léguer 1,000
bouteilles de vin. On ajoute qu'il y a un O de
fuyé.

Enfin M. de Bievre a fait un calembour &
dit que ce n'étoit que depuis peu qu'on pou-
oit paffer la place de Vendôme *fans danger*
(Dangé) ; & ce quolibet a d'autant plus de
fel que le financier défunt étoit un grand cou-
feur de bourfes, par fon bonheur inouï au jeu.

24 Mars. Lettre de M. le Comte de *** *à M****
réfident au Parlement de Paris. Telle eft une
nouvelle production datée de R** , le 24 Fév.
77, antérieure , comme l'on voit , à la dé-

nonciation concernant les Jéfuites, mais qui fembleroit en avoir été la bafe. On prétend y dévoiler leurs démarches, motiver les craintes de leur retour & indiquer le remede. Ce petit écrit, affez lumineux, n'eft point marqué au coin du fanatifme, comme tant d'autres. Il eft fage & plus patriotique que théologique.

24 *Mars* 1777. La fureur de la *Maçonnerie* a pris au point que M. de St. Julien, fils du Receveur général du Clergé & conféquemment fort riche, a fait la folie de bâtir une Loge, repréfentant le *Temple de Salomon*, avec une magnificence finguliere. C'eft à la barriere blanche, près Montmartre, qu'eft élevé l'édifice.

24 *Mars*. Dans la Salle quarrée au Wauxhall du Sr. Torré, eft expofée une Collection de tableaux allégoriques & moraux, peints par un artifte Italien moderne de l'Ecole Lombarde, ouvrage dont la vue, fuivant l'avertiffement, eft également propre à amufer l'amateur, l'artifte & le philofophe. On a commencé à voir ce fpectacle hier pour trois livres.

25 *Mars*. La vente des Tableaux de M. Randon continue à fe foutenir fur le meilleur pied. Un portrait du *Préfident Richardot & de fon fils*, par Vandyck, a été adjugé à 10,400 Livres : un *Payfage*, par Wynants, avec figures de Van de Velde, 9999 Livres 19 Sols ; un Tableau *de fruits* & un *de fleurs*, par Van-Huyfum, à 16,016 Livres 5 Sols ; un par Rubens, repréfentant *une de fes femmes tenant fon enfant fur fes genoux*, à 18,00 Livres.

26 *Mars*. M. Bridan, Sculpteur, vient d'orner la cathédrale de Chartres de la Statue

d'une Vierge qui excite les curieux à l'aller voir. Le Chapitre avoit prié M. l'Abbé d'Archambault, l'un de ses membres, de choisir l'Artiste, de faire le prix & de suivre l'ouvrage. Il crut devoir ni borner ni taxer le génie; il laissa au Sr. Bridan le choix de son bloc & la liberté de fixer lui-même ses honoraires. Le bloc a été tiré des carrières d'Italie : sa blancheur éblouissante n'est ternie par aucune tache ni coupée d'aucune veine. Non seulement on a payé à l'Artiste la somme qu'il a demandée ; mais le Chapitre, par une délibération ultérieure, a jugé à propos de le gratifier d'une pension viagere de 1,200 Livres, réversible sur la tête de sa femme.

26 *Mars* 1777. Si l'on en croit l'auteur de la Lettre nouvelle sur les Jésuites, ils ne se jugent pas légalement supprimés, même par le Bref d'extinction de Clément XIV. Ils ont perpétué les Supériorités, reçu des Novices, fait faire des Professions jusques en France, & n'ont jamais perdu de vue le dessein de leur rétablissement. C'est ainsi qu'ils ont voulu renaître sous le nom de *Freres de la Croix*, & que ce projet ayant échoué, ils ont songé à s'installer dans le Séminaire des Aumôniers pour les Régimens, imaginé par le Comte de Saint Germain. Il prétend que, malgré les assurances du Ministre de n'y plus songer, il n'y ont & ils ne peuvent pas y avoir renoncé. Après avoir pesé les considérations diverses qui le font penser ainsi, il en conclut que plus le moment semble favorable à ces proscrits, plus il est essentiel de déconcerter leurs mesures, ainsi que l'exigent tous les intérêts réunis.

La politique en trouve deux moyens : 1.
procurer l'enrégiſtrement du Bref. 2 faire exécuter les Arrêts rendus relativement aux Jéſuites.

C'eſt de la ſorte qu'on remédiera à tous les
inconvéniens de leur demeure en France :
qu'on les empêchera de ſe réunir pour intriguer
& cabaler. Ils n'entretiendront plus à Paris le
foyer d'une fermentation dangereuſe : ils ne
tiendront plus à Lyon des aſſemblées réglées de
gouvernement & de comptabilité ; ils n'auront plus de centre de Commerce, de Cor-
reſpondance ſuivie ; ils apprendront enfin par
cette fermeté que la perſévérance à repouſſer
l'inſtitut eſt auſſi infatigable que leur opi-
niâtreté à vouloir demeurer, comme Jéſuites,
dans un Etat qui les a proſcrits.

26 Mars 1777. On écrit de Rennes que M.
de la Chalotais, ce Magiſtrat tant perſécuté &
ſi glorieux, venoit de recevoir du Grand-
Maître de Malthe la Croix de l'Ordre avec permiſſion de la porter, ainſi que celle de ſe marier
& ſans être aſtreint au bréviaire.

On ajoute qu'on a enrégiſtré au Parlement
de Rennes des Lettres patentes portant érec-
tion en Marquiſat d'une terre de ce Procureur général, dont le préambule eſt remarquable par les éloges que le Roi lui donne.

26 Mars. On vient d'afficher un Arrêt
du 13 Mars, rendu les Chambres aſſemblées,
par lequel le Parlement ſupprime l'imprimé portant la dénonciation du Préſident An-
grand.

27 Mars. L'inſolence de M. Dorat depuis
quelque tems envers ſes confreres & le public

lui a attiré plusieurs brocards. Voici une épigramme qui court depuis peu :

Un bel Esprit sur le Pinde embusqué ,
Surprit Thalie en un coin solitaire :
,, Çi qu'on m'embrasse. — Ah, fi ! pédant musqué ;
,, Va, reste ici, tu n'es plus Mousquetaire ".
Malgré ses cris , ce froid célibataire,
D'un baiser flasque à trois fois l'insulta ,
Dont trois soufflets. . . . Mais sans perdre courage ,
D'un croc en jambe il vous la culbuta ,
La chiffonna ; puis pour comble d'outrage,
Qu'arriva-t-il enfin ? Il la rata.

28 Mars 1777. On vient d'imprimer deux Lettres de Mad. de Bellegarde à Monseigneur le
Maréchal Duc de Biron , sur le Conseil de guerre
tenu aux Invalides en 1773 ; l'une datée du 13
Décembre 1776, & l'autre du 24 Janvier 1777.
On se doute bien que cet écrit est furtif. Il
ne se vend point & se débite chez les parties
intéressées. L'objet est toujours d'établir l'injustice du Conseil de guerre & de revenir
contre, en prétendant que ce ne seroit point
enfreindre la discipline militaire, puisque celui-
ci n'en est réellement pas un , à raison des
nullités & des vices radicaux dont il est rempli. Au moyen de la clandestinité de l'ouvrage , M. de St. Auban n'y est pas ména-
gé, non plus que M. de Monteynard. En
général , il est mal fait , assez fort de faits
& de raisonnemens , mais sans ordre & sans
éloquence. Eh ! quel Mémoire en étoit plus
susceptible.

28 Mars 1777. Depuis que le Sr. Le Gros eſt Directeur du Concert Spirituel, il a encore amélioré ce Spectacle, le ſeul qu'il y ait actuellement. C'eſt tous les jours quelque nouveauté. On y a admiré ſur-tout le mardi 25 une jeune fille de huit ans, qui a exécuté avec la plus grande juſteſſe & une préciſion extraordinaire deux pieces de clavecin. Elle s'appelle *Caroline Elleart:* elle eſt fille de M. Clément, Organiſte à Rambouillet, près St. Hubert. Son talent, quoique précoce dans ce moment, a été prévu. Elle eut le bonheur, il y a deux ans, d'être préſentée à la Reine: S. M. en fut enchantée, & jugeant favorablement de ſes heureuſes diſpoſitions, lui fit préſent d'un clavecin.

29 Mars. *Le Monialiſme, hiſtoire galante, écrite par une Ex-Religieuſe de l'Abbaye où ſe ſont paſſé les aventures.* Tel eſt le titre d'un ouvrage nouveau, qu'on peut regarder comme le pendant du *Portier des Chartreux,* mais très-inférieur. C'eſt une ſuite de tableaux dégoûtans, plus que lubriques, ſans chaleur & ſans vie, n'ayant pas même d'attrait pour les amateurs d'obſcénités. Rien de neuf dans la texture des hiſtoriettes. La partie romaneſque en un mot, eſt auſſi triviale que le reſte. C'eſt un livre, mauvais dans tous les ſens, & qui ne peut plaire à aucune eſpece de lecteurs : il ne mérite aucun détail. Il eſt diviſé en deux parties & fort long, contenant 324 pages.

29 Mars. On commence à voir au Jardin du Roi une Statue de M. le Comte de Buffon, dont l'anecdote eſt curieuſe à conſerver.

M. le Comte d'Angiviller, long-tems avant d'être nommé à la dignité qu'il occupe & de présider aux Arts, juste admirateur du premier & son ami, avoit, à son insçu, demandé au feu Roi la permission d'ériger une statue à ce grand homme. S. M. voulut s'en réserver la gloire & elle fut sur le champ commandée à ses frais. Mais en même tems il fut convenu avec l'Artiste de garder à cet égard le plus grand secret. Le mystere n'a point été trahi, & le monument a été placé au lieu de sa destination en l'absence de M. de Buffon.

30 *Mars* 1777. Il faut ajouter au Jugement relatif à *la Philosophie de la Nature*, un second Censeur appellé Le Bas, de la classe de Chirurgie, qui, pour avoir approuvé les trois derniers volumes portant le titre d'*Anatomie du corps humain*, est admonesté. Le Libraire Saillant est hors de cour. Il y a défenses de récidiver aux deux Imprimeurs pour s'être écartés du manuscrit censuré. Les deux prisonniers restent toujours, n'ayant pu à cause des vacances obtenir leur élargissement provisoire. On se récrie de plus en plus contre ce jugement.

31 *Mars*. On est fort empressé de voir à quoi aboutira le voyage de l'Empereur en France, car on ne peut se persuader que dans les circonstances critiques où se trouve l'Europe, il ait quitté ses Etats au commencement de la belle saison simplement par curiosité. On regarde comme très-vague le motif donné de voir Madame *Elisabeth*. On présume qu'il est plus curieux de connoître

de près nôtre jeune Monarque , & de le
juger par lui-même , pour favoir comment
fe conduire à l'avenir. Cette conjecture fe
fortifie par la tournée que cette Majefté doit
faire dans les Ports & villes principales du
Royaume ; enfin ce n'eft pas pour l'amour
de notre Nation qu'il vient , puifqu'on fait
qu'il la détefte & qu'il ne s'en cache pas.
Il y a donc à tout cela fûrement un objet
de politique fecret d'une efpece ou d'autre.

31 *Mars* 1777. Mlle. Raucoux , cette Actrice
de la Comédie Françoife dont le début avoit
été fi brillant , plus fameufe enfuite par fa
luxure que par fes fuccès , & enfin par fon
luxe , fes prodigalités & le nombre de fes
créanciers , a été arrêtée le mercredi – faint ,
comme elle montoit en caroffe pour fe rendre à Longchamp ; on l'a conduite au Fort-
l'Evêque , où heureufement elle n'a pas couché , car elle auroit été écrouée de toutes
parts , & il auroit fallu des fommes énormes pour la fecourir. Une main bienfaifante
l'a retirée de ce mauvais pas , mais elle vit
toujours dans les allarmes & voudroit rentrer
au Théâtre , afin d'être ainfi à l'abri de fes
créanciers. Comme le tripot comique , très-
délicat fur l'honneur , & furtout les Dames ,
n'en veulent point abfolument , à caufe de
fes impudicités , à la clôture du Théâtre elle
avoit ameuté un grand nombre de fes partifans & de gagiftes qui l'ont redemandée avec
beaucoup de clameurs. On attend la rentrée ,
où fans doute la même cabale redoublera de
zele & de fureur.

31 *Mars.* On parle encore d'ériger une

troupe de Comédiens pour le Marais, sous
le nom de *Nouveaux Troubadours*. Comme
Nicolet se retire, on profite de cette circonstance pour remettre le projet sur le tapis. Ils joueroient les pieces refusées aux autres théatres.

31 *Mars* 1777. En applaudissant à l'horreur du
fanatisme qu'ont montré en se retirant de la
séance les quatorze membres du Châtelet dont
on a parlé, on critique la conduite de M.
Pitouin, le Sous-Doyen, qui est sorti le premier & a entraîné les autres par son exemple. On trouve que ce Magistrat a perdu la
tête en cette occasion, puisque des dix-neuf
restés, quatre ayant différé d'opinion, avec
les quatorze voix des absens auroient eu la
pluralité & empêché l'affreux jugement. Du
reste, durant le cours de la longue séance,
les décrétés n'étant encore que sous la sau-
vegarde de l'huissier, ont eu toute la liberté
de se retirer & ne l'ont pas voulu, puisque
cet huissier est sorti jusques à dix-huit fois,
suivant l'avis qu'il en avoit reçu d'un supérieur. Au reste, on ne sait si l'on doit s'attendre à beaucoup plus d'indulgence de la
part du parlement, où il n'y a pas moins
d'intrigue & d'hypocrisie. D'ailleurs, la pros-
cription du livre en 1775 étant motivée sur
ce qu'il attaque également la Religion, le
Gouvernement & les Mœurs, les auteurs se
trouvant connus, avoués & détenus, le
moyen qu'il réforme le jugement en laissant
subsister les qualifications données à l'ouvrage!
Toute la Littérature, & surtout le parti Philosophique, ainsi que le Collège des Censeurs

D 6

font dans l'attente de la tournure que prendra cette affaire.

1 *Avril* 1777. C'eft par les Lettres patentes données à Verfailles au mois de Décembre dernier que le Roi, après avoir dit dans le préambule que » comme rien n'anime plus
» puiffamment fes Sujets à facrifier leurs foins,
» leurs travaux & fouvent même leur fortune pour fon fervice & celui de l'Etat,
» qu'en fe portant dans les occafions à les
» illuftrer par des décorations qui puiffent
» tranfmettre à la poftérité des témoignages
» les plus flatteurs de la fatisfaction que ledit Seigneur Roi auroit reffenti de leur
» zele. C'eft dans ces vues qu'il auroit mis
» en confidération les fervices qui lui ont été
» rendus & au feu Roi, fon très-honoré
» Seigneur & Ayeul, par fes très-chers,
» amés & féaux les Srs. *Louis-René & An-*
» *ne-Jacques-Raoul de Caradeuc* fon fils, fes
» Procureurs-généraux en fa Cour de Parlement de Bretagne, &c. »

Après avoir fait l'énumération des fervices rendus par fes ancêtres, des illuftrations de cette famille, foit par elle-même, foit par fes alliances, S. M. ajoute : » à tout quoi le
» dit Seigneur ayant égard fuivant le con-
» tenu aux Lettres données à Fontainebleau
» par fon très-honoré Seigneur & Ayeul le
» 10 Mai 1730, à Marli, le 12 Mai 1752
» & aux Délibérations des gens des trois Etats
» du pays & Duché de Bretagne du 4 No-
» vembre 1761, du mois de Novembre 1770,
» par lefquelles ils prennent la garantie des
» Procureurs généraux & font les plus grands

» éloges de leurs fervices & fidélité, ledit
» Seigneur Roi auroit defiré reconnoître &
» récompenfer tous les fervices rendus par
» lefdits Srs. de Caradeuc, il auroit eftimé
» ne le pouvoir faire plus dignement qu'en
» donnant *de fon propre mouvement à Louis-*
» *René & Anne-Jacques-Raoul de Caradeuc*,
» fes Procureurs généraux, le titre & la dig-
» nité de Marquis, &c. en conféquence érige
» la Terre & Seigneurie de *Caradeuc*, &c.
» en *Marquifat de Caradeuc* &c. »

Après le Réquifitoire des Gens du Roi, la
Cour, Chambres affemblées le 23 Décembre,
ordonne, par d'importantes confidérations,
& fans tirer à conféquence pour l'avenir,
que les Lettres patentes dont il eft queftion,
feront enrégiftrées.

1 *Avril* 1777. Le Sr. Torré, qui met tous les
ans fon terrein en vente, n'ayant pas encore
trouvé à s'en défaire, a eu permiffion de r'ouvrir fon Wauxhall plutôt que de coutume,
& a commencé dès le faint jour de pâques.
Cette foire d'amour ainfi établie dans le jour
le plus augufte de la Religion, a fort fcan-
dalifé.

1 *Avril.* La Reine a honoré lundi de fa
préfence le Concert Spirituel, ce qui n'a
pas peu contribué à rendre la recette encore
plus forte, quoiqu'elle eût déja été très-
abondante dans la femaine fainte. C'étoit la
première fois que S. M. venoit à ce Spectacle, où même par le local elle étoit plus en
vue, la loge d'honneur étant celle du milieu.
On avoit choifi les morceaux & les Virtuofes
qui avoient produit le plus d'effet dans les

Concerts précédens. On a remarqué que la Reine avoit applaudi à tous ceux-ci, excepté au Sr. Jarnowick. La Dlle. Dantzy a surtout eu les suffrages de S. M. & , par une exception injurieuse , on n'a point fait paroître Mlle. Giorgy.

2 *Avril* 1777. C'est à la vente des Tableaux du Prince de Conti qu'on va procéder incessamment. La Collection est des plus nombreuses : dans ceux qu'on a placés pour être vus du public , on en compte 1440, & l'on parle de 300 qui ne font pas encore en lumiere. Mais il ne regne pas le même goût dans cette Collection que dans les précédentes , & l'on prétend que S. A. peu connoisseuse a été souvent trompée.

3 *Avril.* On écrit de Montargis qu'un pâtissier de ce pays-là , dans le genre du menuisier *Adam* , ou du cocher de M. de Verthamont , toujours gai & faisant des chansons pour le peuple , venoit de se noyer de sang froid ; qu'il s'étoit enveloppé d'un drap & s'étoit ainsi jetté dans la riviere , sans aucune cause de chagrin connue. On ajoute qu'il avoit écrit une Lettre à son fils , en lui envoyant son argent , & qu'il avoit laissé sur sa table son épitaphe plaisante & dans sa maniere grivoise ; la voici :

> Ci-gît dans le fond de ce trou
> Le joyeux Pâtissier *Noyou* ,
> Qui vivant en a maints bouchés,
> Dieu lui pardonne ses péchés !

4 *Avril.* La Faculté de Médecine est de

nouveau dans une fermentation confidérable à l'occafion du Docteur Guilbert de Préval, dont il eft tant queftion depuis quelques années pour fon préfervatif contre le mal immonde, & fa proftitution publique afin d'en vérifier & conftater l'efficacité. Le procès avec fon Corps, fufpendu par le recours qu'il avoit eu au Parlement, s'eft terminé avec un Arrêt fort ambigu, qui, en ordonnant à la Faculté de lui rendre tous les honoraires dont il étoit privé depuis fa fufpenfion par les deux Conclufions préalables prifes dans deux affemblées confécutives, fembloit ne pas empêcher qu'elle ne procédât à la troifieme & derniere affemblée, où il devoit être jugé définitivement. L'accufé a prétendu, au contraire, que la Faculté ne pouvoit aller en avant; il s'eft préfenté avec un huiffier pour être admis, & a fait dreffer procès verbal du refus, fuivant lequel il paroîtroit que plufieurs membres fe feroient expliqués en termes groffiers, méprifans & injurieux fur l'Arrêt de la Cour : fur quoi Arrêt qui décrete d'ajournement perfonnel le Doyen Deffeffart, & les Docteurs de Jean & le Clerc & quelques autres d'affigné pour être oui. Cette animadverfion des Magiftrats, fur le fimple rapport d'un huiffier, a jetté la Faculté dans une crife embarraffante : elle paroît décidée à foutenir fon droit de difcipline fur fes membres, & du refte a arrêté des repréfentations à la Cour, dont lecture a été faite mercredi dans une affemblée générale. On dit que l'Univerfité veut intervenir & demander l'affemblée des Chambres.

4 *Avril* 1777. *Les Prôneurs ou le Tartuffe Lit-*
téraire, Comédie en trois actes & en vers de M.
Dorat, imprimée feulement, eft, ainfi que le
titre l'annonce affez, une vengeance qu'il a
voulu prendre de la Cabale Encyclopédique
qui le dénigre depuis quelque tems : il n'a
pas fans doute ofé la donner au théâtre, de
crainte qu'on n'en permît pas la repréfentation. Il y a cependant peu de portraits affez
reffemblans pour être remarqués; à l'exception de ceux de Mrs. Paliffot, Clement, la
Harpe & d'Alembert, tout le refte eft vague.
On voit que l'auteur a la velléité d'être méchant & ne le peut. Son ouvrage eft très
médiocre, calqué fur *les Philofophes & le*
Bureau d'efprit, avec moins d'énergie que la
premiere piece & de gaîté que la feconde. Il
n'eft pas fait pour produire de fenfation.

5 *Avril.* M. le Marquis de St. Auban
fentant combien l'affaire de Mrs. de Bellegarde & de Monthieu a fait de tort à fa réputation, cherche à profiter de toutes les
occafions de fe difculper dans le public. C'eft
ainfi qu'il a adreffé au Sr. de la Harpe une
Lettre en date du 16 Mars, inférée au Nº.
d'aujourd'hui. C'eft au fujet de l'annonce
qu'avoit fait ce Journalifte d'un ouvrage ayant
pour titre, *Difcuffion nouvelle des changemens*
faits dans l'Artillerie depuis 1756, en réponfe
à M. de St. Auban, Infpecteur - Général du
même Corps. Il eft d'un M. Tronffon du Cou-
drai, Chef de Brigade de l'Artillerie, paffé
chez les Infurgens fur l'*Amphitrite*. M. de
St. Auban n'entre point dans la difcuffion du
fond & pour ne le pas faire excipe d'un

ancien ordre miniftériel, défendant généralement aux officiers d'Artillerie de rien faire
imprimer fur le fervice de ce corps; il accufe
en conféquence l'auteur d'avoir publié celui-
ci feulement depuis fon départ, & de s'avouer
pour pere de plufieurs autres anonymes &
qualifiés de libelles dans ce même ordre. Il
en vient à l'article effentiel, à ce jugement
du Confeil de Guerre des Invalides, qu'il
s'agit de revoir aujourd'hui & reproche à
fon adverfaire d'y trouver de l'irrégularité,
des vexations, des fupercheries &c. Il in-
voque les Ordonnances du Roi, qui défen-
dent, fous peine de punition, aux Avocats
& Procureurs d'écrire fur les Confeils de
Guerre, même pour juftifier leurs parties;
loi injufte & barbare qu'il faudroit changer,
fi elle exiftoit réellement en ce fens. On voit
qu'il en veut furtout à Me. Linguet, quoique ce procès foit peut-être celui qu'il ait le
plus mal défendu & avec infiniment moins
de chaleur. Enfin il raconte comment fur la
plainte rendue en 1771 par M. le Comte
d'Herouville de la dévaftation des arfenaux
& falles d'armes, dont il faifoit l'infpection,
il fut chargé d'examiner & d'approfondir des
dégradations dont on fe plaignoit de toutes
parts; ce qu'il fit pendant dix-huit mois &
a été la caufe du Confeil de Guerre, auquel
il n'a pas eu depuis d'autre part.

6 *Avril* 1777. Le Sr. le Breton ayant profité du retard de fon adverfaire de l'Encyclopédie pour faire figner un Avis foufcrit de quatorze de fes Confreres, qui dit en fubftance *qu'ils
penfent en leur ame & confiance que l'Encyclopé-*

die n'a pas dû être imprimée comme la feuille jointe au *Prospectus*, M. Luneau n'est pas demeuré en reste ; il répand un Précis, où il se félicite de ce qu'après huit ans de débats son adversaire est convenu de tous les faits avancés, de ce qu'un jour pur en éclaire enfin toutes les opérations, & de ce qu'il a été obligé d'abandonner la plus grande partie de ses moyens de défenses, parce qu'ils étoient tous appuyés sur des impostures, que la production de ses livres a dissipées.

Il regarde comme démontré qu'on a dû imprimer l'Encyclopédie dans le nombre de volumes promis ; qu'on a dû la livrer au prix auquel elle avoit été proposée ; qu'on a dû observer les loix établies pour les ouvrages offerts par souscription ; qu'on a multiplié les volumes de ce Dictionnaire par un méchanisme frauduleux qu'elles ont prévu, proscrit & défendu.

Il finit par une peroraison éloquente, où il reproche au Sieur le Breton de l'avoir contraint, nécessité, malgré lui, à soutenir le procès qu'ils ont ensemble, qui contrarie depuis longtems les vues du Sr. Luneau, son goût pour le travail, qui en refroidit l'ardeur, qui a arrêté l'avancement de sa fortune & qui l'a éloigné de la vie tranquille qu'il menoit. Il parcourt les différentes époques de ce procès prolongé depuis huit ans, & il fait voir que son honneur seul compromis a été le principe du courage qu'il a manifesté dans cette lutte opiniâtre, où pour recouvrer 457 Livres, le seul objet d'intérêt du procès, il a perdu tout le fruit de ses travaux, son bien-être, son repos & le tems si précieux pendant lequel il auroit pu s'acquérir quelque réputation en continuant les ouvrages littéraires qu'il avoit commencés. Cette cause, qui est celle de tous les auteurs, les affecte vivement & ils en attendent l'issue avec impatience.

6 Avril 1777. Le Pot Pourri, ou Etrennes aux Gens de Lettres, étoit un cadre assez heureux, mais très mal rempli : c'est une satyre sans vérité, sans ressemblance, platte & dégoûtante.

7 Avril. On parle du premier N°. du Journal de Me. Linguet publié à Londres ; on dit qu'il a pour titre Annales Littéraires. On assure qu'il est fort méchant, c'est tout ce qu'on en dit.

7 Avril. Le premier Mémoire de Madame la Marquise de Mirabeau contre son mari n'étant pas satisfaisant, elle a choisi un autre défenseur : c'est Me. de la Croix de Frainville, qui se met aujourd'hui sur les rangs. Son écrit n'est gueres plus éloquent que le précédent, mais il a du moins beaucoup d'ordre & de clarté ; il est fait pour porter la conviction dans les esprits.

Après avoir établi le caractere impérieux & despotique du Marquis de Mirabeau, il raconte ses dégoûts pour sa femme, & les témoignages de tendresse qu'il en recevoit, sa vie dissolue, ses menaces de divorce, sa parcimonie envers elle ; il raconte comment sa vaine gloire d'auteur lui faisoit oublier tout ce qu'il lui devoit, au mépris des preuves d'attachement qu'il avoit reçues de cette épouse respectable, surtout lorsqu'il fut détenu à Vincennes. Il en vient à

son expulsion de la maison conjugale de la part
de ce mari tyran, avec la déclaration d'un divorce perpétuel; il n'oublie pas ses retenues sur
la pension modique qu'il lui faisoit, son refus
de tous les secours nécessaires à la guérison du
mal immonde qu'il lui avoit procuré, les surprises faites à la Marquise de Vassan, sa belle-
mere, la captivité de la Marquise de Mirabeau,
sur un ordre du Roi, après lequel elle n'ob-
tient sa liberté, qu'en signant un acte qui la lui
fait perdre, un compromis qui ne se maintient
qu'au moyen de menaces réiterées du mari; sa
cruauté d'ôter même à la Marquise de Vassan
la liberté de voir sa fille; celle de faire interdire
inutilement cette femme âgée & mourante;
enfin une multitude d'injustices, de vexations,
d'atrocités, terminées par le refus formel du
Marquis de Mirabeau de recevoir chez lui sa
femme le 30 Mai 1775, jour où a commencé
le procès qui se plaide actuellement.

Toutes les preuves de ces faits allégués
sont tirées des Lettres mêmes du Marquis
de Mirabeau, & semblent difficiles à réfu-
ter.

7 Avril 1777. Une avanture singuliere qu'on
débite depuis un mois & qui n'est pas plus
éclaircie, donnera sans doute lieu à des Mémoires où l'on verra plus clair. Tout ce qui est aujourd'hui constaté, c'est qu'un M. de la Motte
étant convenu avec un M. Desrues de lui vendre sa terre, la femme du premier a reçu à
Paris la procuration de son mari pour faire l'acte
de vente & en toucher le prix : que la vente
s'est consommée; mais que le mari ignore ce
qu'est devenu l'argent, ainsi que sa femme &

fon fils : que l'acquéreur gravement foupçonné
eft au Fort-l'Evêque & au fecret ; que dans
les commencemens il refufoit toute nourriture,
comme un homme décidé à fc laiffer mourir de
faim.

8 *Avril* 1777. Il faut fe rappeller le procès élevé
au Confeil entre le Chapitre & l'Evêque de
Rhodès : le premier a fait paroître un Mémoire
dont on a parlé ; l'autre n'a pas répondu ;
mais un Sr. Viguier, Syndic du Clergé, a répandu fous fon nom un ouvrage qui a pour
titre : *Eclairciffemens préparés pour le Confeil du
Roi & pour Meffieurs les Agens Généraux du Clergé*, fuivis d'un Avis délibéré, à Rhodès le 13
Janvier dernier ; ce qui a donné lieu à une réplique du Sr. Abbé de Portelance, Archidiacre
& député du Chapitre, fuivie d'une Confultation de plufieurs Avocats du Parlement de Paris, en date du 20 *Mars* 1777, qui déclare
qu'en fuivant chacun des abus qui ont été relevés
par le Chapitre de Rhodès, il n'eft pas un feul
chef de plainte qui ne foit fondé, formation
de la Chambre, choix des membres dont elle
eft compofée, adminiftration de la Chambre,
perceptions qu'elle ordonne, ufage qu'elle fait
des deniers ou qu'elle tolere qu'on en faffe :
par-tout, fuivant eux, on ne voit que des contradictions avec les loix & les réglemens, des
abus qu'il eft effentiel de réformer. Ils décident
qu'il étoit du devoir du Chapitre d'élever fa voix
dans des circonftances pareilles & de défendre
l'intérêt général du Diocèfe, en combattant pour
fes intérêts perfonnels.

Du refte, les Jurifconfultes font étonnés de
voir les Agens Généraux du Clergé intervenir

dans cette caufe, comme s'ils n'étoient que ceux des Prélats, & comme fi par le Clergé on n'entendoit pas tous les Ordres qui le compofent. Mais cette tournure a été prife par M. de Cicé pour avoir fur leur demande un Arrêt d'évocation, lequel a occafionné des Remontrances très-preffantes du Parlement de Touloufe. Enfin, par une imprudence fans exemple, on ofe contefter à l'Abbé de Portelance fa miffion & prétendre qu'il n'eft pas avoué de fon Chapitre! lorfqu'il repréfente les titres les plus formels & les plus récens à cet égard.

8 *Avril* 1777. Le dernier Concert Spirituel a eu lieu hier & a été auffi fuivi que les précédens, quoique Mlle. Dantzi annoncée n'y chantât pas. La Reine l'avoit demandée & le Sr. le Gros, le Directeur actuel du Concert Spirituel, ayant repréfenté à S. M. combien il avoit à cœur de ne point manquer au public en ne le privant pas d'une Cantatrice annoncée, la Reine a perfifté à l'avoir. Une chofe qui fait infiniment d'honneur au Sr. Goffec & dont il n'y a point d'exemple à ce fpectacle, c'eft qu'une fymphonie à grand orcheftre de fa compofition, redemandée pour ce jour-là, a tellement plu aux auditeurs, qu'on a répété *bis*, & qu'il a fallu l'exécuter fur le champ une feconde fois. Un Oratoire de Mr. Rigel, dont le fujet eft la *Sortie d'Egypte*, chanté plufieurs fois pendant la quinzaine, a été entendu encore avec fatisfaction. Les paroles font de Mr. Marmontel. En général, le Concert Spirituel, qui depuis quelques années s'amélioroit infenfiblement, a pris une face abfolument nouvelle depuis que le Sr. le Gros y préfide, tant par l'excellence de

la mufique & des Virtuofes dans tous les genres qu'il y a raffemblés , que par une meilleure entente dans l'exécution : il a diminué le nombre des concertans dans l'orcheftre & dans les chœurs , & avec moins d'inftrumens & de voix il a produit plus d'effet.

8 *Avril* 1777. Depuis long-tems on parle avec admiration du nouveau Canal de Picardie entrepris par feu M. Laurent , & continué par fon neveu. Ce qu'on en voit eft certainement propre à étonner ; mais on en a conftaté l'utilité , & comme il y a une partie couverte , on a agité la queftion fi les canaux couverts n'avoient de trop grands inconvéniens ? L'Ingénieur en chef de St. Quentin a entrepris de foutenir & de prouver l'affirmative contre le neveu de M. Laurent. La difpute a eu lieu en préfence des Miniftres , & le réfultat eft d'abandonner le Canal , en louant la beauté de l'entreprife & même de l'exécution actuelle comme un chef-d'œuvre de l'art , mais n'ayant produit qu'un monument ftérile.

8 *Avril.* La Faculté de Médecine a envoyé à tous fes membres fon apologie adreffée au Parlement fous le titre de *Précis.* Elle eft datée du 6 de ce mois & fouffignée du Docteur L'Epine , fubrogé Doyen , par la fufpenfion de l'autre , & des Commiffaires Borie , Lorry , Maloet , Lezurier , Coquereau. Il eft fort court , fans beaucoup d'ordre , mal digéré & fait peu d'honneur aux rédacteurs.

9 *Avril.* C'eft par des Arrêts du Parlement des 4 Mai & 7 Septembre dernier fort ambigus , qu'eft arrivé entre la Faculté & le Sr. Guilbert de Preval la nouvelle difcuffion qui a

entraîné des fuites fi funeftes. En effet, non
feulement il y eft rétabli dans la jouiffance &
perception de tous les droits utiles, des émolu-
mens, fportules & jettons attribués aux Docteurs Régens de la Faculté, mais encore dans le
Droit de recevoir des thefes, d'y être placé
fuivant fon rang de difpute, & de recevoir également les annonces & affiches des Cours : &
par une forte d'inconféquence ils ne contiennent
rien d'où l'on puiffe inférer, qu'il foit rétabli
dans le droit d'affifter aux affemblées & aétes
publics de la Faculté. Enforte que ce Doéteur
ayant étérayé définitivement dans une affemblée
du 6 Juin, tenue en conféquence de l'arrêt du
4 Mai, & celui du 4 Septembre n'ayant point
anéanti cette exclufion, mais renvoyé les parties à l'audience, la Faculté a crû devoir perfif-
ter dans ce qu'elle avoit fait.

De fon côté, le Sr. Guilbert de Préval in-
terprêtant en fa faveur lefdits Arrêts, s'eft préfenté le 23 Septembre à un aéte public, & le
deux Novembre dernier s'eft rendu aux Ecoles,
où introduit furtivement il a par fes bravades &
fes interpellations indécentes forcé d'appeller
les appariteurs pour le faire fortir. De-là une
procédure criminelle de fa part, où, d'après le
procès verbal qu'il a diété à fon huiffier, il
a rendu une plainte contre plufieurs Doéteurs,
& l'a fait appuyer de témoins, d'où font ré-
fultés les Décrets dont on a parlé.

9 Avril 1777. La premiere nouveauté que doivent donner les Comédiens François, eft la
comédie de M. de la Place, ayant pour titre
le Veuvage trompeur. Elle eft en trois aétes &
en

en vers. M. Cailhava a fait auffi la diftribution de fa comédie intitulée *l'Egoïfte.*

10 *Avril* 1777. Toute la Faculté, à l'exception de cinq ou fix membres, paroît dans la plus grande union contre le Sieur Guilbert de Preval. Celui-ci a cependant des partifans dans le monde par fon expofé, où il dit qu'il a été rayé du Catalogue des Docteurs Régens, *parce qu'il a trouvé un remede curatif & préfervatif de la maladie qui empoifonne les fources de l'exiftence.*

La Faculté répond que c'eft pour avoir ofé s'annoncer comme inventeur & diftributeur d'un remede fecret, ayant la propriété de *préferver de gagner aucun mal vénérien;* fecret chimérique & dès-lors funefte.

Pour avoir ofé dans la vue d'accréditer la vente de ce prétendu fpécifique, en faire fur fa perfonne des effais publics, dont l'homme le plus diffolu ne pourroit foutenir, l'on ne dit pas le fpectacle, mais le récit.

Pour avoir, par cette expérience infâme, offert avec l'impunité un appas pour le vice, avoir anéanti les mœurs autant qu'il étoit en lui & ouvert la porte au libertinage.

Enfin, pour avoir deshonoré le titre & la profeffion de Médecin, en fe proftituant, pour accréditer un fecret qu'il vendoit comme Médecin.

Du refte, la Faculté, pour n'avoir rien à fe reprocher, a confulté fes Avocats, qui par une délibération du 16 Janvier 1777 ont approuvé la prudence de fes membres.

11 *Avril.* Le Sr. Bouret, Fermier Général, a été trouvé hier fubitement mort dans fon lit. Les gens qui veulent de l'extraordi-

naire à tout, prétendent qu'il a accéléré sa
fin : ils en donnent pour raison le dérangement de ses affaires ; mais il y étoit habitué,
& l'on se rappellera toujours que le jour
même où il eut l'honneur de recevoir S. M.
pour la premiere fois au fameux *Pavillon du
Roi*, ses créanciers faisoient saisir ses meubles
à Paris. Du reste, c'étoit un homme rare pour
le manege de l'intrigue, pour le raffinement
de l'adulation, & pour la fécondité des res-
sources quand il vouloit parvenir à ses fins.
Il avoit un goût de dépense incroyable, &
une vanité singuliere, qui vraisemblablement
en étoit le principe. Il ne faisoit plus parler
de lui depuis longtems, & se regardoit ainsi
comme mort d'avance.

12 *Avril* 1777. La prison du Châtelet est devenue pour M. de Lisle de Salces un lieu de
triomphe. Le concierge s'est délogé pour lui,
& l'on a fait meubler l'appartement avec magnificence ; il ne désemplit point de visites ;
tous les illustres philosophes & les femmes
les plus distinguées du parti l'ont été féliciter :
on lui offre de l'argent de toutes parts ; il
lui arrive des rouleaux de Louis anonymement, que sa délicatesse ne lui permet pas
d'accepter & qui vraisemblablement retourne-
ront au profit des prisonniers. Mais ce qui
s'en trouve mieux encore c'est son livre, qui
de cette persécution reçoit une vogue qu'il
n'auroit jamais eue par son mérite intrinse-
que. Tout le monde sait aujourd'hui qu'il
étoit disciple du célebre Helvétius, & qu'on
a voit choisi pour propager sa doctrine, au
ctus avec permission tacite. Enfin, depuis la

détention de Mlle. Clairon au Fort - l'Évê-
que, on n'avoit point vu de captif auffi fêté.

13 *Avril* 1777. Mlle. Raucoux n'a pas échappé longtems à la pourfuite de fes créanciers ;
on la croit arrêtée de nouveau, ou cachée,
ou obligée de s'enfuir.

13 *Avril*. Il y a eu hier à la plaine des
Sablons une courfe, où il y avoit très peu de
monde ; elle a été tenue fecrette, & c'étoit
fon objet, à caufe de paris nombreux qu'elle
devoit décider.

13 *Avril*. On parle beaucoup d'un jeune
virtuofe arrivé dans cette capitale; c'eft un
M. Chateauminois, Provençal, qui joue merveilleufement du Flûtet ou Galoubé, inftrument de fon pays, qu'il a porté à un degré
de perfection, dont perfonne avant lui ne
l'auroit cru fufceptible. Il eft percé de trois
trous feulement, ce qui le rendoit en apparence très borné par fa nature; on l'affo-
cioit au Tambourin dans les fêtes champêtres
& dans les Bals; on le faifoit auffi quelquefois entendre à l'Opéra dans les airs connus
fous le nom de *Tambourins*; mais il étoit
profcrit des Concerts, & l'on ne foupçonnoit
pas qu'il pût jamais y occuper une place. Le
muficien dont on parle, a trouvé l'art d'exécuter avec le Galoubé prefque tout ce qu'exécute un violon: il joue dans tous les tons,
des airs gais, des airs tendres & des variations
de la plus grande difficulté : il joue feul des
Duo fur deux flûtets à la fois; il fait entendre fur fon Galoubé des concerto très bril-
lants accompagnés de fymphonie. Rien n'égale
la précifion, la netteté de fon coup de lan-

gue & la vivacité de fon jeu. En un mot,
c'eſt une merveille qu'il faut entendre.

14 *Avril* 1777. Le Journal qu'a commencé M.
Linguet à Londres, a pour titre *Annales*
Politiques, Civiles & Littéraires du dix - hui-
tieme ſiecle, & le premier Cahier en paroît
ici. Cela a d'autant plus ſurpris qu'on ne s'i-
maginoit pas que les Miniſtres ſi maltraités dans
ſa Lettre à M. de Vergennes, auroient pour
lui une pareille complaiſance. On dit que le
même motif qui a déterminé à laiſſer entrer
le Courier de l'Europe, a motivé la même facilité pour la production de ce proſcrit : on
s'eſt flatté que cela l'engageroit à s'obſerver
un peu plus ; mais comme on connoît ſa mauvaiſe tête & les écarts de ſon imagination,
on n'a pas voulu l'autoriſer ouvertement,
& il a été arrêté dans le comité des Miniſtres
qu'il ne ſeroit que toléré.

Quant au *Courier de l'Europe*, il eſt queſtion
d'un N°. 43 abſolument ſupprimé : on dit que
c'eſt à l'occaſion d'une annonce d'une Nouveauté françoiſe, intitulée *l'Impuiſſant & la*
Coquette. Comme l'ouvrage n'exiſte point, on
préſume qu'il y avoit de la malice ; tel eſt du
moins le motif qu'on donne dans le public.

14 *Avril*. M. de Crebillon vient de mourir. Quoiqu'il n'ait pas été auſſi illuſtre que
ſon pere, il s'étoit ouvert une autre carriere
& avoit une maniere originale dans le genre
du Roman. *Ses Egaremens du Cœur & de*
l'Eſprit ſont un chef - d'œuvre qu'on regrette
toujours de voir imparfait. Il s'étoit gâté dans
ſes derniers ouvrages & à force de vouloir
affecter le ton des petits - maîtres & des hom-

mes à bonnes fortunes, il avoit pris un jargon
inintelligible. Enfin, pour le peindre, il fuffit
de dire qu'on l'avoit furnommé le *Philofophe
des femmes*.

15 *Avril* 1777. M. Bouret a mangé de fon vivant quarante-deux millions connus, & l'on
ajoute qu'il meurt infolvable.

15 *Avril.* Ce qu'on avoit prévu l'an paffé
vient d'arriver : le Gouvernement a profité
de la manie de nos grands Seigneurs pour
les courfes de chevaux, afin d'exciter l'attention de ceux qui en cultivent l'efpece fur les
différentes races, & par les foins que prennent
les amateurs pour en faire de bons coureurs,
de donner ainfi à cet animal toute la perfection
dont il eft fufceptible.

Un acte paffé à Fontainebleau entre plufieurs
Seigneurs de la Cour le 30 Octobre 1775, en
a été la fuite; il étoit refté ignoré jufques à
préfent. Par cet acte ils s'engagent de donner chaque année, pendant l'efpace de dix,
une fomme de 600 Livres, pour avoir le
droit de faire courir un cheval à deux époques différentes; favoir au 15 Avril, & au
4 Octobre de chaque année. Entre plufieurs
conditions fpécifiées entre les contractans, la
plus intéreffante, la plus honorable au zele
patriotique des Soufcripteurs, c'eft qu'aucun
cheval ne fera admis, qu'autant qu'il fera reconnu par trois experts convenus pour être
François.

En conféquence la premiere Courfe de l'année aura lieu aujourd'hui dans la plaine des
Sablons.

16 *Avril.* M. de *Vedel Montel* fait paroî

E 3

re un nouveau Mémoire, intitulé *Réſumé Général*. Comme le rapport du procès entre le Maréchal Duc de Richelieu & Mad. la Préſidente de St. Vincent eſt entamé d'hier, il profite des derniers inſtans pour confirmer ſa juſtification dans le public, juſqu'à ce qu'il la reçoive de la juſtice.

16 *Avril* 1777. L'incroyable affaire de Deſrues acquiert de jour à autre de nouveaux caractères de noirceur. Depuis plus d'un mois on ne retrouve abſolument aucun renſeignement ſur Mad. de la Motte & ſon fils, ainſi que ſur le prix prétendu donné de la terre. La femme de ce négociant, ancien épicier, a été arrêtée, il y a quelques jours.

17 *Avril.* Le procès ſur la demande en ſéparation de corps formée par la Marquiſe de Mirabeau, doit être jugé la ſemaine prochaine. Le mari fait paroître une *Expoſition de faits & de pieces probantes*. Son Mémoire ne roule que ſur l'adminiſtration des biens patrimoniaux & des biens dotaux de ſa femme.

On l'accuſe 1°. d'avoir aliéné de ſon patrimoine plus de 500,000 Livres, & d'avoir contracté plus de 600,000 Livres de dettes au préjudice de la ſubſtitution dont il eſt grevé.

2°. D'avoir conſommé plus de 600,000 Livres des biens de ſa femme.

3°. Enfin de lui avoir refuſé le plus étroit néceſſaire, dans le tems qu'il en percevoit les revenus, que l'on porte à 50,000 Livres.

Il répond 1°. qu'il n'a rien aliéné de ſon patrimoine; qu'au contraire il l'a conſidérablement augmenté par ſon économie & ſon adminiſtration.

2°. Qu'il n'a confommé aucune partie du bien de Mad. de Mirabeau.

3°. Qu'elle a toujours été entretenue felon fon état & que fon revenu, bien loin de monter à 50,000 Livres, ne va pas à 12,000 Livres, de rentes, déduction faite des dettes & charges dé fes biens.

17 *Avril* 1777. On parle de donner fur le grand théâtre de Verfailles l'Opéra de *Caftor & Pollux*, réfervé pour l'époque de l'arrivée de l'Empereur. On fait qu'il a défiré qu'on ne fît pour lui aucune fête : mais celle-là eft d'une nature à ne pouvoir être refufée : du refte, le Parifien eft empreffé de voir & d'entendre ce Prince & de juger entre lui & fon frere l'Archiduc.

18 *Avril*. Le Mémoire de M. de Vedel eft d'un Me. Blondel, Avocat, & lui fait infiniment d'honneur ; il eft plein de raifon, fort de preuves & écrit avec la plus grande énergie. Le défenfeur y eft toujours à fon aife, il femble fe jouer de fon adverfaire & l'écrafer enfin des argumens les plus victorieux. Il en réfulte que toutes les preuves que M. de Richelieu prétendoit adminiftrer contre fon adverfaire, par titres, par témoins, par vérifications d'Experts, ont tourné contre lui-même ; que M. de Vedel n'a été décrété de prife de corps, interrogé fans fin & fans pudeur, réglé à l'extraordinaire & confronté à une foule de témoins & d'accufés, qu'il n'a langui près d'un an dans les fers, que parce que le Lieutenant criminel Bachois, fon premier juge, eft devenu fa partie, qu'il n'a jamais inftruit qu'à charge con-

E 4

tre lui, & s'eft livré aux plus baffes complaifances pour le puiffant accufateur. Auffi prétend-
il que l'intimation perfonnelle contre ce
magiftrat prévaricateur ne lui peut être refufée.

On parle d'un nouveau Mémoire ou écrit,
contenant des Réflexions fur ce procès, répandu vraifemblablement par les députés du Parlement d'Aix & qu'on attribue à M. de Caftilhon.

19 *Avril* 1777. Dans une féance tenue au
Parlement, les chambres affemblées le 11
Avril, l'Avocat Général Seguier a fait un
Requifitoire pour rendre compte de la brochure dont on a déja parlé & dénoncée par
le Préfident Angran, ayant pour titre *Plan de
l'Apocalypfe*. Quoique Newton ait commenté
cet ouvrage, on fent qu'il faut avoir le cer-
veau un peu fêlé pour s'y arrêter, à plus forte
raifon pour y voir le rétabliffement des Jéfuites annoncé pour 1777. Cela n'auroit pas mérité
l'attention des magiftrats fans d'autres affertions plus dangereufes, intéreffant la Politique
& le Gouvernement, en ce que le même en-
thoufiafte prédit l'empire univerfel de l'Eglife, dans laquelle l'Etat fera déformais con-
fondu.

En conféquence cette brochure, datée de
1773, de 96 pages d'impreffion, a été condamnée à être lacerée, brûlée, &c.

Du refte, M. Seguier raffure le Parlement,
& prétend que les craintes nées à l'occafion
de prétendus mouvemens des Ex-Jéfuites &
de leurs partifans, font vaines & dénuées de
fondement ; il promet à la cour que les Gens

du Roi s'occuperont à veiller fur les démarches
de la Société.

L'on ne fait fi le Parlement, fatisfait des affu-
rances de M. l'Avocat Général, abandonnera
toute recherche ultérieure; mais le parti Janfenif-
te trouve très mauvais qu'il ait traité la chofe auffi
leftement, & regarde ce magiftrat comme
vendu à la cabale.

19 *Avril* 1777. La Faculté de Médecine, avant
de répandre fon *Précis* dans le public, a arrêté
une grande Députation pour le porter au
Premier Préfident & aux Préfidens à Mortier :
elle a arrêté auffi que dans la douleur où elle
étoit de fe voir privée de fon Doyen, de voir
plufieurs de fes membres inculpés, & elle-
même traduite devant le Parlement, elle s'abf-
tiendroit de toute cérémonie & acte folemnel,
& cefferoit même toute fonction qui ne feroit
pas néceffaire au fervice public.

Le Doyen Deffeffarts a comparu la femaine
derniere par devant l'Abbé Poimmier, nommé
commiffaire pour l'interroger & l'entendre en
vertu du décret d'ajournement perfonnel rendu contre lui. Sa Compagnie a été très fatif-
faite de la maniere intelligente, fage & ferme
dont ce chef a répondu aux queftions captieu-
fes & dérifoires du Magiftrat, un peu calotin.
Ce dernier a prétendu que bien loin d'être l'ennemi de la Faculté, comme l'on en faifoit courir le bruit, il avoit empêché qu'on ne pouffât
les chofes plus loin & qu'on ne le décrétât de
prife de corps.

19 *Avril. Réflexions fervant de faits juf-
tificatifs.* Tel eft le titre de l'Ecrit attribué à
M. de Caftilhon ; au bas duquel on lit : ,, Le
E 5

&, conseil soussigné qui a lu avec admiration le
,, Mémoire ci-dessus, ouvrage d'un Magistrat
,, vertueux, estime que sans y rien changer,
,, il est intéressant de l'employer pour Mad. de
,, St. Vincent. Les principes incontestables y
,, sont si lumineusement présentés, qu'il n'est
,, point de cœur droit qui ne se rende à leur
,, évidence : ils mettent en main des innocens
,, faussement accusés, des armes invincibles
,, pour terrasser les fameux calomniateurs. "
Cette Consultation, de Me. Piet Duplessis,
est du 11 Avril.

Le résultat de cet écrit solide, grave & sec,
où l'on ne cherche pas à séduire le lecteur par
une éloquence oiseuse, & uniquement destiné
à éclairer les Magistrats, est d'établir que dans
toutes les suppositions & sous tous les points de
vue, l'accusée doit être déchargée de l'accusation, avec dommages & intérêts.

20 Avril. Par un concours de circonstances
trop longues à raconter, & sur le détail des-
quelles on varie d'ailleurs dans le public, il
est constaté juridiquement qu'on a trouvé le
cadavre de Mad. de la Motte, enterré dans
une cave de la rue de la Mortellerie ; qu'il
étoit assez bien conservé pour que les traits
en fussent reconnus de tous ceux qui avoient
vu cette malheureuse femme ; que son mari
surtout a été convaincu que c'étoit elle. Qu'on
est déjà moralement sûr que le Sr. Desrues l'y
a fait transporter, ayant loué cette cave sous
un nom étranger, pour y mettre du vin ; que
le propriétaire de la cave, confronté à cet accusé dans la prison, a déclaré que c'étoit le
même homme qui s'étoit présenté pour la louer,

On a conduit Defrues fur le lieu pour le con-
fronter au cadavre, & il a perfifté à nier, foit
qu'il eût loué la cave, foit qu'il y eût fait
tranfporter Mad. de la Motte, foit qu'il la
reconnût. On a fait l'ouverture de celle-ci,
& il y a apparence que cette victime de la cupidité du coupable a été empoifonnée. Ce matin a été fait l'enterrement en grande pompe
à la paroiffe de St. Gervais. On ignore encore
où eft le cadavre du fils, mais on efpere aujourd'hui parvenir à approfondir toutes les
horreurs d'une fcélérateffe qui paroît avoir été
combinée de longue main & avec un fang froid
qui ne peut gueres être celui d'un homme novice dans de pareils forfaits. Ce Defrues fe
nomme Bury; il avoit été épicier, & a fait
faillite plufieurs fois.

20 *Avril* 1777. M. le Maréchal Duc de Richelieu répand auffi des *Réflexions préfentées &*
à fes Juges & au Public. Il les partage en
deux propofitions : 1. il n'a pas eu le choix
de l'action qu'il avoit à intenter : 2. c'eft à
Mad. de St. Vincent à prouver fon inno-
cence. Il finit par un *Poftfcriptum* contre les *Ré-*
flexions d'un Magiftrat, qu'il qualifie de libelle,
& pour s'éviter la peine d'y répondre en regle,
ce qui lui feroit trop difficile & peut-être
impoffible, il dit qu'il faut l'abandonner,
ainfi que les paradoxes révoltans qu'il contient, au mépris & à l'indignation publique.

Du refte, il annonce encore un Mémoire
volumineux, où il comprendra le *Réfumé* des
preuves qui établiffent que Mad. de St. Vin-

E 6

cent eſt l'auteur du faux, ou le complice, ou le participe.

Le Duc d'Orléans continue à aſſiſter aux aſſemblées, & c'eſt en conſéquence ſon Alteſſe qui les aſſigne à ſa commodité. C'eſt ainſi qu'il n'y en a point eu un jour de la ſemaine derniere, où l'on jouoit la Comédie chez Mad. de Monteſſon.

21 *Avril 1777*. On avoit déja voulu établir un *Gazetin des Comeſtibles*. Cette feuille n'avoit pas réuſſi. On y revient aujourd'hui ; on en répand un nouveau *Proſpectus pour l'Etabliſſement de Bureaux pour la Commiſſion des Comeſtibles & pour l'abonnement de ſon Gazetin*. Ce Gazetin ſera autoriſé par Lettres patentes duement vérifiées & approuvées par Arrêt du Parlement, & il y aura en outre un dépôt fixe conduit par une Direction, chargée du ſoin de ſubvenir aux demandes des intéreſſés, de les publier, & de faciliter en faveur des fourniſſeurs & des conſommateurs, des communications & des relations de la Capitale aux Provinces, & de celles-ci entr'elles avec Paris & avec l'Etranger.

21 *Avril.* On a fait à l'occaſion de l'Empereur & de ſon goût pour l'*incognito*, l'apologue ſuivant :

Chéri de toute l'Arabie,

Magnanime, humain, vertueux,

En trouvant ſon bonheur à faire des heureux,

Mamoun un jour conçut l'envie

De voyager ; il eut la fantaiſie

De reſter partout inconnu ;

Il croyoit le pouvoir : seule erreur de sa vie ;
On le nomma sitôt qu'il eut paru.
La douce & noble modestie
Est le héraut de la vertu.

21 *Avril* 1777. On a procédé le 18 au jugement du procès concernant l'Encyclopédie.
On a été enchanté du rapport de M. de la
Belouze , qui a déployé dans cette affaire la
sagacité la plus subtile & le plus grand dé-
sintéressement. Quoi qu'il en soit , le procès a
paru si difficile à juger, qu'il y a eu partage
de voix à la Grand-Chambre. On en renverra
la décision à Mrs. de la premiere Chambre des
Enquêtes.

22 *Avril.* Le nouveau Curé de St. Sul-
pice a célébré aujourd'hui une messe du St.
Esprit, suivie d'une procession , pour attirer
la bénédiction du ciel sur les travaux qui se
font dans son église , sous la direction de
Mr. l'abbé Symon de Doncourt, ayant de
connoissances profondes & un goût peu commun en architecture, peinture & en sculpture. Les artistes & entrepreneurs qui con-
courent à la perfection & à l'ornement de ce
vaste édifice, y ont tous assisté ; savoir , pour
ce qui concerne la Chapelle de la Vierge ,
M. Pigalle , Chevalier de l'Ordre du Roi ;
M. de Wailly, des Académies d'Architecture ,
de Peinture & de Sculpture ; M. Pigalle ,
neveu , Sculpteur ; M. Callet , Peintre ; MM.
de la Chenay & Metivier , Sculpteurs en ornemens ; M. Dropsi , Sculpteur en marbre ;
& M. Hervieux , Ciseleur.

Pour la partie du portail, des tours & de l'orgue, M. Chalgrin, de l'Académie d'Architecture & Architecte de *Monsieur* ; M. Boirot, agréé de l'Académie de Sculpture ; M. Barthelemy, Peintre ; M. Guibert, Sculpteur en ornemens ; M. Viel, Architecte, premier Inspecteur ; M. Mangin, Entrepreneur pour la maçonnerie ; M. de l'Or, pour la charpente ; M. Mardelle, pour la ferrurerie, &c. &c.

La Chapelle de la Ste. Vierge est très avancée : la petite coupole qui lui sert d'entrée est découverte depuis Noël. Le plafond de la Chapelle, peint par feu le Moyne, avoit été presqu'entiérement détruit par l'incendie de la foire St. Germain, & vient d'être réparé par M. Callet. La Statue en marbre de sept pieds de proportion, par M. Pigalle, est placée depuis plus d'un an. L'échafaud d'une des tours de l'église est terminé. On doit commencer cette semaine à poser la menuiserie & la sculpture de l'orgue, faites par M. M. Duvet & Sadot, Maîtres Menuisiers, d'après les desseins de M. Chalgrin. C'est M. Cliquot qui est chargé de la facture de cet orgue, qui sera le plus complet de ceux de Paris. Enfin la maçonnerie & une partie de la sculpture des deux chapelles du portail sont très-avancées : on espere qu'elles seront achevées cette année. On les destine à servir de baptistaire & de sanctuaire pour le St. Viatique.

13 *Avril* 1777. On écrit de Geneve que le Philosophe de Ferney a eu, il y a peu de tems, une attaque d'apoplexie qui n'a pas

eu de fuite : fa tête même n'en eft point
affectée , & il fe difpofe à reprendre fes
travaux.

En effet, par une Lettre du 16 Avril , M.
de Voltaire demande à un ami de lui raffembler toutes les pieces relatives à l'affaire
de M. de Lille de Salces & de lui en rendre
le compte le plus détaillé. On juge avec raifon qu'il veut écrire fur cette matiere , fur
l'injuftice de flétrir cruellement un écrivain
pour des opinions qu'il a foumifes à l'examen des Cenfeurs qui lui ont été donnés
par le gouvernement & qui a rempli toutes
les formalités ordonnées pour l'impreffion.
Cet auteur eft plus intéreffé que perfonne à
faire rougir les Magiftrats d'une fentence
atroce. Eh ! que n'auroit-il pas à craindre ,
fi l'on recherchoit auffi fcrupuleufement tous
les gens de lettres qui ont écrit avec permiffion & qui plus eft fans permiffion !

24 *Avril* 1777. On ne fait fi M. de la Harpe a reçu réellement les coups de bâton
dont le menaçoit depuis longtems M. Dorat ;
fi le premier , las de fe ruiner en voitures
pour fe fouftraire à la vengeance de fon ennemi , lui aura enfin fourni l'occafion qu'il
attendoit : mais il court là-deffus une pafqui-
nade un peu vive , furtout à l'égard d'un
Académicien.

25 *Avril.* Le Mémoire promis par M. le
Maréchal de Richelieu à l'appui de fes *Réflexions* & devant en conftater la jufteffe ,
paroît. Il eft fuivi d'une Confultation en date
du 20 Avril , faite par fix fameux Jurifconfultes , qui en confirmant les deux affertions

qu'on a déja lues de la part du Consultant, décident que loin que Mad. de St. Vincent ait prouvé son innocence, elle reste, au contraire, accablée sous le poids des preuves de toute espece & de la conviction.

25 *Avril* 1777. Desrues est enfin convenu que Mad. de la Motte étoit morte chez lui, à la suite d'une médecine qu'il lui avoit administrée, & que, pour épargner les frais de l'enterrement, il l'avoit fait porter dans la cave où elle a été trouvée. Il est convenu aussi que le fils avoit été conduit par lui à Versailles, après avoir mangé du chocolat qui l'avoit fait vomir; que ce jeune homme étoit mort en ce lieu & qu'il l'y avoit fait enterrer sous un autre nom. On voit qu'à l'exception de l'empoisonnement qu'il n'a pas avoué directement, il est déja très-moralement coupable par son récit de la mort de ces deux innocentes victimes de sa scélératesse.

25 *Avril.* Autant l'Archiduc Maximilien avoit déplu ici par sa hauteur, autant l'aimable simplicité de l'Empereur, indice communement du grand homme, lui concilie les cœurs. Son hôtel est continuellement investi de peuple qui cherche à le voir. Au moyen de la suppression de tout cérémonial & même de tout appareil de distinction, ce Prince verra beaucoup mieux & avec moins de tems tout Paris. On a remarqué que deux choses lui avoient déplu singuliérement, l'entassement des malades dans la même salle & dans le même lit à l'hôtel-dieu (car sa délicatesse n'a point été blessée de visiter ces

hôpital infecté & peftilentiel) & les pauvres mendians dans cette capitale à tous les coins de rues.

Un trait qui fait préfumer combien il eft inftruit, c'eft que M. le Contrôleur Général lui ayant préfenté fon frere, M. de Ville-patour, ce Prince l'a accueilli avec diftinction, en lui rappellant les diverfes belles actions qu'il avoit faites, & dont il a paru être au fait plus que beaucoup de militaires de France. En parlant de l'artillerie, il eft convenu que cette partie du fervice l'avoit émerveillé à Strafbourg, furtout, quand de 150 pieces de canon qu'on avoit fait jouer devant lui, quatre-vingt-dix-neuf avoient atteint le but.

26 Avril 1777. Vendredi la Reine eft venue à l'Opéra d'*Iphigénie* avec *Monfieur* & *Madame*, M. le Comte & Madame la Comteffe d'Artois. Elle a été applaudie à toute outrance par la foule nombreufe qui s'étoit rendue à ce fpectacle dans l'efpoir d'y voir l'Empereur. Après les révérences ordinaires S. M. s'eft affife; les battemens de mains ont continué : elle s'eft doutée que ceux-ci regardoient fon frere, qui étoit au fond de la loge & ne fe montroit point; elle l'a tiré prefque malgré lui, l'a amené fur le devant & l'a fait affeoir auprès d'elle.

A l'endroit où le chœur dit, en voyant *Clitemneftre* : *Chantons, célébrons notre Reine,* les applaudiffemens ont redoublé; fon frere s'en eft mêlé : la Reine émue de tendreffe s'eft levée & a témoigné fa reconnoiffance ; en forte qu'on peut dire que fi l'Archiduc a un peu aliéné les cœurs françois de cette Souveraine, l'Empereur les lui a rendus.

27 *Avril* 1777. Il s'est donné hier au Vauxhall d'hiver un Concert de bénéfice pour Mlle. Dantzi ; avec un concours moins considérable que n'en méritoit cette célèbre Cantatrice, qui se concilie d'abord les spectateurs par un air de douceur & de modestie imprimé sur sa figure très-aimable. Elle a d'ailleurs une voix unique : outre qu'elle la monte à un ton où ne va point celle de son sexe, puisque l'*ut* en est le terme ordinaire, & que la sienne s'élève jusqu'au *sol* & au *la*, c'est-à-dire à la *quarte* & à la *quinte* supérieure ; elle a des martellemens équivalens à ceux des coups de langue sur la flûte, ensorte que l'on croiroit entendre cet instrument. Il faut convenir, au surplus, que son organe est plus étonnant que séduisant : elle ne chante d'ailleurs que l'Italien.

27 *Avril*. M. le Maréchal Duc de Richelieu répand encore un *Précis*, un *Résumé* & un *Postscriptum*.

27 *Avril*. On ne fait que parler de l'Empereur, & l'on recueille avec soin tous les propos de cette Majesté, peu saillans, mais toujours pleins de bon sens. On a eu occasion, lorsqu'il est allé jeudi au Palais & à la Chambre des Comptes, de connoître sa façon de penser sur le compte de deux Ministres si fameux sur la fin du regne de Louis XV. Comme il étoit à la Premiere Présidence, dans une galerie où est une suite de portraits de tous les Chefs de la Compagnie, il a prié qu'on lui montrât celui de

M. de Maupeou, le Chancelier : il l'a confidéré attentivement ; il a demandé s'il étoit
reffemblant ? On lui a dit qu'oui. Il s'eft
écrié avec indignation : » il fait bien de
n'être pas ici ! » Puis fe tournant vers les
Magiftrats qui l'entouroient : » pour vous,
» Meffieurs, a-t-il ajouté, vous avez effuyé
» des perfécutions, mais tout eft heureufe-
» ment réparé. »

A la Chambre des Comptes, en lui expli-
quant les diverfes fonctions de cette Cour, on
lui a dit que c'étoit chez elle que les Contrôleurs généraux venoient prêter leur ferment ;
on lui en a lu la formule, où ils promettent d'ê-
tre fideles aux commandemens de la Chambre.
Le moment d'après, ayant trouvé fous fes yeux
la fignature de l'Abbé Terrai : « en voilà un,
» s'eft-il écrié, qui n'a pas tardé à rompre le
» fien ! »

27 Avril 1777. M. de St. Auban, par fa Requête au Roi, demande que la brochure contenant les deux Lettres de Madame de Bellegarde foit fupprimée comme libelle diffamatoi-
re, calomnieux, & que Madame de Bellegarde
foit condamnée en telle amende & tels dommages-intérêts qu'il plaîra à S. M. ; qu'il lui foit
fait défenfes de récidiver, à peine de punition
exemplaire.

On voit à la fuite une Lettre du Marquis
de Monteynard à M. de Saint-Auban, en date
du 4 de ce mois, par laquelle il lui apprend
qu'il a écrit à M. Amelot pour le prier de demander à S. M. juftice de ce libelle.

28 Avril. L'Empereur étant allé à Notre-
Dame, quand on a voulu lui en montrer le

tréfor , il a répondu qu'il avoit vu affez de reli-
ques ; ce qui a peu édifié les chanoines. Quand
on lui a fait voir la chapelle d'Harcourt , où
eft le maufolée du Comte , nouvellement conftruit , il a demandé pourquoi cet honneur ?
ajoutant qu'il ne fe rappelloit aucune action connue de ce Seigneur. On lui a dit que ce n'étoit
qu'un monument de tendreffe conjugale & non
un monument patriotique.

28 *Avril* 1777. Samedi , M. le Comte de Falkenftein , en defcendant de l'Académie de Peinture eft entré au Jardin de l'Infante , où le
Comte d'Angivillers lui a préfenté le Sr. de
Bernieres , comme auteur de la grande loupe
de liqueur , conftruite aux frais de M. de Trudaine. Quoique le foleil fût pâle , qu'il y eût
des nuages , & qu'il ne s'en fallût de beaucoup
que cette loupe ne fût remplie de tout l'efprit de
vin qu'elle doit contenir , le Sr. de Bernieres a
fait fondre en moins d'une minute un écu de
trois livres à fon foyer ; ce qui a paru furprendre
& intéreffer l'Empereur.

29 Avril. *Vers fur les complimens reçus par M.*
de la Chalotais , à l'occafion de la Croix de
Malthe que M. de Rohan , Grand-Maître , lui
a envoyée.

Où va cette foule importune ?
Pourquoi féliciter Chalotais aujourd'hui ?
La faveur qu'il reçoit , fans doute eft peu commune ,
Elle peut illuftrer , mais tout autre que lui.
Toujours le Magiftrat aux faftes de l'hiftoire
Effacera le Chevalier.

Placé par ſes vertus au Temple de Mémoire,

    L'ornement d'un Ordre guerrier

    Peut-il ajouter à ſa gloire ?

    Loin de l'honorer par ſon choix,

C'eſt *Malthe* qui s'honore en lui donnant la Croix.

29 *Avril* 1777. On a imprimé la dénonciation faite le 21 Mars aux Chambres aſſemblées, ſervant de ſuite à la premiere. On y voit que l'Abbé Tripolski, le dénonciateur aux créanciers des Jéſuites des ſommes que ceux-ci avoient encore à Lyon, eſt mort ; que ſon aſſocié, le Baron de Goſtraux, avoit donné des renſeignemens qu'on n'a pas ſuivis, & que les députés de la maſſe des créanciers envoyés à Lyon vers la mi-Février, en ſont repartis peu de jours après ſans avoir rien fait, & ſans attendre ce Baron, qui n'avoit beſoin que d'une ſomme modique pour faire la route. Tout cela eſt développé dans pluſieurs Lettres en date du 3 Mars & du 5 dudit, datées d'Aix & adreſſées à un Chevalier de Monlong à Lyon, qui d'ailleurs pouvoit le ſuppléer & avoit reçu de nouveaux renſeignemens par un ſupplément du 21 Février. On ſoupçonne aſſez naturellement par ce qu'on lit dans cet écrit, que l'on a mis beaucoup de délais & de négligence dans les recherches qu'on devoit faire, & l'on a vu précédemment que c'étoit à M. B†** qu'il falloit l'attribuer. On ignore encore ce que le Parlement fera de ces renſeignemens, où l'on remarque en outre qu'on a cherché à diffamer & à rendre ſuſpect au gouvernement ce Baron de Goſtraux. A en croire M. Seguier, tout cela ne mérite aucune attention. L'aſſemblée indiquée au 25 Avril

été remife à huitaine, & il n'y a pas eu de délibération fur cette affaire.

29 *Avril* 1777. Il paroît un nouveau *Mémoire
à confulter*, pour le Chapitre de Rhodès, & une
Confultation du 22 Avril, au fujet de la Déclaration de deux de fes membres en date du 20
Février, relativement aux Mémoires publiés
par le Chapitre dans l'affaire des Décimes.

29 *Avril.* Mad. de St. Vincent fait paroître
une *Nouvelle Réponfe*, qui renverfe abfolument
les raifonnemens du Maréchal. L'a-t-il convaincue, ou ne l'a-t-il pas convaincue? Voilà la
feule queftion qu'il s'agit de difcuter, & réfu-
mant toute la procédure faite avant l'Arrêt du
29 Mars, toute celle faite avant les informations, interrogatoires, recollemens, confronta-
tions, on prouve que tout eft en faveur de Mad.
de Saint-Vincent. Suit une Confultation du 26
Avril, qui décide : 1. Que rien ne prouve
que les billets ne foient pas de M. de Richelieu : 2. Que M. de Richelieu, en imputant
le faux perfonnellement, directement à Mad.
de St. Vincent, s'eft mis dans la néceffité de
le prouver, à peine d'être réputé calomniateur :
3. Qu'il paroît très-bien prouvé au procès
que les billets ont été remis à Mad. de St.
Vincent par le Maréchal, & que dès-lors elle
eft juftifiée.

30 *Avril.* Il paroît une *Réponfe* pour l'Abbé
de Ville-Neuve Flayofe, au deuxième Mémoire
du Maréchal de Richelieu, fuivie d'une *Confultation* du 26 Avril. Son objet eft d'établir la réparation authentique qu'il a droit de demander
contre fa partie adverfe, & la prife à partie qu'il
peut exercer contre le Lieutenant criminel Ba-

chois, pour avoir été, fans preuves, décrété, emprifonné, interrogé, recollé, confronté, enchaîné pendant onze mois comme un criminel. C'eſt fur-tout le début de cet écrit qui eſt remarquable.

..... « Eſt-il rien de plus révoltant que de
» voir un Maréchal de France, enivré de *quel-*
» *ques momens de gloire*, dont il dit que *peut-*
» *être fa longue vie a été illuſtrée*, oublier qu'il
» parle en public à la femme d'un Magiſtrat cé-
» lebre & à une famille qui n'a pas été illuſtrée
» *par quelques momens*, mais par pluſieurs ſiecles
» de gloire très-réellement acquiſe, en ſervant
» avec honneur ſes Rois & ſa Patrie ? *Ce ſont,*
» dit-il, *de vils fauſſaires contre leſquels il eſt*
» *obligé de lutter....* De vils fauſſaires ! Et c'eſt
» M. *Vignerot Dupleſſis*, Duc de *Richelieu*,
» qui oſe inſulter de cette maniere aux princi-
» pales branches de la maiſon de *Ville-Neuve* !
» Si un affront de cette nature n'alloit bientôt
» être vengé, le Corps de la Nobleſſe ſeroit
» fondé à s'élever contre un libelle où ſa dignité
» ſe trouve compromiſe.

» Dans le dégré d'élévation & de gloire où
» M. le Maréchal de Richelieu ſe contemple,
» quels titres croit-il avoir acquis pour ſe rendre
» l'arbitre du fort d'un Citoyen cent fois au-
» deſſus de lui par ſa naiſſance ? »

30 *Avril* 1777. Le Journal de M. Linguet eſt dédié au Roi de France ; il ne le regarde que comme une continuation de celui qu'il avoit commencé à *Paris* en 1774, ſous le titre de *Journal de Politique & de Littérature de Bruxel-les*, interrompu en 1776. Dès ſon *Proſpectus* il fait une incurſion contre la *Gazette de France* &

le *Mercure* qui le chicanoient continuellement à Paris, concurrens privilégiés dont il se félicite d'être débarraffé.

Du reste, il propofe une collection complette de ses Oeuvres par foufcription, déjà effrayante pour le nombre, puifqu'il fera de 28 volumes in 8°. Il la divife en partie Littéraire, & partie de Barreau. On remarque dans la premiere un ouvrage du *Pain & du Bled*, dont il dit que le manufcrit original & unique lui a été dérobé par l'ordre, avoué publiquement, de M. Turgot, mais qu'il l'a refait en entier ; & une Hiftoire des *Révolutions de la Magiftrature en France*, ouvrage, dit-il, compofé avant 1770, mais qu'il n'a pu obtenir la permiffion d'imprimer à Paris, & auquel il a joint l'hiftoire de ce qui s'eft paffé relativement à la Robe depuis cette année jufqu'en 1774 inclufivement.

1 *Mai* 1777. On continue à s'entretenir de M. le Comte de Falkenftein, & à recueillir fes dits & geftes mémorables.

Dans une des garnifons qu'on lui a fait paffer en revue, on lui a montré le Régiment de *Schomberg* Dragons, en lui obfervant que c'étoit autrefois le Régiment des *Hullans* du Maréchal de Saxe : « *Pourquoi lui avoir fait changer de nom,* » a-t-il répondu ; *nous avons encore à Vienne* » *le Régiment du Prince Eugène.* »

L'autre jour s'étant préfenté au château avant le lever, il eft refté dans la galerie à caufer avec les courtifans. Le Roi inftruit qu'il étoit-là, l'a fait inviter d'entrer : « *On va me prendre,* » a-t-il dit, *pour un Favori.* »

Emerveillé des Invalides & de l'Ecole Royale Militaire,

Militaire, il a fait reproche au Roi de n'avoir pas encore vu ces établissemens.

2 *Mai* 1777. Mad. de St. Vincent a encore présenté une Requête au Parlement, très-important, où elle demande à la Cour des Pairs de déclarer toutes les procédures & pourfuites faites à la requête de M. le Maréchal, nulles, tortionnaires, injurieuses, attentatoires à l'autorité de la Cour, aux Loix & Ordonnances du Royaume, à la liberté des Citoyens, à la sûreté des familles & à l'ordre public...... de faire défenfes à M. le Maréchal de récidiver, de méprifer les regles de la juftice, d'abufer de fon crédit, de fe donner la licence de faire des incurfions nocturnes & militaires dans les monafteres & autres maifons des particuliers, de faire fouiller dans leurs poches, fecrétaires & armoires, de faire piller, fouftraire & fupprimer leurs titres & papiers, d'en intercepter d'autres, d'emprifonner les domiciliés & de les tenir en chartre privée, fans forme, fans autorité ni décret, de faire décreter à fes rifques, périls & fortune, fans preuves de prétendus délits, lorfqu'au contraire il y a preuve de la témérité de fes accufations, comme aufli de faire décréter ceux des témoins qui dépofent ou font en état de dépofer contre lui, de les vexer, pourfuivre criminellement, de les ménacer, perfécuter & de changer en témoins ceux des accufés que fes gens d'affaire font parvenus à corrompre par promeffe & par argent &c. On voit que c'eft une longue récapitulation de tous les excès & crimes reprochés au Maréchal.

3 *Mai*. Il paroît par le Mémoire du Chapitre de Rhodès, que M. l'Evêque a trouvé

Tome X. F

le secret d'intimider ou de séduire les deux Chanoines qui se sont détachés du Corps, par un écrit qu'ils ont appellé un *monument précautionnel*, sorte de désaveu de la conduite de leurs confreres. On leur reproche d'avoir ainsi attaqué de la maniere la plus indigne un Corps dont ils ont l'honneur d'être membres. Ces transfuges sont les Sieurs *Dieche* & d'*Almayrac*, & l'on réclame contre de tels excès le secours de la loi.

3 Mai 1777. Tandis que M. le Maréchal Duc de Richelieu mange désagréablement beaucoup d'argent pour nourrir un procès ruineux, la fortune, toujours favorable à ce Seigneur, lui ménage de petits revenans-bon auxquels il n'auroit pas droit de s'attendre. C'est ainsi que récemment Mad. de Gaya, veuve d'un Major de Compiegne, femme octogénaire, vient, par une vanité barbare, de frustrer sa famille pauvre de son bien, d'environ 50,000 écus, pour faire son légataire universel M. de Richelieu. Un Notaire du lieu s'est transporté à Paris pour lui annoncer cette nouvelle. Après l'avoir fait long-tems attendre, il a ordonné qu'on l'introduisît sur ce qu'il a déclaré avoir des choses interessantes à lui dire. L'Officier de Justice ayant rempli sa mission, le vieux plaisant s'est écrié avec un sang-froid goguenard : « *Ah ! parbleu* » *si toutes les femmes avec qui j'ai couché m'a-* » *voient laissé leur bien, je serois plus riche que* » *le Roi.* »

3 Mai. Il paroît clandestinement une petite brochure ayant pour titre : *Observations sur les Rémontrances relatives aux Corvées ; ou Lettres de M.***.* Elles sont datées du 22 Mars dernier. Le patriotisme & le bon sens paroissent avoir dicté cet écrit.

3 *Mai* 1777. La *Savonnerie* est, après les *Gobelins*, une des manufactures de France les plus précieuses. Comme le Comte de Falkenstein voit tout, mais ne prévient nulle part, pour n'être pas pris à l'improviste on a disposé les tapis & autres productions riches & de goût que renferme ce lieu. On a en outre exposé le Portrait de ce Prince en tapisserie, aussi parfait que celui de Louis XV, qu'on a vu en 1773, excécuté aux Gobelins par le Sr. Cozette. On seroit tenté de croire qu'il n'est point fait à l'éguille, tant l'artiste a l'art de faire illusion & de saisir tous les effets de la peinture. Ce chef-d'œuvre est d'autant plus merveilleux que les habiles ouvriers de cette manufacture, admirables pour l'exécution des fleurs, des fruits, de la verdure & même des animaux, échouent à la figure, & ne peuvent en ce point égaler ceux des Gobelins.

4 *Mai.* Madame de Saint-Vincent publie encore, *Observations sur la demande en dommages & intérêts, & la plainte en subornation.* C'est un résumé succint de la cause, où les principaux chefs de défense rassemblés acquierent encore plus de force & de clarté.

4 *Mai.* Les Comédiens François annoncent une nouveauté ; c'est le *Veuvage trompeur*, comédie en trois actes, de M. de la Place. On est surpris qu'ils ne saisissent pas le moment de la présence du Comte de Falkenstein pour remettre *Albert I.*

5 *Mai.* Il paroît que les Remontrances du Parlement contre la suppression des Cor-

vées ayoient été principalement fuggérées par le feu Prince de Conti, qui ayant prétendu qu'*il étoit dangereux de laisser introduire la confusion dans les Etats*, avoit fait de cette maxime la base de la réclamation des Magistrats. L'auteur de la brochure annoncé sur cette matiere, refute à merveille l'assertion, en prouvant qu'il y a d'autres principes de distinction entre les hommes & que l'inégalité ne suppose ni dans les premiers le droit d'opprimer, ni dans les derniers le devoir de périr sans murmure, ni dans aucun la nécessité de commettre ou de souffrir l'injustice ; qu'ainsi le fondement de l'opinion prise sur la Corvée est manifestement une erreur.

6 Mai 1777. Il court dans le monde des Couplets chantés à une table où étoit M. le Mierre, sur l'air : *C'est un Sorcier.* Ils sont agréables, sur-tout s'ils sont impromptus. On les dit d'un M. de Noailles ancien Gendarme de la Garde & font honneur à la gaieté & au talent de cet aimable convive :

> Amis, buvons tous à plein verre :
> Le vin est toujours mieux goûté
> Quand on le boit avec le Mierre ;
> Quand on le boit à sa santé,
> Enivrons-nous, Bacchus l'ordonne ;
> Mettons cette bouteille à bout,
> Buvons tous, &c.
> Que le Guerrier boive à Bellone,
> Je sais bien mieux placer mon choix,
> C'est à l'Amitié que je bois.

Que le Parnaffe & fes trompettes
Frappent l'Echo qui retentit ;
Je ne fais que des chanfonnettes ;
Le fentiment fait peu de bruit.
Lorfque l'on aime on ne peut guère
Prendre le ton du bel-efprit ;
On chante, on rit, &c.
En amitié, comme à Cythere,
Les cœurs fenfibles favent bien
Que les grands mots ne prouvent riefr

A mon voyage en Amérique
L'hymen m'a, je crois, bien traité ;
Je ne me crois pas dans la clique,
On c'eft fans l'avoir mérité.
J'ai femme aimable & très-pudique ;
Si j'entendois par-ci, par-là,
Le voilà-là, &c.
Je tiens l'écho peu véridique,
Je crois toujours pleins de vertus
L'Amour, mes Amis & Bacchus.

6 Mai 1777. On a exécuté hier fur le grand
théâtre, à Verfailles, l'Opéra de *Caftor &*
Pollux, comme on l'avoit annoncé. On y a
trouvé beaucoup de changemens dans les accompagnemens. L'Empereur étoit dans la loge
de la Reine derriere elle. C'eft le Maréchal Duc
de Richelieu qui, comme étant d'année, faifoit les honneurs avec un air triomphant, car
il favoit, fans doute, l'effentiel du gain de fon
procès.

7 Mai. Defrues, devenu malheureufe-

ment trop célebre par une fuite de crimes fi
bien combinés que la narration en paroît incroyable fi les faits n'étoient prouvés, a, fans
doute, voulu le devenir davantage par une
mort qui fembleroit annoncer en lui l'intrépidité du héros jointe à la baffefle du plus vil fcé-
lérat. Ne pouvant fe refufer à convenir des
particularités, établies par pieces, par témoins & preuves muettes, il a nié conftamment tout ce dont il ne s'eft pas trouvé ainfi
convaincu, tel que l'empoifonnement de la
mere & du fils. Appliqué à la queftion, il
n'en a pas dit davantage. Entendant lire fon
Arrêt, où il eft mis *dûment atteint & convaincu*, il s'eft recrié fur la fauffeté de cet
énoncé & a reproché aux Juges de ne pas
avoir rendu un jugement régulier. Arrivé à
l'hôtel-de-ville, où il eft refté plufieurs heures, il a envoyé chercher fa femme, l'a exhor-
tée, après lui avoir demandé pardon des torts
qu'il pouvoit avoir eu envers elle, à fe mettre
en couvent, à prendre foin de fes enfans,
furtout de celui qu'elle portoit. Il eft monté
à l'échaffaud avec le même fang-froid & s'eft
conduit dans le refte de cet acte avec une hy-
pocrifie fi foutenue, que le Confeffeur a déclaré *que c'étoit le plus atroce ou le plus innocent des hommes.*

Malgré la Revue, qui avoit lieu ce jour-là,
un concours de fpectateurs diftingués a defiré
jouir de ce fpectacle affreux & les chambres à
la Greve fe louoient fort cher. On n'a pas
manqué de le graver & l'on vend fon portrait.
La Police a fait faire auffi des chanfons, où
eft relatée cette monftrueufe hiftoire.

8 *Mai* 1777. Ce qui fait préfumer que le Journal de M. Linguet ne tiendra pas longtems en France, c'eft une infidélité déjà reconnue de cet auteur, qui a répandu deux *Profpectus*; l'un oftenfible, où il ne dit que des injures vagues; l'autre, qui ne fe diftribue qu'aux amis, plus mordant & plus caractérifé. Il en veut furtout au *Journal des Savans. Un certain Journal furanné*, dit-il, *appellé des Savans, a le domaine de la Littérature....... A* Rome, dit-il ailleurs, *c'eft un Dominicain, grand-Maître du Sacré Palais & grand Inquifiteur, qui tue les idées. L'Inquifition Cenforiale à* Paris *n'eft pas moins redoutable, quoiqu'exercée fans fcapulaire & fans capuchon.*

9 *Mai. Le Veuvage trompeur* de M. de la Place, joué avant-hier, n'a eu aucun fuccès. C'eft une de ces pieces qui étonnent toujours quand on les voit jouer & qu'on n'y trouve rien qui ait pu féduire l'aréopage comique : mais auffi toujours quelque anecdote caractérife ces nouveautés éphémeres. Les Comédiens ont fait attendre une demi-heure le public bonaffe avant que d'annoncer : le Sr. la Rive a paru enfin & a donné pour excufe que la fociété, avant de fe déterminer, vouloit connoître les volontés de l'auteur, & que celles-ci étoient que fa comédie fût jouée une feconde fois. Enforte que, pour la premiere fois, voilà les hiftrions dociles aux ordres du poëte, mais pour être plus impertinens envers le Parterre, qui avoit affez marqué fon dégoût durant le cours de la repréfentation.

9 *Mai*. Le procès de la Faculté de Mé-

decine s'inftruit peu-à-peu devant le public.
Il paroît une *Réponfe* d'elle à la requête du
Sr. de Préval, en date du 8 Avril. Le réfultat eft que la Faculté reconnoît que n'étant
qu'un tribunal inférieur, on peut rappeller
de fes decrets, mais qu'il faut le faire par
la voie légitime, ordinaire & confacrée par
un grand nombre d'Arrêts, celle de l'appel ;
& le réclamant ne l'a pas encore prife. Son
Corps doit donc méconnoître une voie inu-
fitée jufqu'à ce jour, parce qu'elle le dégra-
deroit, parce qu'elle anéantiroit fes droits &
les conftitutions qu'il tient du Souverain.

Cette Réponfe eft du 28 Avril, & fignée
des Docteurs *Borrie*, *Lorry*, *Maloet*, *Lezurier*, *Coquereau*, & le Docteur de *L'Epine*,
fubrogé Doyen.

9 *Mai* 1777. Plus l'Empereur fe fait connoître ici, plus il fe fait aimer & adorer. Il
a détruit facilement le préjugé répandu qu'il
n'étoit qu'une copie du Roi de Pruffe. C'eft
un Prince fait pour penfer & agir d'après
lui-même, qui, aux vertus guerrières, à la
noble fimplicité de Charles XII & de Fréde-
ric, joint un efprit d'équité, de modération
& d'humanité, que ces Monarques n'ont pas
toujours montré. Derniérement chez Madame
la Ducheffe de Chartres, où l'on lui propofoit de jouer, il déclara qu'il ne jouoit point
à des jeux fi forts ; qu'en genéral, un Souverain devoit s'abftenir de ce plaifir difpendieux, qui ne pouvoit fe terminer qu'à gagner
ou perdre l'argent de fes fujets. Il paroît qu'il
s'eft également expliqué fur la Chaffe, la regardant comme une autre paffion non moins

funeste dans un Roi , par les injustices qu'elle
entraîne souvent. En un mot , dans toutes les
occasions il développe sans faste une façon
de penser uniforme , pleine de principes &
vraiment philosophique.

10 *Mai* 1777. On a fait quelques changemens
dans la composition d'une estampe qui parut
il y a environ deux ans , intitulée : *Le Monarque bienfaisant.* Le Sr. Méon , Professeur
de l'Ecole Royale Militaire , l'avoit dessinée,
& le Sr. Moitte , Graveur du Roi , l'avoit
gravée. Elle est fondée sur un trait historique
de l'Empereur , à l'égard d'infortunés qui ,
en creusant un puits dans un des fauxbourgs
de Vienne , furent couverts par l'éboulement
des terreins à environ sept toises de profondeur. On a profité de la circonstance du
séjour de ce Prince pour la remettre en
vente. M. Marmontel y a ajouté ces quatre vers :

O qu'un Roi populaire est un mortel auguste !
Vous , qui foulez aux pieds vos peuples consternés ;
Apprenez , d'un héros plus sensible & plus juste ,
Quel est le prix des jours de deux infortunés !

11 *Mai.* Le procès de l'*Encyclopédie* est
à la veille d'être décidé par la premiere Chambre des Requêtes. C'est le même Rapporteur
de la Grand'Chambre qui doit continuer son
travail devant le nouveau Tribunal , & il sera
contredit par le Compartiteur , M. L'Abbé
Farjonel. On sait que par *Compartiteur* on entend au Palais le chef de l'opinion contraire
qui a d'abord eu faveur , lequel a occasionné

F 5

le partage des voix. En conféquence M. Luneau a encore publié, *Récapitulation de faits physiquement démontrés par pieces produites au Procès que le Sr. le Breton & fes Affociés à l'impreffion de l'Encyclopédie, ont intenté au Sr. Luneau de Boisjermain, au fujet de la connoiffance qu'il a donnée au mois de Décembre 1769, des furprifes faites au public dans la foufcription ouverte pour cet ouvrage.*

Cependant hier au grand étonnement du Public, le Sr. Luneau a perdu, & il eft condamné à tous les dépens.

11 *Mai* 1777. Le Sr. Torré devoit donner jeudi, premier Mai, une fête nouvelle intitulée *le Mat.* Le mauvais tems qu'il a fait ce jour, l'a obligé de l'exécuter feulement dans la Rotonde & il n'y avoit prefque perfonne. Elle a eu lieu jeudi dernier en plein air avec un concours de Spectateurs fi prodigieux, qu'on laiffe à peine aux acteurs la place de fe remuer.

12 *Mai.* Samedi, M. le Comte de Falkenftein fe rendit à l'Académie des Sciences. Voici le détail de la féance.

Mr. Lavoifier, Membre de cette Académie, lifoit dans ce moment un *Mémoire fur les altérations qui arrivent à l'air dans différentes circonftances & fur les moyens de ramener l'air, foit par la refpiration des hommes & des animaux, foit par telle autre caufe que ce puiffe être, à l'état d'air refpirable.* M. Lavoifier eut l'honneur de démontrer par des expériences multipliées, en préfence de M. le Comte de Falkenftein, comment on pouvoit décompofer l'air de l'atmofphere en demi-portions, l'une salubre, respirable, susceptible d'entretenir la vie des animaux, la combustion & l'inflammation ; l'autre, au contraire, funeste pour les animaux qui la respirent & dans laquelle les lumieres & les corps allumés s'éteignent à l'instant. Après avoir ainsi décomposé en quelque façon l'air, M. Lavoisier fit voir comment on pouvoit le recomposer, & refaire avec trois parties d'air nuisible & une d'air salubre, un air factice tout semblable à celui de l'atmosphere & qui réunit toutes les mêmes propriétés.

De ces connoissances sur l'état le plus habituel & le plus ordinaire de l'air de l'atmosphere, M. Lavoisier passa aux opérations qu'il éprouve dans un grand nombre de circonstances ; il fit voir que la respiration des hommes & des animaux avoit la propriété de convertir en air fixe la portion salubre de l'air ; de sorte que dans les salles de spectacle, par exemple, ou dans les dortoirs des hôpitaux, où l'air a été long-tems respiré, il existe deux especes d'air nuisibles, savoir la partie nuisible propre à l'air & qui entre dans sa composition, & la portion d'air fixe qui s'est formée par l'effet de la respiration. Mais une circonstance très-remarquable, c'est que ces airs ne se mêlent point aisément entr'eux, & M. Lavoisier démontre qu'il existe dans les Salles de spectacles trois couches d'air très-distinctes ; la supérieure, qui est la plus nuisible ; la moyenne, qui est la plus respirable, & l'inférieure, qui contient une quantité notable d'air fixe. Ces observations & les expériences sur lesquelles elles font fondées, conduifent M. Lavoifier à des réflexions fur la conftruction des Salles des hôpitaux & fur les moyens qu'on peut employer pour donner iffue aux deux efpeces d'air nuifible qui s'y forment continuellement.

Après avoir fait voir comment on peut connoître quelles efpeces d'altération l'air a fubi, foit dans les Salles de fpectacles, foit dans les Mines, M. Lavoifier paffe au moyen de corriger les airs viciés & les ramener à l'état refpirable par des mélanges, des additions, &c. Cette partie du Mémoire ne put être achevée faute de tems.

M. le Roi, Directeur de l'Académie, lut enfuite le *Profpectus* d'un Mémoire fur la conftruction des Hôpitaux ; cet Académicien fait voir qu'un Hôpital trop ferré & mal conftruit, enleve chaque année à la fociété une quantité innombrable de citoyens utiles. Il avoit joint à fon Mémoire le plan d'un Hôpital conftruit fur les meilleurs principes & dans lequel il a profité de toutes les lumieres que la Phyfique peut fournir.

M. de Montigny fit enfuite, avec MM. Befout & Vandermonde, le rapport d'une Éprouvette que MM. Lavoifier, Clouet, le Faucheux & de Glatigny, Régiffeurs des poudres, ont fait conftruire à l'Arfenal de Paris, d'après les ordres du Miniftre, fuivant la méthode du Chevalier d'Arcy. La précifion de cet inftrument furpaffe tout ce qui a été exécuté jufqu'ici en ce genre : les Commiffaires nommés par l'Académie pour l'examiner & en rendre compte, firent fentir tout l'avantage qu'on pouvoit en tirer pour le fervice du

Roi, & ils annoncerent que les Régiffeurs des poudres avoient commencé une fuite d'expériences très-intéreffantes fur les moyens de perfectionner les poudres & de les faire meilleures, à meilleur marché & en moins de tems.

M. le Chevalier d'Arcy termina la Séance en préfentant à l'Académie deux fufils de fon invention déja connus d'elle, mais auxquels il a fait des corrections utiles. Le foldat, au moyen de ces fufils, peut tirer furement un plus grand nombre de coups en un tems donné & porter plus loin la balle. Ce nouveau fufil a d'ailleurs l'avantage de faire tirer facilement & fans danger trois rangs à la fois.

13 *Mai* 1777. La Police, après avoir chanté le monftre Desrues dans des chanfons pour l'amufement du peuple, après avoir fait graver fon portrait, a cru devoir lui donner auffi un hiftorien. Il eft étonnant qu'un de ces Avocats qui écrivent pour écrire, tels que Me. la Croix, Me. Falconnet, ne fe foit pas avifé, fous la tournure d'un *Mémoire à confulter & Confultations pour M. de la Mothe*, d'employer fon éloquence à configner à la poftérité le récit d'une aventure auffi incroyable & auffi atroce.

15 *Mai. La Société libre d'Emulation*, inftituée il y a environ un an à l'inftar de celle d'Angleterre, commence à prendre une forme, & peut-être acquerra quelque confiftance. Il y a beaucoup d'abonnés. On a élu trois Préfidens, M. le Duc de Montmorencis Laval, M. de Puyfégur & M. Raymond de

St. Sauveur, Maître des Requêtes. M. l'Abbé Baudeau est Secrétaire. Il y a cinq Prix proposés, & les fonds abondans dont la Société est déjà pourvue, lui donnent lieu d'espérer de pouvoir travailler efficacement de plus en plus à l'encouragement des Artistes & à la perfection des Arts. On travaille actuellement à rédiger les statuts de cette Assemblée.

16 *Mai* 1777. La piece de M. de la Place, refondue en deux actes, n'a pas eu plus de succès, & il a fallu l'abandonner à son malheureux sort.

16 *Mai*. Le N°. 15 du Sr. de la Harpe contient encore un extrait de la main de M. de Voltaire. C'est le troisieme qu'il fournit. Ce grand homme ne dédaigne aucun genre & se fait aujourd'hui *Garçon Journaliste*. On sait qu'il est un de ceux les plus ardens de l'Académie pour qu'on donne à ce Corps le privilege exclusif des feuilles périodiques, sauf à elle à en accorder en sous ordre à qui bon lui sembleroit. Voilà toujours un Journal qu'elle regarde comme sien, & dont elle ne laissera pas échapper la rédaction.

17 *Mai*. Le procès pour la *Philosophie de la Nature* a été jugé ces jours derniers. M. de Lisle de Salces, comme auteur, est seulement admonesté; défenses sont faites à l'Abbé Chrétien, premier Censeur, d'exercer désormais les fonctions de cette place; enjoint à Le Bas, second Censeur de la Classe de Chirurgie, de ne plus approuver que des livres de son état: les Libraires sont déchargés de l'accusation. On voit que la sentence atroce du Châtelet est ainsi de beaucoup infirmée.

19 *Mai* 1777. M. l'Abbé de l'Epée est un Ec-
cléfiaſtique charitable & intelligent, qui depuis
nombre d'années donne ſes ſoins à l'inſtruc-
tion des ſourds & muets de naiſſance. Il a
pouſſé ce talent à un point de perfection ſin-
gulier, & par le moyen du ſens de la vue
qui leur reſte, leur tranſmet toutes les con-
noiſſances qui ſembleroient ne pouvoir s'acquérir ſans le ſecours de l'ouïe & de la parole. Non ſeulement il a un alphabet pour
eux, mais il leur apprend à en faire uſage,
& par l'écriture à celui de la langue. Il leur
montre le françois avec l'orthographe, le latin, &c. Il en a mis déja pluſieurs en état
d'être Régiſſeurs de terres. M. le Comte de
Falkenſtein n'a pas manqué d'aller voir cet
homme étonnant, qui a profité de la circonſ-
tance pour lui faire un compliment par ſes
Eleves écrivant. Après avoir admiré ſon école
& l'aiſance avec laquelle il la tient, M. le
Comte lui a fait la propoſition de lui former
un ſujet qui puiſſe fonder chez lui un établiſſement pareil. Sa plus grande ſurpriſe a été
que M. l'Abbé de l'Epée n'eût reçu aucun
encouragement du gouvernement & en fût
preſque ignoré. Il en a parlé à la Reine qui,
quelque jour en venant à l'Opéra, doit aller
voir cet utile Citoyen.

Il falloit en quelque ſorte l'arrivée du Comte
de Falkenſtein pour le tirer de l'oubli & le
faire connoître. Depuis ce moment les curieux vont en foule viſiter le Profeſſeur des
ſourds & muets, que, non - ſeulement on ne
ſeconde point, qui mange tout ſon revenu à
ſon école, mais qui eſt encore perſécuté par

M. l'Archevêque, comme Janséniste, au point que, privé de ses pouvoirs, il gémit de ne plus confesser ses Élèves.

M. le Comte de Falkenstein a envoyé son portrait avec une tabatière à M. l'Abbé de l'Épée, qui a refusé les secours pécuniaires de ce Prince, disant qu'il en avoit assez.

20 *Mai* 1777. La Requête de M. de Saint-Auban, la Lettre de M. de Monteynard & les menées du Maréchal de Biron n'ont produit autre chose qu'un Arrêt du Conseil du 3 Mai, qui supprime les Lettres de Mad. de Bellegarde, seulement *comme contraires au respect dû aux Juges nommés par le feu Roi, & au Ministre chargé de l'exécution de ses ordres.*

On a fait à l'occasion de la Commission nommée pour la revision du procès du Conseil de guerre des Invalides, une mauvaise facétie intitulée: *Requête d'un Déserteur,* parodie de celle de M. de Bellegarde, qui n'est remarquable que par une licence punissable, avec laquelle on introduit la Reine, protectrice de l'officier d'Artillerie, & on la représente comme gouvernant au lieu de son auguste Époux.

21 *Mai.* M. le Comte de Falkenstein, curieux de voir Mad. la Comtesse Dubarri, mais voulant le faire sans affectation, a pris le prétexte d'aller visiter son pavillon de Lucienne, un jour où il savoit qu'elle y étoit. Il est resté seul avec elle pendant deux heures & a déclaré qu'il en avoit été fort content, mais qu'il la croyoit mieux de figure.

Ce Prince est aussi allé voir le *Palais de*

Terpfichore & la Divinité qui l'habite, qu'on fait être Mlle. Guimard.

22 *Mai* 1777. On annonce enfin pour vendredi l'Opéra de *Céphale & Procris*, mal reçu à la cour en 1774, & à la ville en 1775. Les auteurs s'obftinent à le faire goûter du public. On fait que M. Marmontel eft l'auteur des paroles & M. Grétry celui de la mufique.

23 *Mai.* On a multiplié les eftampes concernant *Desrues*, au point que cela fait aujourd'hui collection. On en compte 16. On l'a repréfenté dans toutes les circonftances les plus atroces de fa fcélérateffe, qui lui a fait réunir tant de crimes pour en couvrir un.

23 *Mai.* On voit avec peine s'approcher le moment du départ de l'Empereur & il paroît lui-même fe plaire ici & le retarder. On continue à obferver toutes fes démarches. Il eft allé voir M. de Buffon plufieurs fois. Il faut fe rappeller que ce grand homme, lors du voyage de l'Archiduc, eut l'honneur de lui préfenter un exemplaire de fes œuvres; que ce Prince le trouva fort beau, mais le lui rendit, en lui difant qu'il ne vouloit pas l'en priver. Le Comte de Falkenftein n'a pas ignoré ce trait. Dans le courant d'une converfation il dit à l'Académicien qu'il venoit chercher le livre que fon frere avoit oublié entre fes mains. Il lui a répondu qu'il lui en deftinoit un autre plus convenable pour lui.

24 *Mai.* L'Opéra de *Céphale & Procris* joué hier n'a pas eu plus de fuccès qu'à fon début, malgré les changemens de la part du Poëte & du Muficien. Ils font peu confidérables quant aux paroles. Quant à la mufi-

qué , on a remarqué que M. *Grétry* avoit rétranché l'Ouverture ancienne pour y substituer celle des *Mariages Samnites* ; ce qui annonce qu'il renonce à ceux - ci & n'a pas amélioré l'autre ouvrage. La plus grande amélioration a été de substituer , dans le rôle de *Céphale* , à une basse · taille une haute - contre. En général , au troisieme acte près , où il y a quelques beaux morceaux de chant , c'est un ouvrage très - médiocre.

24 *Mai* 1777. Les Comédiens Italiens annoncent pour aujourd'hui la premiere représentation des *Trois Fermiers* , comédie en deux actes, mêlée d'ariettes: paroles du Sr. Monvel , musique du Sr. Desaides.

25 *Mai*. La comédie des *Trois Fermiers* a eu beaucoup de succès hier , surtout le premier acte , quoiqu'il ne contienne que des amours de villageois. Les scénes en sont si naïves & si piquantes en même tems; il y a tant de vérité ; les mœurs en sont si honnêtes , les sentimens si purs ; tout cela est assaisonné d'une gaieté si franche , que ces riens deviennent quelque chose & forment autant de tableaux charmans. L'auteur, par une adresse peu commune, & qui fait encore plus l'éloge de son cœur que celui de son esprit, a trouvé le moyen de faire marcher de front huit personnages de la même famille, tous vertueux , avec des caracteres différens, très-bien prononcés & sentis, & qui ne sont ni fades ni ennuyeux.

Le second acte n'est peut - être pas assez lié au premier , à l'examiner dans les regles de l'art. C'est même une autre action disparate.

en ce qu'elle tient beaucoup du drame & de l'héroïsme. Le Seigneur du lieu, adoré de fes vaffaux, arrive avec un ami qui achette fa terre : nouvelle qui défole les fermiers ; ils en font au défefpoir, & fe doutent qu'une raifon bien puiffante doit le forcer à vendre. Les chefs, qui font trois de fes fermiers, l'obligent par leurs inftances à leur déclarer le motif du parti qu'il prend. Le dérangement de fes affaires par un procès perdu exige ce facrifice. Alors ils lui offrent leur fecours, & fi généreufement, avec tant de fupplications & de larmes, qu'il fe rend à leurs vœux, & les nôces préparées fe font. On affure que ce trait eft hiftorique.

La mufique eft analogue au fujet, tendre, fimple, agréable, & a réuffi autant que le poëme.

26 Mai. 1777. Quoique M. le Comte de Falkenftein foit de mœurs aufteres & n'ait pas l'habitude des galanteries fades de nos petits-maîtres de cour, il n'ignore point l'art de dire des chofes agréables & fpirituelles aux Dames. On en peut juger par fon propos à Madame la Comteffe Dubarri. Le jour où il fut la voir, comme il étoit queftion de fe promener & de vifiter les beautés extérieures du Pavillon de Luciennes, ce Prince offrit le bras à la Comteffe, qui fembla honteufe de cet excès d'honneur & s'en avouer indigne : » ne faites point difficulté, lui dit l'Empereur, » *la Beauté eft toujours Reine.* "

Il y a dans une guinguette de Paris un cabaret immenfe, qu'on appelle *le Grand Sallon.* C'eft-là que fe rendent les fêtes & di-

mànches tous les ouvriers & en général tout
le peuple de cette ville. M. le Comte de Falkenſtein n'a pas jugé ce lieu indigne de ſon
coup d'œil. Il y eſt allé dans ſon incognito &
a vu à ſon aiſe tous les tableaux à la Teniers que préſente cet aſſemblage curieux pour
un Philoſophe. Un tel emplacement contient
environ deux mille perſonnes buvant, mangeant
& danſant. Le ſeul ſpectacle de viandes &
du vin qui s'y débitent eſt effrayant.

27 Mai 1777. M. le Comte de Falkenſtein
s'étant refuſé à recevoir directement l'hommage
de nos poëtes ; nous n'avons point été inon-
dés du déluge de vers qu'on craignoit. Cependant il en perce toujours quelques - uns,
& voici un madrigal qui court, qu'on attribue à Madame d'Eſparbès :

De vos propres ſujets n'avez-vous pas aſſez?
Voulez-vous donc regner ſur tout ce qui reſpire!
Gagner ainſi les cœurs partout où vous paſſez,
Des Princes, vos voiſins, c'eſt uſurper l'empire ;
  Mille vertus vous font chérir,
Vos bienfaits font les loix que votre cœur impoſe ;
  Et voyager ou conquérir
  Eſt pour vous une même choſe.

28 Mai. *La Société Libre d'Emulation de
France, pour l'encouragement des Arts, Métiers & Inventions utiles,* n'eſt encore fondée
que ſur une Lettre du Miniſtre, qui lui permet de s'aſſembler au couvent des Prémon-
trés. M. le Lieutenant général de Police la
contrarie beaucoup & s'oppoſe à ce qu'elle

n'imprime rien fans fon attache ; ce qui la prive du privilege ordinaire à toutes les Académies & Sociétés publiques. Quoi qu'il en foit, elle efpere vaincre les obftacles, & continue à fe donner une forme décidée & ftable. Elle a fait mettre au jour la lifte de fes foufcripteurs, depuis le mois de Juillet 1776 jufqu'au mois d'Avril 1777 compris, & l'on en compte 213, fans ceux infcrits depuis. Elle a formé auffi un Réglement intérieur pour fes affemblées. Enfin elle a publié un *Profpectus* très-développé des cinq fujets propofés pour les prix qu'elle doit donner.

30 *Mai* 1777. Il y a eu hier un concours de monde confidérable au Concert Spirituel pour entendre le *Te Deum* du Sr. Floquet. Ce jeune Muficien, après avoir paffé plufieurs années en Italie, eft de retour ici. On peut fe rappeller qu'il avoit d'avance vanté ce *Te Deum* comme exécuté déjà à Naples avec le plus grand fuccès. Ses enthoufiaftes l'ont trouvé admirable, mais les connoiffeurs impartiaux en rendant juftice à quelques paffages, l'ont jugé long, fans génie & rempli d'un pillage continuel, qu'il n'a pas eu l'art de coudre bien pour en faire du moins un tout. Les amateurs de la mufique françoife, qui d'après l'*Union de l'Amour & des Arts* mettoient leurs efpoir en lui, comme éleve & foutien futur de cette école, lui reprochent aujourd'hui d'être un lâche déferteur & de n'avoir plus qu'une maniere Italienne.

30 *Mai*. *Céphale & Procris* eft tellement abandonné qu'on va donner *Caftor & Pollux*, mais quatre fois feulement. On le réfervera

pour l'hiver , & l'on va faire paſſer *Erne-*
linde

31 *Mai* 1777. M. de Voltaire, longtems inquiet
de ſavoir à qui il avoit affaire, a enfin découvert que les prétendus Juifs, ſes adverſaires,
lui répondant & défendant leur nation, tantôt ſous le nom de trois Juifs de Hollande [en
1771] & tantôt ſous le nom de trois Juifs de
Portugal [en 1776], n'étoient autre choſe
qu'un ſeul & même homme : un ſimple Abbé,
un Ex-précepteur, a pris la plume contre lui
avec plus de confiance & lui a repliqué dans
l'ouvrage intitulé *un Chrétien contre ſix Juifs.*
On eſt fâché qu'il ſe montre infiniment au
deſſous de ſon rival, non-ſeulement pour l'é-
rudition, pour la force des preuves & la dialec-
tique, mais pour le ton de modération, d'hon-
nêteté & de politeſſe, dont celui-ci ne s'écarte
jamais. Le Philoſophe de Ferney effleure tout
à ſa maniere & ſubſtitue ſouvent le ſarcaſme,
le quolibet, l'ordure au raiſonnement ; &
malgré ce ſecours on peut aſſurer que ſa diatribe n'en eſt pas plus amuſante, qu'elle eſt
même ennuyeuſe & le cede encore à cet égard
à l'Apologie de l'Abbé Guené, ſolide, lumi-
neuſe, inſtructive, &, malgré ſon étendue,
ſe faiſant lire avec un plaiſir continu.

Par une fineſſe dont perſonne n'eſt plus du-
pe, M. de Voltaire ne parle point directement ;
c'eſt ce La Roupilliere, ſon ami, qui le défend & qui renie pour lui tant d'ouvrages dont
il a raiſon de ſe diſculper, à cauſe de l'animadverſion des deux puiſſances qu'il auroit
à redouter en les avouant.

31 *Mai.* La Faculté, toujours dans la

crife & ne pouvant obtenir juſtice du Parlement ni même audience, a eu de nouveau
recours aux Avocats. Il paroît pour elle une
Conſultation en date du 13 Mai, ſignée de dix
Jurifconſultes, tous prépondérans, dont le
réſultat eſt d'établir : 1°. Que les décrets de la
Faculté de radiation du Sr. de Préval ne ſont
pas même légalement attaqués. 2°. Qu'ils ne
ſont point attaquables. 3°. Que le Sr. de Préval ſe rend coupable d'une calomnie puniſſable,
lorſqu'à défaut de moyens contre ſes décrets il
veut trouver à la Faculté des torts étrangers ;
qu'il oſe lui imputer d'avoir manqué au reſpect
que tous les particuliers & les ordres de la ſociété doivent aux Arrêts du premier tribunal
du royaume. Il y a plus de méthode dans cet
écrit, & de clarté conſéquemment, que dans le
premier, quoiqu'il ne ſoit pas encore pleinement ſatisfaifant pour le Lecteur. D'ailleurs,
nulle éloquence, nulle énergie, rien qui puiſſe
intéreſſer le Public, comme la matiere en ſeroit très-ſuſceptible.

I *Juin* 1777. Un M. de la Faye, Tréforier-
général des gratifications des troupes, prétend
avoir trouvé une préparation de chaux ou mortier, avec lequel on peut ſe paſſer de pierres
pour élever les fortifications d'une citadelle. M.
le Comte de Saint-Germain eſt fort occupé
de cette découverte utile à la guerre, & indépendamment des expériences en petit qu'a déja fait l'auteur, on préſume que le Miniſtre
lui fera exécuter en grand quelque choſe de
plus conſidérable.

2 *Juin*. l'Académie des Sciences eſt ſurtout
jalouſe de la nouvelle Société Libre d'Emula-

tion, qui va fur fes brifées & tend infenfiblement à la rendre inutile. On affure que ce
Corps a déja fait des repréfentations ; mais
qu'on lui a fait fentir qu'il n'étoit pas poffible
de s'oppofer au zele des Citoyens qui vouloient
bien confacrer des fonds à l'encouragement des
Arts, tandis qu'eux coûtoient beaucoup d'argent & vendoient leurs travaux à l'Etat.

2 Juin 1777. Il paroit que les hautes fciences ne
tournent pas moins la tête que la poéfie ; on
en peut juger par la quantité de fous qu'a en-
gendré *la quadrature du cercle*. Un M. Louis
Dufé La Frainaye, commenfal de la maifon du
Roi, répand un Avis aux plus puiffans génies
de l'univers, où il annonce une folution de
Problêmes que l'Académie n'a pas jugée moins
folle & dont elle lui a donné fon certificat, ainfi
qu'en convient l'auteur Calotin. Ces délires
des favans & des gens d'efprit doivent être bien
confolans pour les ignorans & pour les fots.

3 *Juin. Vers à l'Empereur par M. Saurin.*

Sous l'appareil de la grandeur
Nous aimons à voir la fplendeur
Des vertus qu'en vous l'on renomme ;
Et plus vous cachez l'Empereur,
Plus vous faites admirer l'homme.

Un Peuple aimable & doux, peut-être un peu léger,
　　Mais aimant l'honneur & fon Maître,
Epris du vrai mérite & fachant le juger,
Vous voit d'autant plus grand que vous voulez
　　moins l'être.

Ah! foyez toujours notre ami ;

Que de l'Aigle & des Lys pour le bien de la terre
Tout refferre le nœud par l'amour affermi.

France heureufe! à jamais d'une union fi chere
Puiffe tu goûter la douceur ;

Et ne jamais avoir, en adorant la Sœur,
Qu'à former des vœux pour le Frere!

On voit que le poëte a voulu éviter ici le défaut ordinaire de fes confreres, celui de faire la fatyre du Maître en exaltant trop un Souverain étranger. M. Saurin amene chacun à fon rang & lui diftribue tour à tour des éloges.

3 *Juin* 1777. Le Sr. Sauvigny étant fort défagréable à M. le Noir dans fa place de Cenfeur de la Police qu'il avoit obtenue fous M. Albert, le Magiftrat lui enleve autant qu'il peut de fes fonctions. En conféquence on vient de lui ôter les Spectacles, pour les donner à M. Suard, c'eft-à-dire, les Comédies. Quant à l'Opéra, c'eft un M. le Bret qui en eft chargé.

5 *Juin.* On ne donne plus *Caftor*, qu'on avoit annoncé à l'Opéra. Les directeurs ont prétendu qu'ils n'avoient pu avoir les habits de la cour & que d'en faire faire auroit entraîné trop de dépenfe. Ils redonnent *Iphigénie* pour célébrer l'arrivée du Chevalier Gluck.

En général, on ne peut que gémir fur la nouvelle adminiftration de ce Spectacle, de plus en plus vicieufe. Le Miniftre de Paris a remis en quelque forte toute la haute police,

qui le concerne, à M. de Vougny, fon cou-
fin-germain, fainéant propre à difcuter fur le
mérite des Figurantes, de ce qu'on appelle
les Efpaliers, très délicat fur le choix des
minois, mais ne connoiffant rien à la partie
des talens. Et, quant à la ville, elle a auffi
confié toute fa manutention au Sr. Bufau, qui
entend à merveille le revirement de cette finance pour fon avantage & utilité. Reftent le Sr.
Le Berton & un nommé Grenier, appellé
de Bruxelles. Voilà à quelles mains font re-
mifes les renes de l'Empire Lyrique, tombé
dans une véritable anarchie, pillé & dévoré
de toutes parts.

6 Juin 1777. Des femmes briguent auffi
l'honneur patriotique d'être du nouvel établiff-
fement dont on a parlé. On en trouve plufieurs dans la lifte des Soufcripteurs. A la tête
des Réglemens on voit une gravure portant
au centre ce mot : *Utilité*, & autour : *Société*
Libre d'Emulation, établie en 1776. On préfume que c'eft le modele des jettons qu'on
donneroit ou des médailles pour les prix.

6 Juin. La Société ou l'Académie des
Colporteurs, quoique n'exiftant que fous
l'influence de la Police, quoique foumife à
fes ordres, à fes défenfes, à fes corrections,
à fes punitions, &c. fe fait cependant un
point d'honneur de n'avoir aucun de fes membres flétri par une fentence juridique : en
conféquence elle s'eft donné beaucoup de
mouvemens pour fouftraire à cette forme le
nommé *Prot*, arrêté, il y a près d'un an,
quoiqu'indigne de fon attachement par fa lâcheté à trahir les fecrets du métier & même

quelques-uns de fes confreres. Mais l'utilité publique a prévalu, & fachant qu'il étoit question de faire fur lui un exemple en justice, les Colporteurs ont mis en œuvre toutes les protections, & ils en ont beaucoup par le besoin général qu'on en a. Et, quoique le crime du coupable fût très-grave, puisque la Reine même exigeoit fon supplice, on a calmé S. M., & ils esperent que ce malheureux en fera quitte pour un an de Bicêtre, & pour ne plus exercer un métier qu'il entend fi mal.

7 Juin 1771. Extrait d'une Lettre de Bordeaux du 3 Juin...... Dimanche après-midi, M. le Comte d'Artois est arrivé ici au bruit du canon & des acclamations d'un peuple innombrable. En débarquant il s'est écrié qu'il n'avoit rien vu de fi beau & l'a repété cent fois dans le trajet. En effet, c'est un superbe coup d'œil que ce port, qui a près de deux lieues, garni de monde, dont la rade étoit remplie de vaisseaux pavoisés, & les fenêtres de femmes les plus élégantes. Le foir il est allé à la Comédie avec tous les Seigneurs de fa suite. On l'a beaucoup applaudi : on a crié *Vive le Roi & le Comte d'Artois* ! Un acteur lui a fait compliment au nom de fa troupe : on a joué *l'amoureux de quinze ans*, & lorsque les payfans viennent apporter les bouquets aux deux peres, on lui a adressé quatre couplets, dont le refrein étoit que toutes les Bergeres desiroient que fans faire tort à fon rang il pût fe rendre Berger. On a crié *bis*. Son Altesse Royale a foupé au Gouvernement. Il y a eu dans la ville de très belles

Illuminations, enfuite Bal mafqué à la Comédie.

Le lendemain matin M. le Comte d'Artois a reçu les harangues du Parlement & de la Cour des Aides. Il a encore été à la comédie, où l'on a joué *la Feinte par amour* & *les Raccoleurs*. Dans l'Opéra comique on lui a encore adreffé des couplets. Le foir, ce Prince s'eft rendu au Bal que lui donnoient les Négocians du Chartron. Il étoit fuperbe, & S. A. Royale en a paru très-fatisfaite & a dit qu'elle n'avoit pas encore affifté à fête où elle fe plût davantage. M. le Comte d'Artois s'étant adreffé à diverfes jolies femmes, les a bientôt laiffées-là, difant qu'elles n'avoient pas d'efprit.

8 *Juin* 1777. Outre la Statue élevée à M. le Comte de Buffon au Jardin du Roi par M. le Comte d'Angiviller, l'Académie Royale des Beaux Arts de Touloufe a voulu avoir fon Portrait. Il a été deffiné d'après nature par M. Pujos, peintre en miniature, affocié honoraire de cette Compagnie, & gravé par M. Vangælifty. M. l'Abbé de Lille y a mis ces vers :

La Nature pour lui prodiguant fa richeffe,
Dans fon génie, ainfi que dans fes traits,
A mis la force & la nobleffe :
En la peignant il paya fes bienfaits.

9 *Juin.* Il paroît une *Seconde Lettre de M. le Comte de * * * à M. * * *, Préfident au Parlement de Paris,* en date du 29 Mai. Son objet eft de combattre la fécurité de M. l'Avocat-général Séguier, dans fon Requi-

fitoire ; de prouver que les allarmes prifes
contre les mouvemens des Jéfuites & de leurs
partifans étoient très fondées , & furtout de
juſtifier les modifications appofées par le
Parlement au nouvel Edit les concernant ,
& qui ont occafionné tant de fermentation
à la cour.

10 *Juin* 1777. Tous nos architectes oififs s'exer-
cent fucceſſivement à orner dans leur imagination cette capitale de beaux monumens.
Les deux falles de fpectacle pour les comédies Françoife & Italienne font ce qui les
occupe le plus , comme fourniſſant en effet
plus de jeu à de fuperbes plans. On en voit
aujourd'hui un de M. Bonnet de Bois-guil-
laume pour la derniere comédie. Il eſt fait
pour féduire les yeux par fa netteté , & même
un efprit patriotique par les vues d'utilité
qu'il préfente. Il propofe de tranfporter ce
fpectacle à la place du pilori ; de transfor-
mer ce local fale & hideux en une enceinte
agréable , & de faire fuccéder à de fombres
échoppes un édifice élégant. Il renvoie au
cimetiere des Innocens le marché , & pu-
rifie ainfi la capitale des exhalaifons peftilentielles de ce gouffre de la mort. Enfin
fon bâtiment ne coûtera pas 500,000 livres ,
& il ne demande à la ville pour l'embellir
de cet édifice , qu'il conftruiroit à fes frais ,
que la conceſſion du terrein qu'il a choifi ,
& la facilité d'élargir ou percer certains
endroits pour la plus libre circulation des
voitures.

11 *Juin.* On a donné depuis quelque
tems un opéra-comique nouveau à la comé-

die de la ville à Versailles. Il est traduit de l'Italien & a pour titre : *Orgon dans la Lune.* L'intrigue en est plaisante & folle, quoique les paroles n'en vaillent pas grand'chose : mais la musique en passe pour délicieuse. La Reine a voulu le voir, & vendredi dernier à onze heures du soir elle l'a fait jouer chez elle. S. M. en a été très-satisfaite.

11 *Juin* 1777. L'accident arrivé lundi au Roi à la chasse, quoique sans aucune conséquence, a retardé le départ de *Monsieur*, qui devoit avoir lieu hier.

On a vu, à l'occasion de cet événement, l'utilité du *Journal de Paris*, qui, dès le mardi après-midi, a fixé les rumeurs publiques & dissipé toutes les craintes par un supplément rendu en grande diligence.

13 *Juin.* On peut se rappeller un livre intitulé : *Le Caffé politique d'Amsterdam*, où il est beaucoup question d'un M. *Pelissery*, grand spéculateur en finances, & qui avoit envoyé différens Mémoires sur cette partie à plusieurs Contrôleurs généraux successivement. Il vient d'en adresser un nouveau à M. Taboureau, à M. Necker & à divers autres Ministres. On ne sait point ce qu'il contient, mais, samedi dernier, on est venu chez lui en saisir tous les exemplaires & on l'a conduit à la Bastille. Ce qui fait desirer beaucoup de lire cet écrit, qui n'en sera que plus rare. On sait qu'en général cet auteur a de fort bonnes vues, mais se perd quelquefois en théories folles & chimériques.

13 *Juin* 1777. M. le Comte d'Artois n'a point manqué, à l'exemple des voyageurs qui veulent s'inftruire, de faire un Journal de fa route ; il eft actuellement occupé à le rédiger , & il doit le préfenter dimanche au Roi.

14 *Juin.* Il paroît que le Mémoire de M. Peliffery attaque les opérations de finance de M. Necker, & que c'eft celui - ci qui a demandé fa détention. On n'en fait pas encore davantage.

15 *Juin. Extrait d'une Lettre de Ferney , du 5 Juin.* » Nous fommes arrivés ici à notre retour d'Italie : nous avons eu le bonheur d'en voir le Seigneur , & nous en avons été d'autant plus flattés qu'il devient très fauvage , & que nous avions rencontré dans notre route plufieurs grands & notables perfonnages qu'il avoit refufés. Il a paffé la journée entiere avec nous. L'endroit de fa terre qu'il nous a montré avec le plus de complaifance c'eft l'églife. On lit au haut en lettres d'or : *Deo Erexit Voltaire.* L'abbé de Lille s'écria : » voilà un beau mot entre » deux grands noms ! mais eft-ce le terme » propre , ajouta-t-il en riant ; ne faudroit- » il pas *Dicavit , Sacravit ?* — Non, non , » répondit le patron ». Fanfaronnade de vieillard. Il nous fit obferver fon tombeau à moitié dans l'églife & à moitié dans le cimetiere : » les malins, continua-t-il, di- » ront que je ne fuis ni dehors ni dedans. » La religion l'occupe toujours beaucoup. En gémiffant fur la petiteffe de ce lieu faint, il dit : » je vois avec douleur aux grandes fê-

» tes qu'il ne· peut contenir tout le facré
» troupeau ; mais il n'y avoit que 50 habi-
» tans dans ce village quand j'y fuis venu ,
» & il y en a 1,200 aujourd'hui. Je laiffe à la
» piété de Madame Denis à faire une autre
» églife ». En parlant de Rome , il nous demanda fi cette belle Bafilique de Saint-Pierre
étoit toujours bien ferme fur fes fondemens ?
Sur ce que nous lui dîmes que oui, il s'écria :
» *Tant pis !* »

16 *Juin* 1777. M. Le Garde des Sceaux ayant
annoncé qu'il vouloit faire un exemple févere
contre les Imprimeurs & Libraires qui prê-
toient leur miniftere à l'impreffion & à la
diftribution de livres prohibés ou clandeftins ,
vient de l'exécuter à l'égard d'un imprimeur
de Montargis , nommé le Quatre , & de
Hardouin & le Jay , Libraires de Paris. Ils
ont été deftitués de leur état & condamnés à
une amende.

Leur crime eft d'avoir imprimé & vendu
un livre ayant pour titre : *Efprit de l'Abbé*
Raynal. Quoique fon ouvrage des *Etabliffe-*
mens des Européens dans les deux Indes foit
toléré , on ne veut pas qu'on en quinteffen-
cie le poifon dans un extrait encore plus
dangereux. C'eft un fol de Rheims , nommé
Héduin , qui a compofé ce livre au château
de Ham où il eft enfermé.

17 *Juin.* Un particulier a imaginé une
machine à feu pour l'élévation de l'eau ,
moins difpendieufe que celle de Londres , &
pouvant s'appliquer en petit , même dans les
maifons particulieres. On en a fait depuis peu
l'effai à l'hôtel de Chenifot , rue & ifle St.

Louis. L'expérience n'a pas réuffi parfaitement à raifon d'inconvéniens, qui ne détruifent pas le mérite de l'ouvrage ni la poffibilité de l'exécution : en conféquence on doit recommencer.

17 *Juin* 1777. M. Greuze, toujours piqué de fon exclufion de l'Académie, continue à préparer pour le tems de l'expofition des tableaux quelque chef - d'œuvre qui attire la foule chez lui. Cette année il a pris pour fujet *la malédiction paternelle.* Inftruit de l'arrivée de l'Empereur, il a preffé fon ouvrage, afin de pouvoir le montrer à ce Prince dans un état de perfection ; ce qui fait qu'on peut déja l'aller admirer chez cet artifte. On en dit beaucoup de bien.

17 *Juin.* L'abbé Perrin, curé de Champagne, ayant prêché le lundi de la Pentecôte à Châlons un fermon où il a attaqué avec une fureur fanatique le Parlement & l'autorité royale, eft pourfuivi & l'on informe contre lui.

18 *Juin. Extrait d'une lettre de Ferney, le* 10 *Juin.* Pour vous continuer notre relation, nous vous ajouterons que M. de Voltaire devant toujours exercer fa bienfaifance envers quelqu'un, n'ayant plus le Pere Adam, & étant brouillé avec Madame Dupuy, ci-devant Mlle. Corneille, a pris chez lui Mlle. de Varicourt, fille de condition, dont le pere eft officier des gardes du corps, mais pauvre & chargé d'une nombreufe famille. Il l'a couchée fur fon teftament, & l'auroit voulu marier à fon neveu M. de Florian. C'eft une fille aimable, jeune,

pleine de graces & d'esprit. Elle est en embonpoint, & c'est quelque chose de charmant de voir avec quelle paillardise le vieillard de Ferney lui prend, lui serre amoureusement & souvent ses bras charnus.

Il ne faut pas vous omettre que dans notre conversation nous fûmes surpris de le voir s'exprimer en termes injurieux sur le Parlement Maupeou qu'il a tant prôné ; mais nous avions avec nous un Conseiller du Parlement actuel & nous admirâmes sa politique.

Du reste, on nous a rapporté deux bons mots de cet aimable Anacréon, qu'on nous a donnés pour récens, & qui vous prouveront que son attaque d'apoplexie, qui ne consistoit que dans des étourdissemens violens, n'a pas affoibli la pointe de son esprit. Madame Paulze, femme d'un fermier général, venue dans ces cantons où elle a une terre, a desiré voir M. de Voltaire, mais sachant la difficulté d'être introduit, elle l'a fait prévenir de son envie, & pour se donner plus d'importance auprès de lui a fait dire qu'elle étoit niece de l'Abbé Terrai. A ce mot de Terrai, frémissant de tout son corps, il a répondu : » dites à Madame la Paulze » qu'il ne me reste plus qu'une dent, & que » je la garde contre son oncle".

Un autre particulier, l'abbé Coyer, dit-on, ayant très-indiscrettement témoigné son desir de rester chez M. de *Voltaire*, & d'y passer six semaines ; celui-ci l'ayant su, lui dit avec gaieté : » vous ne voulez pas ressembler à Dom Quichotte ; il prenoit tou-

(155)

» tes les auberges pour des châteaux & vous
» prenez les châteaux pour des auberges."

19 *Juin* 1777. M. Guilbert de Préval vient de
répandre le Mémoire suivant : » *Précis signi-
fié*, servant de réponse à deux libelles inti-
tulés : *Précis & Réponse*, *& deux Consultations
signées*, l'une de cinq *Avocats*, l'autre de dix,
& *Pieces très-importantes* pour M. *Guilbert
de Préval*, Docteur-Régent de la Faculté de
Médecine, *Accusateur*, contre Mrs. *Defes-
farts*, *Le Clerc*, *du Mangin*, *Bagnaire & Lezurier*, aussi Docteurs-Régens de la Faculté de
Médecine, *Accusés*, plaidant pour ladite
Faculté. "

Tout cela est suivi d'une Consultation rapportée, en date du 25 Mai 1776, signée *Gervais & Cochu*.

On ne peut nier que si les faits étoient
vrais, M. Guilbert ne fût un innocent très-in-
justement persécuté par ses ennemis & ses en-
vieux.

19 *Juin*. On a enfin donné aujourd'hui
la premiere représentation de *l'Egoïsme*, comédie en cinq actes & en vers. La ville cette
fois s'est trouvée d'accord avec la cour. On a
jugé l'ouvrage détestable, en quelques endroits, médiocre dans le grand nombre, &
quelquefois saillant par des traits d'un excellent comique. C'est une mauvaise piece, mais
du moins dans le vrai genre.

20 *Juin*. Il faut que le sermon de M.
l'abbé Perrin ait été bien violent, puisque
l'Evêque de Châlons, présent, a déclaré depuis que c'étoit trop fort, & que s'il n'avoit
craint de commettre un scandale, il auroit

G 6

fait descendre de chaire ce prédicateur ; &
cependant M. de Jugnié est un Moliniste
ardent, un grand défenseur des Jésuites.

21 *Juin* 1777. M. Préval dans son Précis fait
d'abord l'analyse des accusations intentées contre lui & de sa défense. Il prétend n'être
point coupable de la prostitution qu'on lui
reproche ; qu'il n'a jamais trompé sur son
remede, & que c'est à celui-ci qu'on en veut
& non à sa personne ; que ce n'est point la
Faculté qui le poursuit, mais un petit nombre de docteurs, jaloux de sa découverte ;
qu'au surplus, ç'a toujours été l'usage constant dans son Corps, & que les hardis novateurs en médecine avant lui ont essuyé les
mêmes persécutions. Il va plus loin ; il rapporte des faits accumulés qui établissent,
suivant lui, qu'on ne veut le perdre que
pour faire perdre la confiance acquise à son
remede, à ce remede vraiment précieux à
l'humanité. De-la son éloge pompeux.

» Plus de huit milliers de malheureux ont
* retrouvé dans Paris seul, avec le secours
» de son spécifique, une santé perdue & sou-
» vent désespérée. Aucune maladie provenant
» de l'épaississement de la lymphe & de l'a-
» crimonie des humeurs n'y résiste. Les glan-
» des engorgées, les tumeurs lymphatiques,
» les exortoses, qui étoient regardées comme
» des accidens incurables, se fondent sous ce
» précieux remede & ne laissent aucunes traces.

» Son effet n'est point local ; il attaque le
„ mal avec le même empire dans tous les
„ lieux, & partout où il se trouve provenir
„ des mêmes causes. Les *Indes*, l'*Amérique*,

,, la *Martinique* , jouiſſent aujourd'hui de ſes
,, admirables effets. Il fait diſparoître , comme
,, par miracle , le *pian* , le *mamapian* , les
,, *malingres* & le *ſcorbut* , qui ſont les deſ-
,, tructeurs de l'eſpece humaine dans ces con-
,, trées : c'eſt l'expreſſion des Médecins des
,, Iſles......

,, Mais ce qui étonne le plus , & ce que
,, le Phyſicien ne peut comprendre , ce re-
,, mede eſt tellement antipathique du mal,
,, qu'il l'indique : il change de couleur , il ſe
,, trouble ; de limpide qu'il eſt , il devient
,, épais , blanchâtre , laiteux , à ſon appro-
,, che ſeule , & il eſt nuancé en proportion
,, de ſes degrés. C'eſt un phanal pour le
,, voyageur dans la nuit obſcure , qui lui
,, montre le danger ; il en eſt préſervé , s'il
,, n'a pas perdu la raiſon......''

Deux événemens ont ſur-tout excité la jalou-
ſie des confreres de M. de Préval : la confiance du Duc des Deux-Ponts , les eſſais
triomphans & multipliés qu'il fit faire dans
ſes Etats de ſon remede ; & celle du Magiſtrat de la Police , qui lui donna lieu en
1772 d'en développer , par les plus nom-
breuſes , les plus parfaites , les plus conſta-
tées expériences , l'efficacité infaillible. Il leur
attribue l'origine de ſon procès contre la
Faculté , dont il fait l'hiſtoire,

Il procede enſuite à l'analyſe des Arrêts &
des rebellions aux Arrêts de la Cour , & à
celle des délibérations , ſous le titre de Décrets de la Faculté , pour réſiſter à l'autorité
des Magiſtrats , & il termine par des obſer-

vations fur la marche qu'il a tenue & qu'il
tient dans fon action intentée contre fon
corps.

21 *Juin* 1777. On a appris que M. Greffet
étoit mort le 16 de ce mois à Amiens d'une
fluxion de poitrine, ce qui laiffe une place
vacante à l'Académie & un champ vafte aux
cabaleurs.

22 *Juin*. Il paroît que M. Marmontel furieux de la chûte de fon *Céphale & Procris*,
& en général du fuccès de la mufique du
Chevalier Gluck, a exhalé fa bile dans une
brochure intitulée : *Effai fur les révolutions
de la Mufique*, brochure qu'il donne à fes
amis & partifans pour mieux s'en affurer le
débit. Il y veut établir la fupériorité de celle
de *Piccini*, que nous ne connoiffons qu'à la
comédie Italienne ; ce qui fe rapproche plus
du genre de l'Académicien qui a beaucoup
brillé à ce théatre. Quoi qu'il en foit, on lui
reproche quantité d'héréfies en raifonnant fur
un Art qu'il n'a jamais profeffé, & ce font
tous les jours de nouvelles Lettres dans le
Journal de Paris contre lui & de nouveaux
brocards qu'on lui lance.

23 *Juin*. M. Greffet a été trouvé mort
fubitement dans fon lit. Sa femme, qui ne
le quittoit jamais, avoit été pour la premiere
fois de fa vie à la campagne fans lui. La ville
lui a rendu les honneurs dont il étoit fufceptible, en faifant célébrer un fervice pour
le repos de fon ame. Il étoit depuis quelques mois hiftoriographe de l'Ordre de St.
Lazare, place créée pour lui par *Monfieur*,

Voici un diftique Latin fait pour lui fervir
d'épitaphe :

Hunc lepidique fales lugent, venerefque pudicæ,
Sed prohibent mores, ingeniumque, mori.

24 *Juin* 1777. Il paroît ici quelques exemplaires venus de Londres, d'une hiftoire des
deux *Amériques Méridionale & Septentrionale*
par M. Robertfon. On n'en voit encore que
deux volumes in-4°. qui doivent être fuivis
de deux autres pour la completter. Ils font
d'une fuperbe impreffion, papier de Hollande, & coûtent deux louis. On ne doute pas
que M. Suard ne s'empare de cet ouvrage &
ne le traduife. Depuis la mort de M. Hume,
Robertfon eft l'hiftorien le plus eftimé des
Anglois. On dit cet ouvrage d'un ftyle riche,
magnifique, & philofophiquement traité dans
le goût de celui de l'Abbé Raynal.

25 *Juin. Extrait d'une Lettre de Bordeaux*
du 21 *Juin.* ,, Il y a eu les mêmes fêtes pour
Monfieur que pour le Comte d'*Artois* : illu-
mination tous les jours, bal mafqué à la comédie, bal à la Bourfe, bal au Chartron, fpectacle à chaque foirée. La premiere fois on a
donné une piece en un acte que Desforges,
le comédien, avoit fait pour S. A. Royale,
intitulée *la voix du cœur*, qu'on a trouvée
très-jolie, & *le Barbier de Seville*, qui a été
joué beaucoup mieux qu'à Paris. La feconde,
ils ont exécuté *la Partie de chaffe de Henri*
IV, où l'on avoit ajouté des couplets analogues à la circonftance.

Ce Prince a très-bien pris ici, & il paroît

s'y être amusé, car la veille de son départ, c'est-à-dire mercredi, lorsque ce même *Des-forges* vint lui adresser le compliment d'adieu, on crut voir à S. A. Royale les larmes aux yeux. Il est vrai que la maniere avec laquelle l'acteur débita son discours attendrit tout le monde.

Monsieur a voulu tout voir. On s'accorde à dire qu'il est très-instruit. Il est parti jeudi matin pour aller coucher à Agen, & doit se rendre à Toulon le jour suivant ,,

26 *Juin* 1777. Suivant les Lettres de Bordeaux, l'Empereur y est arrivé le lendemain du départ de *Monsieur*. Il a débarqué d'un brigantin sur le port. Quoique ce Prince arrivât plutôt qu'on ne comptoit, puisqu'on ne l'attendoit qu'au 1er. Juillet, on a eu vent de sa venue. Il est accouru bientôt au port une si grande quantité de monde & de voitures, que l'Illustre Etranger a perdu dans la foule ses deux Gentils-hommes & s'est trouvé embarrassé pour se rendre à son auberge. On a beaucoup crié *vive l'Empereur*; ce qui lui a donné de l'humeur, au point qu'un particulier pour faire l'important, ayant dit *bas les chapeaux*, il s'est retourné en lui demandant sévérement s'il l'avoit choisi pour son maître des cérémonies ?

27 *Juin.* On écrit de Châlons que les Magistrats de cette ville continuent les informations concernant le sermon séditieux dont on a déja parlé; que cela excite une grande rumeur dans la ville par la différence des partis; qu'on a assigné tout le Chapitre pour déposer de ce qu'il a entendu; ce qui allarme beaucoup les Cha-

noines affez partifans de l'Ex-Jéfuite ; qu'ils craignent, en difant la vérité, de lui nuire, &
qu'en ne la difant pas ils ne fe trouvent en
manifefte contradiction avec le refte des fpectateurs & auditeurs.

28 *Juin* 1777. Extrait d'une lettre de Bordeaux
du 24 Juin. L'Empereur, à fon arrivée s'eft
rendu à fon hôtel loué. Son Conful, appellé
Betmann, eft allé le voir, le Maréchal de
Mouchy auffi. Il y avoit un monde infini à la
porte de l'auberge & les premiers de la ville
en caroffe. On fe flattoit qu'il fe mettroit un
inftant à la fenêtre, ce qu'il n'a pas fait, quoique le plus grand nombre foit refté jufqu'à
neuf heures du foir, malgré la pluie.

Le famedi après-midi il eft monté au Châ-
teau-*trompette*. Toute la ville s'eft rendue aux
allées de Tourni & fur le chemin qui conduit
à la citadelle : l'Empereur eft arrivé en caroffe
de louage, fe cachant tant qu'il pouvoit. En
fortant du château il s'eft rendu à la nouvelle
falle de comédie, dans laquelle il n'a pas voulu permettre qu'entraffent même les femmes
des Jurats. Il a beaucoup critiqué ce bâtiment & a humilié l'architecte *Louis*. Le dimanche il eft allé entendre la meffe aux Jaco-
bins. En fortant de l'églife il couroit, au lieu
de marcher : il a vu enfuite la Bourfe, qu'il a
critiquée fans ménagement.

L'après-dîné, M. le Maréchal avoit annoncé
que ce Prince iroit à la comédie. Toutes les
loges étoient louées, & ceux qui ne pouvoient
pas entrer, étoient reftés à la porte ; mais il ne
fortit point, ne fe mit pas même à la fenêtre,

& l'on ne commença le spectacle qu'à près de huit heures , quoique le Maréchal y fût.

L'Empereur est parti le lundi à quatre heures du matin.

Ce Prince n'a pas plu ici & a paru sauvage. On a comparé sa conduite à celle de *Monsieur*, qui , loin de critiquer la Bourse, dit au Maréchal que s'il restoit à Bordeaux il voudroit loger en ce lieu , tant il le trouvoit beau. Il s'étoit expliqué d'une façon plus flatteuse encore, lorsque le Gouverneur lui demanda s'il vouloit voir ce monument : *Non*, répondit-il, *mais je veux rendre visite aux Négocians dans leur Hôtel.*

Le jour où l'Empereur a été à la nouvelle salle de comédie, les Jurats n'osoient se montrer à cause de la difficulté qu'avoit fait ce Prince d'admettre personne. Ils étoient cachés dans une loge. En sortant cependant M. le Maréchal lui dit : « Monsieur le Comte , voici les Jurats de » Bordeaux qui desirent avoir l'honneur de » vous saluer ». Mais il ne se donna pas la peine de les regarder.

Lorsque le Sr. du Hamel , le Sous-maire, fut lui dire que la ville l'envoyoit pour prendre ses ordres , il répondit brusquement : « je n'ai » point d'ordre à donner ici. » En un mot, tout son séjour s'est ressenti de la mauvaise humeur qu'il a contractée dès le premier jour , de se voir découvert & entouré de la multitude qu'il ne peut souffrir. »

29 *Juin* 1777. Un troisieme Wauxhall , élevé depuis plusieurs années sur les nouveaux boulevards , mais suspendu & formé seulement au mariage de la Princesse de Piémont en 1775 , où

l'Ambaſſadeur de Sardaigne donna ſa fête, prend aujourd'hui naiſſance & annonce ſon ouverture par extraordinaire. On y doit voir le *Temple de la Bienfaiſance*, à la gloire du Roi, un feu d'artifice, &c. Il s'intitule : *le Cirque Royal*.

30 *Juin* 1777. Une ſentence de Police du 25 Avril excite la curioſité générale au coin des rues où elle eſt affichée : par un changement d'étiquette dans le protocole de la Juſtice, qui prouve combien le luxe attire aujourd'hui de conſidération à celles qui s'y emploient le plus efficacement, on lit : *Sentence, &c. en faveur des* Dames, *Marchandes de modes, Plumagiſtes, Fleuriſtes, &c.* Cette qualification honorable de *Dames*, pour ces Prêtreſſes de Vénus, fait beaucoup rire.

30 *Juin*. Les Docteurs le Clerc, du Mangin, Lezurier, Bagnaire & Deſſeſſarts Doyen, répondent par un *Mémoire* à celui du Sr. Guilbert de Préval, qui les a inculpés & fait décréter. Cet écrit, qui n'eſt qu'une diſcuſſion ſeche des accuſations, eſt peu intéreſſant pour le public & aſſez mal tourné. Il eſt étonnant que la Faculté entiere n'ait pas de plus adroits & de plus éloquens rédacteurs, ou n'ait pas recours aux plus fameux de nos Juriſconſultes dans une cauſe auſſi majeure.

30 *Juin*. Le *Cirque Royal* n'eſt pas encore terminé. On a ajouté à la Rotonde, qui en fait la partie eſſentielle, un jardin où a été tiré le feu. Les Directeurs ne pouvant enchérir ſur le luxe & l'élégance des autres lieux de cette eſpece, ont cherché à ſe diſtinguer par une noble ſimplicité. On peut cependant traiter d'ameublement de meſquin, mais l'architecture eſt mieux. La rotonde eſt précédée d'une cour

en périftile , qui , illuminée à l'Angloife de feux de couleurs , produit un coup d'œil plus beau que celui de Torré. Tous les amateurs s'étoient rendus à cette ouverture , mais on y a remarqué une efpece d'hommes qui y a abondé plus particuliérement , comme étant dans leur quartier , fans doute : ce font les *Abbés*. Ce mélange avec les filles les plus élégantes , n'étoit pas la chofe la moins piquante du fpectacle.

30 *Juin* 1777. M. Greufe , ce Peintre excellent pour les têtes de caractere , s'eft emparé de celle de M. Franklin , dont on voit l'efquiffe. Il y a beaucoup de reffemblance & d'expreffion. Comme il a fait graver actuellement fon tableau de *la Malédiction paternelle* , que l'Empereur eft allé voir chez lui , on ne peut encore admirer ce chef-d'œuvre , connu feulement des amis de cet artifte & de quelques amateurs.

2 *Juillet.* On annonce un nouvel ouvrage en deux volumes , ayant pour titre *l'Efpion Anglois* , ou *Correfpondance Secrette entre Milord All' Eye* (tout œil) & *Milord All' Ear* (toute oreille) avec cette épigraphe : *Singula Quæque Notando.* On dit qu'on a beaucoup de peine à faire paffer ce livre , dont il y a encore peu d'exemplaires à Paris. Ces propos font une rufe ordinaire des colporteurs pour exciter la curiofité , & vendre plus cher cette marchandife de contrebande. Au refte , le titre eft piquant & très - propre à allarmer la vigilance de la police.

3 *Juillet.* Extrait d'une Lettre de *Bordeaux* du 28 Juin. L'Empereur eft en effet parti lundi pour Bayonne , peu regretté des Bordelois , mais fur-tout des femmes , envers lefquelles il

n'a été rien moins que galant. En voici un échantillon. La Présidente de Virozel & Mad. Doyard n'ayant pu le voir, malgré toutes les peines qu'elles s'étoient données, formerent la partie de passer la nuit de son départ & de se rendre chez lui à trois heures du matin ; ce qu'elles firent, accompagnées de M. de Pontac. Le maître de l'hôtel qui les connoissoit, les laissa entrer en leur disant : « Mesdames, » tout ce que je puis faire pour vous, c'est de » vous mettre sur l'escalier. » Betmann, le Consul de ce Prince, les ayant trouvées dit à son Maître que deux femmes des premieres de la ville ne s'étoient pas couchées pour ne pas perdre le dernier instant qui leur restoit de le voir. Quelques minutes après il eut occasion de sortir & de passer devant elles ; il les salua très-froidement, puis revenant sur ses pas, il leur dit : « Mesdames, je suis très-étonné que vous soyez » si curieuses de m'envisager, car je ne suis » ni Adonis, ni Cupidon. » Ces Dames furent étourdies & ne se feroient pas, sans doute, vantées du compliment, s'il n'y avoit eu des témoins.

La ville de Bordeaux, c'est-à-dire, les Jurats avoient obtenu de mettre un droit sur le sel ; le Parlement avoit enrégistré l'Edit, mais non la Cour des Aides qui avoit fait des Remontrances. Un nommé La Botiere, fameux libraire de cette ville, les avoit imprimées ; il y a trois jours qu'il est arrivé un Arrêt du Conseil qui l'interdit & le condamne à une amende.

3 *Juillet* 1777. On a parlé du projet qu'avoient formé, il y a près de deux ans, quelques particuliers de distinction de rétablir ou faire

revivre l'Ordre du St. Sépulcre, qui n'étoit plus connu ici que comme une confrérie d'artifans, furnommée par dérifion *la Confrérie de l'Aloyau*. Ils prétendirent que fuivant l'inftitution remontant à 1099 il devoit y avoir dans l'affociation trois claffes différentes, celle des Chevaliers, celle des Voyageurs, & celle des Confreres de Dévotion. La vanité qui avoit excité les novateurs, les porta à imaginer des croix, un habit de cérémonie, des Commanderies à retrouver & des dignités à réintégrer. Ils dédaignerent les vrais poffeffeurs, s'emparerent de l'adminiftration, & comme l'argent eft néceffaire à tout, ils rendirent les réceptions beaucoup plus cheres. Il en eft réfulté un procès entre les deux corps, & des plaintes en cour.

Le 2 Juin 1776 il eft intervenu un ordre du Roi, portant défenfes aux prétendus Chevaliers de porter la croix, & injonction de repréfenter les régiftres pour y faire rayer les qualifications prifes dans les délibérations nouvelles.

Cet ordre a été fufpendu depuis quant à la radiation, & S. M. a permis aux prétendus Chevaliers de lui adreffer des repréfentations

Ces Meffieurs voulant faire parler d'eux & fe donner une confiftance dans le monde, ont pris l'occafion de leur conteftation avec les *Confreres de l'Aloyau*, pour fortir de leur obfcurité & répandre une Requête volumineufe fous prétexte de repouffer les affertions injurieufes des accufateurs.

Comme dans tous les noms à la tête du Mémoire, au nombre de plus de trois cens, il ne laiffe pas que d'y en avoir de recommandables & d'illuftres, cette querelle produit fenfation,

& l'on cherche à déterminer M. le Comte d'Artois, qu'on follicite depuis long-tems, de fe mettre à la tête de cet Ordre de Chevalerie, à l'inftar de *Monfieur*, Grand-Maître de celui de St. Lazare.

4 Juillet 1777. Il paroît la fuite d'un ouvrage, dont on avoit eu pour échantillon deux volumes cet hiver, intitulé *Mémoires Secrets pour fervir à l'hiftoire de la République des Lettres*, &c. *par feu M. de Bachaumont*. On en voit huit volumes aujourd'hui, allant depuis 1762 jufqu'au Janvier 1776. Il caufe un grande fermentation parmi nos auteurs, dont l'amour-propre n'eft pas flatté; il eft en outre recherché pour une foule d'anecdotes & de pieces en vers & en profe que perfonne n'avoit encore ofé révéler ou livrer à l'impreffion. (Cet article eft extrait de *Nouvelles à la main*, très-accréditées dans Paris.)

5 Juillet. La Requête au Parlement des prétendus Chevaliers du St. Sépulcre ayant fait bruit, on a voulu lire le Mémoire des *Confreres de l'Aloyau*, & il s'eft trouvé que celui-ci, de la main de Me. Vermeil très-connu au barreau, étoit plus curieux par l'efquiffe fatyrique qu'on y trouvoit du plan ambitieux des premiers, qu'il appelle les *Novateurs*, & dont il tourne en dérifion les projets chimériques, en ne diffimulant pas qu'ils avoient pouffé leur fol efpoir jufqu'à croire qu'un Prince augufte (le Comte d'Artois) devoit fe placer à la tête de cet Ordre & lui rendre fon premier éclat.

Du refte, les accufés, au nombre de neuf, qui ont à leur tête un nommé *Venier*, maître tailleur, fe trouvant décrétés d'ajournement personnel à la Requête du Ministere public, prétendent que c'est le résultat de sollicitations insidieuses des prétendus Chevaliers qui, auteurs du tumulte, sujet de la plainte, ont eu la lâcheté d'être les dénonciateurs secrets d'un délit dont ils étoient coupables eux-mêmes. Ce procès doit être jugé incessamment.

5 Juillet 1777. Quoique les deux pieces très-intéressantes ci-jointes aient deux ans de date, elles étoient restées jusqu'à présent dans le plus grand secret, & à la lecture on jugera aisément pourquoi. Mais l'avidité des curieux d'une part & la cupidité des mercénaires de l'autre, font tout transpirer à la longue.

Désistement de Mrs. de la Chalotais & de Caradeuc, du 5 Août 1775.

Nous soussignans *Louis René de Caradeuc de la Chalotais*, & *Anne Jacques Raoul de Caradeuc*, Procureurs Généraux du Roi au Parlement de Bretagne, voulant donner à S. M. un témoignage de notre respect pour sa personne sacrée, de notre reconnoissance de la justice qu'elle a bien voulu nous rendre, de notre desir de concourir aux vues de paix dont elle est animée, & de notre considération pour M. le Comte de Maurepas, déclarons abandonner purement & simplement toutes actions & demandes que nous aurions faites ou pu faire relativement à la procédure criminelle injustement intentée contre nous au mois de Novembre 1765 & années suivantes, circonstances & dépendances, en quelque Tribunal & envers quelques personnes que ce soit, renonçant à en faire aucunes suites,

&

& notamment M. le Duc d'*Aiguillon*. A Rennes le 5 Août 1775. (*Signé*) DE CARADEUC DE LA CHALOTAIS, DE CARADEUC.

Lettre de M. le Garde des Sceaux à M. de la Chalotais, du 8 Août 1775, envoyée d'A-thys à M. de la Chalotais le 14 Août.

MONSIEUR,

Le Roi a bien voulu vous accorder une gratification de la somme de 100, 000 livres une fois payée, & une pension de 8000 livres réversible après vous, savoir 4000 livres à M. le Chevalier de la Chalotais, votre fils, & 4000 livres à Mad. de la Fruglaye.

S. M. vous accorde également une charge de Président à Mortier, dont elle voudra bien donner l'agrément à M. de Caradeuc, si vous la lui faites passer. Vous ne devez pas douter du plaisir que j'ai à vous annoncer ces graces.

Je vais faire passer à M. le Contrôleur Général l'ampliation des décisions du Roi, pour qu'il soit à portée de vous procurer le paye-ment des 100,000 livres & de vous faire porter sur les états du Roi pour la pension de 8000 livres.

Je vais faire passer également à M. de Malesherbes une ampliation de la décision relative à cette pension, pour qu'il soit en état de vous en expédier le Brevet.

Je suis,

　　MONSIEUR,

　　　　Votre affectionné Serviteur

　　　　　　(*Signé*) MIROMESNIL.

à Versailles le 8 Août 1775.

.. 9 *Juillet* 1777. On parle beaucoup d'une Né-
greffe blanche qui vient d'arriver. Elle est de
l'espece, qu'on appelle *Albinos*. Elle n'a que
dix - huit ans; elle est de pere & de mere
noirs, elle a la laine blanche, & les pieds &
les mains annoncés d'une nature à exercer
les spéculations des Physiciens. On doit la
faire voir au public d'ici au mois de Septembre,
qu'elle va en Italie.

10 *Juillet*. Un certain abbé Martin, Vicaire de la paroiffe de St. André des Arts,
qui, lorsque la premiere fermentation occa-
fionnée par le livre des *Trois Siecles de la
Littérature Françoife* fut paffée, que l'abbé
Sabbathier s'en avouant l'auteur eut reçu toutes les injures, toutes les invectives des coryphées du Parti *Encyclopédique* très maltraités dans l'ouvrage, ainfi que la fecte entiere,
s'étoit avifé de lui difputer malhonnêtement
cette paternité, est devenu fol depuis quelques mois, & les remedes n'ayant pu opé-
rer, il vient d'être enfermé dans une maifon
de force. Ses partifans continuent à affurer
que non feulement il a été le coopérateur de
l'abbé Sabbathier, mais que celui - ci, au contraire, ne faifoit que lui fervir de manœuvre
pour les recherches & la découverte des matériaux; que le Vicaire étoit en chef, affem-
bloit les articles, les rédigeoit & mettoit à
tous fes farcafmes, fon ftyle & fon vernis.
Ce qu'il y a de fûr, c'eft que le Grand-Aumônier étoit perfuadé du fait, puifqu'il avoit
donné une penfion de 1500 livres à ce Cuiftre
littéraire, en lui difant que ce n'étoit qu'un
encouragement pour l'exciter à continuer,

C'eſt dans cette noble ardeur qu'il a forcé
de travail & que la tête lui a pété.

11 *Juillet* 1777. En vertu des défenſes faites
aux prétendus Chevaliers du St. Sépulcre de
porter la Croix, ainſi qu'on l'a dit, ils ont
par le miniſtere de Me. Perrin, Avocat aux
Conſeils, préſenté une requête au Roi, qu'ils
qualifient de *très humbles & très reſpectueuſes*
repréſentations des Chevaliers, Voyageurs &
Confreres de Dévotion du St. Sépulcre de Jé-
ruſalem, formant enſemble l'Archi - confrérie
Royale du même nom, établie en l'Egliſe des
Cordeliers de Paris. Après un hiſtorique aſſez
curieux de la formation de divers Ordres Militaires & Religieux, auxquels les Croiſades
ont donné naiſſance, & dont celui du St.
Sépulcre ſeroit le plus ancien & le plus illuſtre, ſuivant l'écrivain; après avoir cité &
diſcuté les monumens qui ont perpétué juſqu'à ce jour l'archi-confrérie Royale dans le
même état & la même exiſtence qu'elle a eus
dès ſa naiſſance, il vient aux moyens qui
doivent déterminer S. M. à conſerver aux
membres de cette archi-confrérie les prérogatives & privileges dont ils ont toujours
joui.

L'auteur démontre qu'elle eſt compoſée de
trois Claſſes : 1°. des Chevaliers ; 2°. des
Voyageurs ; 3°. des Confreres de dévotion :
que la Bulle de ſuppreſſion d'Innocent VIII
n'a point été reconnue en France, que le
Procureur Général s'en eſt porté appelant
comme d'abus, & que Louis XIV, lui même, a reconnu l'exiſtence de l'Ordre du St.
Sépulcre. Les ſuppliant concluent en conſé-

H

quence à ce que le Roi conserve à ce corps véritablement utile pour le soulagement des malheureux, la qualification qu'il a conservée jusqu'à ce jour dans tous les Tribunaux, & surtout à ce qu'on ne lui ôte point une Croix, signe caractéristique de son institution.

11 *Juillet* 1777. Les amateurs de la Littérature sont affligés du bruit qui se répand qu'on n'a trouvé aucun manuscrit chez M. Gresset, pas même le nouveau chant destiné à être ajouté au poëme de *Ververt*, sous le nom de *l'ou-vroir*, chant qu'il avoit lu à la cour durant son dernier voyage & qui y avoit plu beau-coup. Il s'ensuivroit que l'auteur l'auroit brûlé dans un accès de cette dévotion qu'on trai-toit injustement d'hypocrisie. Il est fâcheux que sa vénération pour l'ancien Evêque d'A-miens l'ait empêché, comme on l'assure, de publier cette nouvelle facétie dans un tems où il ne s'en seroit pas fait scrupule, mais où il craignoit d'allarmer l'ame timorée du Pré-lat & de lui faire quelque peine.

13 *Juillet*. Malgré ses importantes oc-cupations le Sr. de Beaumarchais ne paroît pas répugner à y joindre un procillon avec les comédiens, qui pour lui sera, sans doute, un passe-tems. On a déja parlé de ses con-testations avec les histrions relativement aux honoraires de son *Barbier de Séville*. Il a der-nierement rassemblé à un souper des Juris-consultes & des Gens de lettres; il leur a exposé la question, il a fait lecture de sa correspondance avec les comédiens, & tout le monde a reconnu son bon droit & approuvé la sagesse de sa conduite. On attend avec

impatience les facéties dont il va nous égayer.

13 *Juillet* 1777. On favoit depuis longtems que l'abbé Baudeau avoit une penfion de 4000 livres fur les Oeconomats, mais peu de gens étoient inftruits qu'il en étoit redevable à M. de Sartine. Ce Miniftre lui a dit, comme Augufte au Romain fon ennemi, *Soyons amis, Cinna.*

14 *Juillet.* L'Abbé Martin eft mort à Senlis des fuites de fon état.

15 *Juillet. L'Efpion Anglois* n'eft qu'une reprife d'un autre ouvrage commencé en 1773, fous le titre de *l'Obfervateur Hollandois à Paris,* qui devoit fe diftribuer comme un écrit périodique. On en avoit publié un *Profpectus,* qui effraya le Miniftere de France d'alors, & il profita de fon afcendant auprès des Etats Généraux pour l'arrêter, même avant que par la publication on pût juger s'il méritoit la profcription. L'*Obfervateur,* qui contient à peu près le premier volume, eft une peinture auffi vraie que curieufe de la vieille cour & de l'état de la France au moment de la Révolution de la Magiftrature; il va jufqu'a la mort de Louis XV. Il eft en forme de Lettres: 1°. *Sur le Roi & la Famille Royale:* 2°. *Sur les Miniftres & le Chancelier:* 3°. *Des Etats, des Parlemens, Chambres des Comptes, Cours des Aides & autres Cours Souveraines ou Tribunaux du Royaume:* 4°. *Sur les Princes du fang, les Ducs, la Nobleffe:* 5°. *Du Clergé:* 6°. *Sur le Tiers-Etat.*

L'*Efpion Anglois,* fuppofant que la premiere époque du regne de Louis XVI, favoir

le rétablissement de la Magistrature, est déjà
détaillée dans un ouvrage étendu, servant de
suite au *Journal de la Révolution opérée dans
la Constitution de la Monarchie Françoise*, ne
commence qu'à la seconde époque, qui est
les émeutes à l'occasion de la cherté des Bleds.
Il est en Lettres aussi & par leurs titres on
juge aisément de leur importance. On assure
qu'une grande impartialité est le caractere
distinctif des deux Ecrivains, ou du même,
changeant de nom, de Hollandois devenu
Anglois.

16 *Juillet* 1777. Le Parlement a enfin reconnu
le danger de se mettre à dos la Faculté ; les
Docteurs décrétés ont gagné la semaine derniere l'incident contre le Sr. Guilbert de
Préval. Les décrets sont annullés : celui-ci
est condamné à tous les dépens, & il est
défendu à l'expulsé de se présenter aux assemblées avant que le fond soit jugé. Cela est
de mauvais augure pour le reste.

17 *Juillet*. M. le Fuel de Méricourt ne
s'est pas tenu pour supprimé : à l'exemple
de Me. Linguet, il a seulement transporté
à Londres le siege de sa résidence ; & là,
comme lui, il prétend continuer son Journal, malgré le rédacteur existant en France.
Il profite de cette liberté pour étendre la
Sphere & la hardiesse de sa censure. Il annonce le *Journal Anglois, Italien & François, Dramatique, Lyrique & Politique* ; ouvrage périodique, avec cette épigraphe, *ami-
cus Plato, sed magis amica veritas*. Il s'est
associé à cet effet, suivant son *Prospectus*,
à plusieurs gens de lettres versés dans les

langues modernes. Ce bizarre affemblage sera compofé de trois parties : la premiere, écrite en Italien ; contiendra quelques pieces fugitives, une notice & un précis de tous les Drames qui feront repréfentés fur tous les théâtres d'Italie. La deuxieme, écrite en Anglois ; renfermera toutes les nouvelles politiques & littéraires de la France. On y rendra compte de toutes les nouvelles découvertes &, en général, de tout ce qui pourra intéreffer la fociété. On fera un examen critique des pieces de théâtre, Angloifes, Italiennes & Françoifes, que l'on comparera quelquefois ; & l'auteur prétend que de ces comparaifons réfultera fouvent une connoiffance exacte & approfondie du genre de ces trois nations.

Dans la derniere enfin, écrite en François, on annoncera & l'on fera connoître toutes les pieces nouvelles : on fera juftice des mauvais acteurs, en louant les bons & en donnant de fages confeils à ceux qui annonceront des talens. On ne parlera que des livres nouveaux les plus intéreffans. On donnera un extrait de tout ce qu'il y aura de plus curieux dans les Papiers Anglois, & l'on ne rapportera des nouvelles que celles, qui ne feront point hafardées. Cette partie fera terminée par quelques poéfies légeres & des vaudevilles. M. *le Fuel*, pour premier effai, diftribue fon *Profpectus* dans les trois langues qu'il doit employer dans fon journal.

C'eft le premier Août que paroîtra le pre-

H 4

mier cahier de ce *cent millieme Journal*
environ.

18 *Juillet* 1777. Toutes les Demoiselles
d'opéra & autres, inftruites du bonheur que
la Dlle. Michelot, jolie perfonne, mais fimple
figurante dans les Ballets, a eu de plaire
au Comte d'Artois, envient fon bonheur. Il
y a cependant à parier qu'elles ne doivent
pas défefpérer d'avoir leur tour, & que ce
n'eft qu'une fimple paffade. On le préfume
d'autant mieux que fon Alteffe Royale varie
fort dans fes plaifirs. On fe rappelle qu'elle
a déclaré elle-même avoir beaucoup de rapport avec fon ayeul; elle l'a jufques dans
cette inquiétude perpétuelle, qui lui rendoit
tout infipide en peu de tems.

18 *Juillet.* Le défiftement de Mrs. de la
Chalotais & de Caradeuc n'eft que le réfultat d'un Mémoire manufcrit très curieux
que les Procureurs Généraux fe propo-
foient de préfenter au Roi, s'ils n'euffent pas reçu la juftice qu'ils en devoient
attendre.

Dans cet écrit ils expofoient en long 1°.
L'origine de ce qu'on appelle les troubles de
Bretagne, depuis le Requifitoire de MM. de
la Chalotais & les Arrêts rendus contre les
Jéfuites, jufqu'au 10 Novembre 1765, jour
auquel ils furent arrêtés avec quatre autres
Magiftrats.

2°. Examen de la procédure faite contre eux.

3°. Difcuffion des différens chefs d'accufation que le Sr. de Calonne leur avoit
intentés, & leur réfutation complette : d'où

il réfulte la pleine & entiere juſtification des
accufés.

Le Mémoire étoit compofé pour être joint
à une Requête en oppofition aux Lettres patentes du 22 Décembre 1776.

20 *Juillet* 1777. La Reine, Madame & Madame
la Comteffe d'Artois font venues hier à la
Comédie Italienne. On a donné pour premiere piece les *Intrigues d'Arlequin.* On y a
introduit par addition le Sr. Dorfonville, nouvelle haute-contre, dont ce fpectacle a fait
acquifition & que S. M. défiroit entendre.
Il eft bien de figure, il a une voix peu
forte, mais charmante & eft doué déja d'un
goût exquis. Il a reçu les plus grands applaudiffemens. Lorfqu'il a débuté, le Parterre lui a fait l'honneur de le demander
après la piece, pour lui témoigner fpécialement fa fatisfaction : triomphe dont n'avoit
encore joui aucun acteur.

Quant à la piece nouvelle, intitulée *Erneftine*, le poëte a eu l'art de rendre déteftable un fujet fi agréable & fi touchant
dans le Conte. Rien de plus plat. Il y a
des chofes agréables dans la mufique, &
en général elle eft digne de meilleures paroles. Les auteurs n'ayant point eu de
fuccès ont jugé à propos de garder l'anonyme.

Pour dédommager le public, les Comédiens
ont annoncé tout de fuite une autre nouveauté, intitulée *Laurette.*

21 *Juillet.* On rapporte que le Docteur
Bouvart ayant été appelé depuis peu par le
Grand-Aumônier en enfance, mais n'en étant

H 5

pas moins fusceptible des maux physiques, s'est plaint de sa goutte au Médecin, & lui a dit qu'il souffroit comme un damné : » *Quoi ! déja, Monseigneur,* » a repris le malin Esculape.

21 Juillet 1777. Le Mémoire de Mrs. de la Chalotais & de Caradeuc est admirable pour l'historique précieux qu'il contient, pour la force des preuves & des raisonnemens, pour la vigueur & l'énergie du style. Il est bien fâcheux que des raisons de politique obligent de le garder manuscrit. La péroraison est d'une grande beauté. On voit à la suite un Mémoire particulier, contenant un projet d'accommodement qui n'a pas eu lieu, mais qui prouve combien la cour, honteuse de cette affaire monstrueuse, avoit à cœur de l'assoupir & d'en effacer toutes les traces.

23 Juillet. On assure que l'Empereur est passé très près de Ferney sans avoir daigné seulement s'informer quel en étoit le maître. Il faut que ce Prince ait eu ses raisons pour humilier ainsi M. de Voltaire, qui avoit fait de grands préparatifs pour le recevoir.

24 Juillet. Laurette, comédie en un acte & en prose mêlée d'ariettes, jouée hier aux Italiens, a paru très médiocre & beaucoup au dessous du Conte de M. Marmontel, dont le sujet est tiré. L'auteur l'a étranglé & a trouvé le secret d'en ôter tout l'intérêt. Quant à la musique, elle a produit plus d'effet. On y a senti de l'expression, beaucoup de richeffe , mais des réminifcences fréquentes de quantité d'autres opéra-comiques : d'ailleurs trop d'abondance , des accompagnemens trop forts & couvrant les voix. Elle eft de M. Méreaux. Quant à l'auteur des paroles , il garde prudemment *l'Incognito* , ainfi que celui du poëme d'*Erneftine*. On a fçu que celui de la mufique de cette piece , jouée la femaine derniere , étoit M. de St. George , amateur & violon diftingué , mais qui n'a pas le même goût en fait d'ouvrages dramatiques & auroit dû fentir qu'une excellente mufique adaptée à un plat & déteftable opéra-comique perd toute fa valeur.

25 *Juillet* 1777. On a dit que le Sr. Greuze faifoit le portrait de M. Franklin qui ne manquera pas d'être gravé. M. Elie de Beaumont Avocat célebre par fon éloquence, par fes intrigues & par un génie romanefque , a difpofé d'avance dans fon cabinet une niche pour ce perfonage illuftre , entre d'autres grands hommes anciens & modernes qu'il y a placés , & a fait d'avance cette infcription pour mettre au bas : *Alterius orbis Vindex , utriufque Lumen.*

25 *Juillet.* M. Jardin , architecte peu connu en France , mais plus renommé dans le Nord pour une églife qu'il a conftruite à Copenhague , eft envoyé à Londres par ordre du Roi. Il fait un myftere de cette miffion que lui a procurée M. le Comte d'Angiviller , & déclare pourtant qu'elle eft relative à fon art & doit être fort utile.

25 *Juillet.* Après avoir établi dans la premiere partie de fon Mémoire ce qu'on ap-

H 6

pelle l'origine des troubles de Bretagne, &
fait voir par une foule de ses lettres écar-
tées, que bien loin d'avoir contribué à les
faire naître & les fomenter, il a fait tout ce
qu'il a pu, au contraire, pour les prévenir &
les arrêter, M. de la Chalotais passe à la
seconde partie.

Elle contient l'examen de la procédure &
voici les chefs : 1°. Accusation & procédure
sans corps de délit : 2°. Accusation sans accusateur : 3°. Accusation & instruction sans
juges compétens : 4°. Poursuite militaire
sous ombre de justice, où d'un bout à l'autre l'accusateur & le délateur ont été juges
& parties, ordonnateurs & disposant de la
personne des accusés : 5°. Accusations vagues, changemens de tribunaux & de juges,
de parties publiques au gré des accusateurs
& des délateurs, procédure variant à volonté :
6°. Procédure qui déroge aux loix & qui en
fait de nouvelles, qui confond la nature
des délits & la qualité des preuves : 7°. Accusation jugée sans que les accusés aient pu
produire leurs faits justificatifs, pendant qu'ils
étoient dépouillés de leurs pieces & sans
qu'ils ayent été entendus ; jugement qui ne
juge point.

La troisieme embrasse les chefs d'accusation : 1°. Complot fait avec Mr. de Kergue-
sac : 2°. Des billets anonymes : 3°. Manque
de respect aux Ministres & même au Roi :
4°. Projet de porter le trouble dans le Ministere : 5°. Vexations & abus de pouvoir,
huit faits relatifs à cette accusation.

Tel est le plan de cet écrit, qui fait fré-

mir, & indigne tout Lecteur de voir tant d'a-
trocités calomnieuses impunies, d'en voir, au
contraire, les auteurs récompensés, constitués
en dignités.

26 *Juillet* 1777. La querelle de Me. Linguet
avec son Ordre, qui a eu des suites si funestes
& causé un si grand scandale, a fait sentir
au Parlement la nécessité de profiter de la
premiere occasion pour fixer invariablement
& consacrer par un Arrêt les maximes de la
Discipline des Avocats. Elles se réduisent à
quatre, établies dans celui rendu à l'occasion
de l'Avocat de Troyes expulsé, dont on a
rendu compte : 1°. Les Colleges d'Avocats
exerçant près les Présidiaux, ont le droit de
rayer de leur Tableau un confrere qui se
seroit rendu indigne de son Ministere : 2°.
La radiation doit être arrêtée par Délibération non écrite, mais verbale, parce que les
Avocats ne sont point officiers, & ne sont
point Corps ni Communauté : 3°. Les Bail-
liages Royaux, même ceux ressortissant nue-
ment en la Cour, sont incompétens pour
connoître & juger si la radiation est bien ou
mal fondée, 4°. Les Colleges ne peuvent être
parties sur l'appel en la Cour, que l'Avocat
rayé interjetteroit de leur jugement, mais
seulement le Procureur-Général, protecteur
né de l'Ordre des Avocats & leur défenseur
en matiere de discipline.

26 *Juillet*. Extrait d'une Lettre de Ferney du 20 Juillet.... M. de Voltaire est dans
un chagrin d'autant plus sensible que son
amour-propre est blessé au vif. Il avoit fait
les plus superbes préparatifs dans l'espoir que

le Comte de Falkenstein viendroit le visiter ;
il avoit rassemblé autour de lui tous ses amis,
des environs, pour grossir sa cour ; il avoit
composé des vers que devoit débiter à l'illustre étranger Mlle. de Varicourt. Tous ces
soins ont été inutiles. Le Prince n'a pas daigné le voir, ni son château, ni son village ;
il n'a demandé aucune de ses nouvelles ; il
s'est cependant arrêté à Geneve, & par une
affectation encore plus cruelle est allé à Ver-
soy & a parcouru en détail & avec attention ce lieu, non moins affligeant pour le
Seigneur de Ferney. Vous savez que M. de
Choiseuil avoit entrepris de le former en ville
& d'y creuser un bassin. Depuis sa disgrace
les travaux avoient été suspendus ; mais comme il coûtoit beaucoup en fraix de l'administration qu'on avoit commencé d'y établir, &
qu'on avoit calculé qu'avec cet argent on
auroit fini le projet, on avoit recommencé :
il en a résulté déjà des émigrations & Ferney se seroit dépeuplé si cela avoit duré. Le
Canton de Berne a heureusement fait des
représentations contre ce port, qui lui seroit
très-nuisible. On assure que l'on va de nouveau abandonner les ouvrages, & que M.
de Vergennes l'a promis au Canton réclamant.
Ceci calme un peu les tourmens du
patron ; mais l'Empereur brûler son hermi-
tage avec un mépris aussi marqué ! il ne peut
digérer cet affront.

27 *Juillet* 1777. Feu M. le Prince de Conti,
quoique bel homme & digne à tous égards
que sa ressemblance fût conservée, n'avoit
jamais voulu être tiré de son vivant. On le

voit cependant à l'Ifle-Adam dans un déjeûné historié figurant entre les Princes, Princeffes & illuftres convives, mais repréfenté par le dos feulement. Un Chevalier de Lorge, déja connu par un portrait de la Reine, a entrepris de peindre ce Prince dans fon lit de parade, le dernier inftant où il ait été poffible de faifir fa figure. En ayant eu l'agrément du Comte de la Marche, il l'a efquiffé dans le tems ; il eft occupé actuellement à terminer ce tableau hiftorique. Quelques connoiffeurs qui l'ont vu, en difent déja beaucoup de bien.

28 *Juillet* 1777. Depuis long-tems les auteurs dramatiques fe plaignent des comédiens, & de ce qu'arbitrairement, par des arrangemens qui n'ont aucune légalité, les hiftrions, d'intelligence avec les gentilshommes de la chambre, ont fait des reglemens tout-à-fait injuftes & diminuant de beaucoup les honoraires de leurs pieces. On a vu le peu de fuccès qu'avoient eu leurs plaintes ; & vraifemblablement cela feroit refté encore long-tems ainfi au moyen des évocations que le Confeil faifoit de tous ces procès commencés fur lefquels il ne ftatuoit rien. Par bonheur le Sr Beaumarchais ayant eu une pareille difcuffion, les comédiens & leurs puiffans protecteurs ont redouté les farcafmes d'un pareil adverfaire. Il s'agit d'accommoder la chofe, & le Maréchal Duc de Duras a propofé d'examiner dans un comité d'auteurs dramatiques ce qu'il y auroit à faire pour terminer les débats. Il eft compofé de deux Académiciens, Mrs. Saurin & Marmontel, & de deux pro-

fânes, Mrs. Sedaine & Beaumarchais : le
gentilhomme de la chambre eſt Préſident ; &
ces Meſſieurs s'aſſemblent chez lui à cet effet.
On attend avec impatience le réſultat du comité , qui ſans doute le fera enrégiſtrer au
Parlement pour que le nouveau Réglement ait
force de Loi.

28 *Juillet* 1777. Les *Mémoires Secrets*, &c. em-
braſſent un eſpace de quatorze ans, contiennent dix à douze mille notices ; fécondité dont
il n'y a point d'exemple dans aucun ouvrage
périodique. Il en eſt quelques-unes peu inté-
reſſantes en elles-mêmes, mais utiles pour
conſerver l'ordre chronologique des dates &
des époques, ſi eſſentiel dans toutes les parties hiſtoriques. Outre les notices, il y a
une foule d'anecdotes & de petites pieces
en proſe & en vers non imprimées juſques-
là , qui font rechercher ce recueil des amateurs. Il eſt d'ailleurs commode pour les gens
qui ne liſent que par amuſement, ou ſont
bien aiſes de trouver le matin quelque choſe
à retenir & à citer le ſoir ; ils s'ornent ainſi
l'eſprit en peu de tems & à peu de fraix.

29 *Juillet*. *Mesdames* , par différentes circonſtances n'ayant pu voir Chantilly depuis
les embelliſſemens extraordinaires qu'y a faits
le Prince de Condé , avoient promis à Son Alteſſe de s'arrêter en ce beau lieu en allant à
Compiegne. Quoique le voyage ait manqué,
elles ont tenu parole & y ont couché le 26.
Il y a eu depuis lors des fêtes qui doivent
durer trois jours, c'eſt-à-dire pendant tout
le tems que les Princeſſes y reſteront. Il n'en
faut pas moins pour parcourir à l'aiſe les ca-

riofités de ce palais de féerie. Elles confiftent
entre autres chofes dans des furprifes qui
caractérifent bien cet art, imaginé par des
génies romanciers. Elles fe trouvent aujour-
d'hui réalifées dans la plus exacte vérité.

30 *Juillet* 1777. Mlle. Arnoux, fe nommant
Anne, a célébré dernierement, fuivant l'ufage
antique, fa fête avec beaucoup de courtifa-
nes, d'amateurs & de gens d'efprit. On fe
doute bien que la Sainte Patrone a été la
moins fêtée; il n'en eft pas même fait mention dans les couplets compofés & chantés
à cette occafion, où l'héroïne n'eft défignée
que fous le nom de *Sophie*, qui eft celui
qu'elle aime comme plus noble. Voici ces
couplets affez agréables, qu'on croit de M.
André de Murville.

AIR, *Qui par fortune trouvera Nymphe dans
la prairie.*

> Amis, célébrons à l'envi
> La fête de *Sophie*,
> Que chacun de nous réuni
> La chante comme amie;
> Nous ne pouvons lui préfenter
> De fleur plus naturelle,
> Qu'en nous accordant pour chanter,
> C'eft toujours, toujours Elle.
>
> Si quelqu'un parle d'un bon cœur,
> On cite alors *Sophie*;
> Si l'on décerne un prix flatteur,
> Elle eft encore choifie;

Si quelqu'un trouve à l'opéra
Grace & voix naturelle,
Cet éloge défignera :
C'eſt toujours, toujours Elle.

Envain l'envie aux triples dents
Voulut bleſſer *Sophie*,
Elle répand que ſes talens
Semblent roſe flétrie ;
Mais elle parut dans *Caſtor*
Si touchante & ſi belle,
Que chacun s'écria d'accord :
C'eſt toujours, toujours Elle.

Le tems cruel qui détruit tout
Reſpectera *Sophie*,
Par ſon pouvoir le Dieu du Goût,
Prolongera ſa vie ;
Le charme de ſes doux accens
Nous la rendra nouvelle,
On répétera dans vingt ans :
C'eſt toujours, toujours Elle.

31 *Juillet* 1777. Le Coliſée, pour attirer le
public chez lui, avoit imaginé l'année derniere
une expoſition de tableaux dans un Sallon
conſacré à cet effet, & afin d'exciter les artiſtes à le garnir, il avoit arrêté de donner des
prix à ceux qui excelleroient par leurs ouvrages. On y vit de bons morceaux & même
dans le genre de l'hiſtoire, entr'autres deux
des Sr. Bardin & Sené, anciens Penſionnaires
du Roi à Rome, exécutés pour l'Abbaye d'An-

chin , qui mériterent l'attention des connoiffeurs.

Quant aux prix, les artiftes défirerent qu'ils
fuffent convertis dans la commande de plufieurs tableaux & ftatues. En conféquence le
Colyfée détermina que les fujets propofés
feroient tirés de l'hiftoire de France, & qu'on
confacreroit ainfi à la poftérité les héros de la
nation par des tableaux, des ftatues, & qu'on
en multiplieroit la reprefentation par les gravures des plus habiles artiftes en ce genre. Les
honoraires furent fixés à 2800 livres pour chaque tableau, à 800 livres pour chaque ftatue
en terre cuite de la hauteur de 30 pouces, &
à 3000 livres pour chaque planche gravée.

On avoit répandu de bonne heure un Avis
aux Artiftes, aux Amateurs, Académiciens ou
non Académiciens, regnicoles ou étrangers,
défirant expofer au Sallon des Arts du Colyfée, en 1777, leurs ouvrages en peinture,
fculpture, gravure, modeles d'architecture,
mécanique, de les envoyer en ce lieu avant
le 15 Avril, de maniere que l'expofition fut
faite & le catalogue imprimé au premier Mai,
jour de l'ouverture.

On a attendu jufqu'ici avec impatience l'exécution de ce plan affez bien imaginé, mais on
fait aujourd'hui que M. le Comte d'Angiviller a mis le 10 Juin une oppofition à la formation de ce Sallon, ce qui arréte tout & eft
la matiere d'un procès.

2 Août 1777. L'oppofition de Mr. le Comte
d'Angiviller qui fait la matiere d'un procès
entre le Colyfée & lui, eft d'autant plus extraordinaire, que l'on ne lui connoît aucun droit

pour l'avoir formée, & pour arrêter ainfi un projet utile aux arts & aux artiftes ; car, non feulement il s'agiffoit d'une expofition de tableaux, fculptures & gravures, mais encore d'y former un Cabinet d'Hiftoire Naturelle, un Sallon de coftume ancien, moderne & actuel, deftiné à fournir des fecours aux éleves, de faire même la depenfe des modeles qui leur font néceffaires pour les aider dans le genre de l'hiftoire fort difpendieux.

3 *Août* 1777. La Franc-maçonnerie étant plus en honneur que jamais dans cette capitale, les Loges ont chargé le Chevalier de Berainville, connu par fon génie tourné à l'allégorie, d'en faire graver une relativement à l'aventure des Freres de Naples & à l'heureufe iffue qu'elle a eue. Ce morceau doit être dédié à M. le Duc de Chartres, qui eft actuellement à la tête de l'Ordre en France.

4 *Août*. La Faculté de Théologie, continue à s'occuper de la cenfure du poëme des Incas.

Tandis que cette Faculté cherche ainfi à guérir nos maux moraux, celle de Médecine travaille à remédier à nos maux phifiques, à étendre & améliorer fes connoiffances. Son Decret du 8 Mars dernier rendu à cet effet, s'eft exécuté pour la premiere fois vendredi dernier au *prima Menfis* d'Août. On a nommé un Comité fubfiftant, compofé de douze Docteurs, d'un Cenfeur, d'un Secrétaire & de quatre Commiffaires. Ses fonctions feront de difcuter ce qui aura été dit, cité, rapporté à l'affemblée générale relativement à la féance, aux faits, aux remedes, aux expériences, aux découvertes dont il aura été queſtion. Tous les Docteurs membres nés de cette aſſemblée, ont été invités de concourir à ce projet louable, & une lettre adreſſée aux diverſes Facultés du Royaume & à celles des pays étrangers, les engage à ſeconder de leurs lumieres celle de Paris.

4 Août 1777. Le bâtard de feu Boiſſy cherche à marcher ſur les traces de ſon illuſtre pere, ſans eſpoir cependant de parvenir jamais à la même réputation. Il en a une, ſinon plus durable, au moins plus ſûre pour aller au bonheur; il paſſe pour un des premiers étalons de France. Ce renom le fait rechercher des femmes & donne un grand relief à ſes opuſcules poétiques, peu de choſe en eux-mêmes. C'eſt ainſi qu'on vante beaucoup un opéra-comique eſquiſſé, compoſé, répété & repréſenté en huit jours, au dire de l'auteur. Il a pour titre *le double déguiſement* ou *les vendanges de Puteaux*, lieu où il a été exécuté le 3 Novembre 1776. La dédicace à Colette eſt ce qu'il y a de mieux.

A Colette.

J'écris comme tu plais, Colette,

Sans art & ſans prétention;

Je ſuis toujours content de ma muſette.

Lorſque ta douce voix répette

Et mes plaiſirs & ma chanſon.

Sois encore mon interprête;

Qu'en voyant ton joli nom

Gravé, comme ſur ta houlette,

La critique reſte muette,

On dife, avec toi, ma chanfon,
„ *Il écrivit pour fa Colette ,*
„ *Le plaifir fut fon Apollon* ".

Nota. M. Laus de Boiffy n'eft point bâtard
du poëte de ce nom : il eft fils d'un riche ar-
tifan ; il eft Lieutenant particulier de la Con-
nétablie & Maréchauffée de France. Comme
il a la métromanie , dans fes fociétés on l'a
appelé en plaifantant *le Bâtard de Boiffy*, &
cette plaifanterie a pris confiftance dans le
monde, où il cherche à figurer & fe fait appeler *de Laus de Boiffy*, tandis que fon vrai
nom eft *Laus* tout court.

5 *Août* 1777. On fait aujourd'hui que la miffion du Sr. Jardin, Architecte, envoyé en Angleterre par M. d'Angiviller, eft de fe mettre
au fait du fecret dont on a appris l'expérience
par les papiers publics. Son objet eft de préferver les bâtimens du feu, même ceux
de bois ; ce qui feroit fort utile pour nos vaiffeaux.

6 *Août.* La ville de Bordeaux eft en com-
buftion à l'occafion d'un impôt mis fur le fel,
ce qui eft directement contraire à fes privileges. Le Parlement a eu la foibleffe de
le paffer, mais la Cour des Aides s'y eft oppofée, d'autant plus que le motif de cette fur-
charge eft uniquement de contribuer à la conftruction d'une fuperbe Salle de Comédie. La
différence de cette conduite des deux Cours
a donné lieu à une chanfon affez plaifan-
te, où l'on fuppofe que les femmes de Mrs.
du Parlement invoquent le fecours des autres.

CHANSON.

Sur l'Air : *les Bourgeois de Chartres.*

Aimable Cour des Aides,
Nos fideles amis,
Venez, de grace, à l'aide
De nos foibles maris :
Ces pauvres Magiftrats,
Comme à leur ordinaire,
Rempliffent mal, à notre avis,
Soit au Palais, foit au logis,
Leur petit miniftere.

Vous auriez cru plus de force
A nos fiers Exilés ;
De cette belle écorce
Les voilà dépouillés.
Au Palais, comme ailleurs,
Malgré toute leur gloire
Les Exilés font auffi mous ;
Peut-être plus que les Maupeous,
Vous pouvez nous en croire.

Quand le fel affaifonne
Les mets & les ragoûts,
La faveur qu'il leur donne
Flatte plus notre goût ;
Mais redoutant le feu
D'un piquant badinage
Ils ont jugé fort à propos

Dans leurs Arrêts , comme des fots,
  D'en proscrire l'usage.

  Sur une autre denrée ,
  S'ils osoient établir
  Un plus gros droit d'entrée,
  Qu'ils auroient de plaisir !
  Mais ils n'auront jamais
  De puissance assez forte ;
Nos chers amis , rassurez-vous ,
Vous entrerez toujours chez nous ,
  Sans payer à la porte.

7 *Août* 1777. La contestation élevée par
l'Abbé Martin & ses adhérens à l'occasion
du livre des *Trois siecles* , dont le défunt
s'étoit depuis quelque tems déclaré l'auteur ,
n'a encore été que sourde. Depuis la mort
du premier , l'Abbé Sabbathier se propose de
faire une nouvelle édition de l'ouvrage en
question à Touloufe , & sans doute de s'en
assurer ainsi encore mieux la propriété ex-
clusive : mais les amis du Vicaire semblent
disposés à ne plus rien ménager & à établir
ses droits devant le Public. M. l'Archevêque
de Paris perd aussi en lui un confident littéraire qu'il avoit choisi pour la confection de
ses Mandemens. On doit donner quelques
opuscules posthumes de cet abbé, qui ser-
viront d'échantillon de comparaison , & pourront faire juger s'il étoit en état de composer
les trois Siecles pour la partie du style , de la
critique & du goût.

7 *Août*. Depuis longtems on cherche
                     les

les moyens de détruire la mendicité, & l'on ne peut y parvenir. On renouvelle d'une année à l'autre les déclarations, ordonnances & réglemens rendus contre eux ; mais, ou ils les éludent, ou ceux - ci tombent bientôt en désuétude. Enfin, il paroît une ordonnance où l'on semble vouloir sérieusement purger la capitale de ces fainéans, dont la tolérance devient la source de beaucoup de crimes.

7 Août 1777. M. le Marquis du Muy, frere du Maréchal, est mort ces jours derniers. Il étoit très-riche, du reste il n'avoit pas une moins bonne réputation que son frere, & l'on sait que sous le feu Roi on appeloit cette famille *les honnêtes gens de la cour.*

8 *Août.* M. de Trudaine est mort subitement, il y a quelques jours. Il est regretté : c'étoit un homme bienfaisant, & quoique par la suppression des Intendans des finances il se trouvât inutile au bien public, on se flattoit que cela n'auroit pas duré & qu'on auroit eu recours à lui de nouveau. Il n'avoit cependant pas autant de réputation que son pere, comme administrateur, mais il se livroit particulierement à la théorie. Il avoit donné à corps perdu dans la science des Economistes. C'étoit sous le Ministere de M. Turgot, un de ses bras droits. Il étoit Honoraire de L'Académie des Sciences & fort attaché à cette Compagnie.

8 *Août.* La Reine, non moins jalouse de dissiper le Roi que le reste de la famille Royale, & ne pouvant le faire aller aussi

facilement & l'arracher aux fonctions du trône, a imaginé de lui donner des spectacles dans l'intérieur, où S. M. ne put se dispenser d'assister. C'est à cet effet qu'elle fait préparer à Trianon des fêtes, dont la délicatesse du local ne permet nécessairement pas de faire part au public.

9 *Août* 1777. Le Sr. *La Bottiere*, Libraire de *Bordeaux*, venu ici en vertu d'un ordre du Roi, pour avoir imprimé les remontrances de la Cour des Aides de cette ville, en a été quitte pour les frais de son voyage & pour une sévere réprimande du Garde des Sceaux. Cet écrit, par lui ou par d'autres, a percé dans la capitale, & les amateurs le recherchent comme un monument rare de zèle patriotique, dans ce tems où toutes les cours sont dans l'asservissement.

Les Remontrances en question, ont eu lieu à l'occasion de Lettres patentes obtenues par les Jurats de Bordeaux le 25 Novembre dernier, comprenant la prorogation de plusieurs droits anciens & l'établissement de plusieurs nouveaux. Les premiers ont été enrégistrés promtement : les seconds ont été modifiés par l'enrégistrement. Celui-ci a été cassé par un Arrêt du Conseil, & un huissier en a fait à cette cour une signification insolite. Toute cette forme abusive a provoqué de premieres représentations plus courtes, en date du 29 Mars 1777, & bientôt il en a été fait d'autres sur le fond, en date du 5 Avril. Rien de plus sage, de mieux raisonné & de plus lumineux que ces deux morceaux, écrits dans le ftyle tempéré proportionné à fa chofe.

9 *Août* 1777. M. de Voltaire fentant bien le mauvais effet que pourroit faire dans le public l'indifférence de l'Empereur à fon égard, a cherché à le diminuer par la lettre ci-jointe, écrite à un ami pour qu'elle foit un peu répandue.

Extrait d'une Lettre de Ferney du 23 Juillet.... » Le vieux malade n'a pu aller au devant de l'Empereur à fon paffage, & la familiarité républicaine de quelques Genevois, habitans de Ferney, n'a pas difpofé S. M. à faire les avances. Deux Seigneurs ouvriers en horlogerie s'aviferent de fe faire députer de la colonie & allerent arrêter le caroffe du Prince. L'un d'eux monta fur le marche-pied qui tient au brancard & demanda fi le Comte de Falkenftein n'étoit pas-là ? d'où il venoit & où il alloit ? L'Empereur un peu étonné lui répondit qu'on ne lui avoit jamais fait de pareilles queftions en France. Cet excès d'impertinence le dégoûta de Ferney, & avec beaucoup de raifon. »

10 *Août.* Un anonyme, pour faire fa cour, fans doute, au Miniftere de France, propofe par foufcription des *Analectes Politiques, Civiles & Littéraires;* ouvrage périodique pour fervir de Supplément aux Annales de M. Linguet, avec cette épigraphe : *Tu cave defendas, quamvis mordebere dictis.* Ce fupplément, ainfi qu'on le conjecture aifément, eft un prétendu contre-poifon, imaginé pour guérir des morfures du Journalifte. On fe propofe en conféquence de le

fuivre à la pifte , & d'appliquer le remede
l'inftant d'après qu'il aura fait la plaie. Le
premier N°. paroîtra le 16 Août à Bruxel-
les. La recherche du vrai , du jufte & de
l'honnête eft le but de l'Ecrivain , & il
invite tous ceux qui auront le deffein d'y
concourir de lui faire part de leurs idées.

11 *Août* 1777. M. le Grand-Aumônier a été à
l'agonie la femaine derniere , & ceux qui de-
firent avec empreffement fes dépouilles , fe
flattoient déja qu'elles ne pourroient plus leur
échapper , mais il en a rappelé encore. En
attendant qu'ils fe réjouiffent de l'événement
de fa mort , qui n'affligera que fes neveux ,
on rit des coqs-à-l'âne de ce vieillard en enfance. On a dit que fa manie étoit toujours d'aller à Verfailles. Ces jours-ci il a fait
monter fon cocher & lui a dit qu'il vouloit
partir fur le champ. Celui-ci s'eft excufé, &
a , entr'autres raifons , prétendu qu'il falloit
raccommoder fon fiege, qu'il étoit trop dur.
» Oh bien » , a repliqué fon Eminence , je
» vais t'en donner un plus doux dans celui
» de Sarlat ; je te fais Evêque de cette ville. »
Depuis ce tems il l'appelle *Monseigneur* ,
& il faut que fes gens le qualifient tel devant lui.

11 *Août*. Pour mieux confommer la révolution de la Mufique en France & expulfer
fans retour la nationale , un Sr. Bianchi ,
compofiteur Italien , a ouvert un *Conferva-*
toire femblable à ceux de Naples , propre aux
progrès de l'art & à l'avancement des jeunes
éleves. Il doit y enfeigner tous les fecrets du
méchanifme vocal de fes compatriotes , c'eft-à-

dire la méthode de vocalifer fur toutes les voyelles , de prendre la refpiration en mefurant fon haleine à la mufique & aux paroles, d'augmenter & diminuer infenfiblement les fons fans altérer l'intonation. Enfin, il familiarifera fes difciples avec l'accompagnement , de façon qu'ils ne manquent ni la mefure ni l'à-plomb, & qu'ils acquierent l'affurance que donne l'habitude & la néceffité de chanter enfemble.

En outre , il s'eft établi un Bureau où l'on fe propofe de faire venir toutes les Ariettes des grands maîtres d'Italie les plus eftimés, à mefure qu'elles paroîtront.

12 Août 1777. Dans fes premieres Remontrances la Cour des Aides de Bordeaux fe défend contre les affertions avancées dans le préambule de l'Arrêt du Confeil du 12 Mars, où l'on fait entendre que fon enrégiftrement tendroit à diminuer confidérablement les avantages que le Roi a voulu faire à la ville de Bordeaux pour le rétabliffement de fes finances , à intervertir les arrangemens que S. M. a pris pour y parvenir , à laiffer fubfifter des moyens de fraude qu'elle a eu intention de fupprimer, enfin à entretenir des conflits de jurifdiction.

Son objet dans les fecondes eft de juftifier les modifications qu'elle a cru devoir appofer aux Lettres patentes du 25 Novembre 1776, obreptices en partie, quoiqu'enrégiftrées au Parlement de Bordeaux le 17 Janvier fuivant.

Lefdites modifications portent fur trois fortes d'objets : 1. Sur l'adminiftration munici-

I 3

pale que la Cour des Aides ramène à fes regles effentielles : 2 Sur la forme des Baux
qu'elle fouftrait à des conditions onéreufes &
abufives : 3. Sur les droits d'octrois qu'elle
reftreint dans leurs légitimes bornes.

Deux principaux articles frappent dans ces
Remontrances ; favoir , une atteinte directe
portée aux loix publiques de la municipalité
de Bordeaux , fuivant lefquelles les Jurats ne
peuvent traiter les affaires importantes que
dans une affemblée compofée des Cours fou-
veraines , de ceux du Clergé , des Tréforiers de France , des Secrétaires du Roi , des
anciens & principaux Avocats & Négocians ;
ce qu'on appelle l'affemblée de cent trente :
enfuite un Octroi fur le fel confommé dans
cette capitale , infraction manifefte à fon privilege , qui rend le commerce du fel libre dans
fon intérieur.

Le réfultat eft de démontrer invinciblement
qu'on ne fauroit renverfer l'enrégiftrement
de la Cour des Aides fans détruire en même
tems des immunités précieufes aux Bordelois,
fans les allarmer fur leurs fubfiftances, fans
foumettre des branches de commerce , ou
néceffaires ou privilegiées , à d'injuftes exac-
tions , fans violer les regles effentielles de
l'adminiftration municipale.

12 *Août* 1777. Non content de fon triomphe à la Comédie Italienne dans la piece des
Trois Fermiers , le Sr. Monvel en brigue un
fur un plus beau théâtre. On annonce de lui
pour demain aux François l'*Amant bourru*,
comédie en trois actes & en vers. Le fujet
eft tiré d'un roman de Mad. Riccoboni , qui in

a paru il y a quelque tems, appelé *la Mar-quise de Sancerre*.

12 *Août.* Il paroît que cette fois-ci l'Académie Françoise s'est piquée de faire preuve d'impartialité, en accordant le prix d'éloquence. C'est un certain Abbé Remi qui doit l'avoir, & l'on ne lui connoît aucune intrigue, aucune liaison avec aucun parti. C'est un homme simple & incapable d'avoir manœuvré ou opéré quelque séduction en sa faveur. Il faut se rappeler que le sujet étoit *l'Eloge du Chancelier de l'Hôpital.* Cet Abbé Remi est d'une Loge de Francs-maçons, intitulée *les neuf sœurs,* où il y a beaucoup de gens de Lettres. M. de la Lande est le Vénérable, &, dans une derniere fête, depuis que la nouvelle de la gloire de ce candidat est certaine, ce Savant l'a couronné d'avance de lauriers en présence des Freres, qui ont applaudi à son triomphe. On assure que son discours est d'une si grande beauté, que dès qu'il fut lu les juges déterminerent qu'il méritoit la victoire, & crurent qu'il ne s'en trouveroit pas un second de la même force.

15 *Août.* L'*Amant bourru* a eu le plus grand succès. C'est un caractere tout-à-fait hors de vraisemblance, mais au moins bien soutenu dans son absurdité. C'est le seul saillant & quelquefois assez gai aux yeux du spectateur. Le Sr. Molé, qui l'a rendu, y a mis un jeu supérieur & l'a fait valoir infiniment. L'auteur, le Sr. Monvel, y a figuré, & l'accueil favorable du Public l'a tiré de l'embarras où il devoit être naturellement. La

Reine, préfente à ce fpectacle, a finguliére-
ment applaudi. A la fin de la piece, elle a
eu la bonté d'attendre que Monvel parut pour
recevoir les acclamations du Parterre qui le
demandoit, & elle a témoigné fa fatisfaction
perfonnelle. On a demandé enfuite Molé, &
dans un enthoufiafme de joie & de reconnoiffance qui fait tout paffer, on n'a point
trouvé mauvais qu'il ait publiquement embraffé
fon camarade avec lequel il étoit brouillé. Mais
celui - ci ayant rendu l'accolade à l'autre Acteur
qui étoit venu le chercher, on a jugé cela trop
familier. Ces incidens ont eu lieu fous les yeux
de S. M. qui a voulu voir finir ce délire général.

16 *Août* 1777. Le morceau le plus curieux des
Remontrances de la Cour des Aides de Bordeaux
eft celui où, relevant l'objet de la deftination du nouvel impôt fur le fel, elle dit au Roi :
» V. M. fait qu'on élève à Bordeaux un théâtre aux fraix de la ville, mais elle ignore
peut - être, & nous devons le lui dire, que
l'énorme dépenfe qu'il occafionne, effraye fes
habitans: édifice d'un luxe fcandaleux, & certainement difproportionné à l'étendue de la
ville & aux facultés de ceux qui l'habitent ;
c'eft - là qu'iront s'engloutir des *millions* ; c'eft-
là, on ne nous défavouera pas, c'eft - là *la
principale caufe de l'épuifement des revenus de
la ville de Bordeaux* ; & c'eft - là que l'on
eut verfé une impofition prife fur la fubfiftance
du pauvre ! Et pourquoi, fi les fonds com-
muns font épuifés, recourir à des impôts def-
tructifs ? Pourquoi ne pas remonter à la caufe
même du mal, fufpendre pour quelque tems

cette entreprise dévorante, mettre au moins plus de lenteur dans les travaux de sa construction ? "

Cette entreprise doit être d'autant plus désagréable aux Magistrats, qu'elle a été formée du tems du Maréchal Duc de Richelieu, & qu'elle a occasionné dès le principe des querelles avec le Parlement.

16 *Août* 1777. Le Concert Spirituel, exécuté hier, a été très-brillant. La Signora Balconi, qu'on avoit déja admirée cet hiver, a soutenu la réputation qu'elle s'étoit faite par un art infini dans son chant. Sa voix, sans être prodigieusement étendue, est d'une très-belle qualité de son. Mais le Signor Savoy, premier Acteur de l'Opéra de Londres, qu'on ne connoissoit point à Paris, a fait encore plus de plaisir. Il a chanté deux fois : d'abord une Ariette de Sacchini, *e cerca, se dice*, & ensuite un Rondeau du Signor Alessandri, & chaque fois on a répété *bis* avec des acclamations si unanimes qu'il a été obligé de se rendre aux vœux du public. Ce Castrato, outre la voix la plus parfaite, a beaucoup d'ame & d'expression. Dans son ariette, qu'on dit tirée de *l'Olympiade*, il y a de ces cris qu'on trouve dans *Alceste* & qui ont produit tant d'effet à l'Opéra ; il les a poussés avec une énergie qui a percé tous les cœurs.

Une Dlle. Deschamps, jeune personne d'environ quinze ans, élève du Sr. Capron, a exécuté un concerto de violon, de maniere à étonner les plus habiles virtuoses. Son jeu n'est pas fini, mais elle surmonte les plus grandes difficultés. Ce Spectacle croissant de

I 5

merveille en merveille fait de plus en plus honneur au Sr. le Gros, Directeur actuel.

17 *Août* 1777. Depuis que le Signor Savoy a émerveillé tous ses auditeurs vendredi dernier, on ne s'entretient que de lui. Les François qui ont voyagé, se rappellent l'avoir vu à Rome, & racontent à cette occasion une anecdote qui l'a fait connoître presque autant que son organe admirable. Ce Castrate, assez bien de figure, avoit, suivant l'usage fréquent en Italie, enchanté une femme de la plus haute qualité qui s'en servoit pour ses plaisirs secrets. L'amour - propre du chanteur l'engagea non - seulement à reveler son bonheur, mais à en montrer des témoins muets qu'il portoit dans une tabatiere. Plus orgueilleux qu'un Argonaute revenu de la Conquête de la Toison d'Or, il étala si souvent cette superbe dépouille, que la Dame fut instruite de sa perfide indiscrétion ; elle s'en plaignit au Cardinal Préfet, & le Castrate eut ordre de sortir de Rome.

18 *Août.* Le *Courier de l'Europe* a manqué l'ordinaire dernier, ce qui inquiette ses souscripteurs & partisans. L'abondance des matieres qu'on y traite lui procure nécessairement beaucoup plus de lecteurs qu'aux autres Gazettes, d'autant que l'on s'y permet de fréquens écarts, & une liberté infiniment plus grande qu'ailleurs ; mais aussi il en résulte une frayeur continuelle de le voir supprimer. Déja plusieurs Numéros ont été arrêtés, & malgré l'excessive indulgence du Ministere à son égard, sans doute à raison de sa nature angloise, qui suppose une indépendance parti-

culiere, il est difficile que l'humeur ne s'en mêle pas à la fin, & qu'on ne proscrive irrévocablement cette feuille au fond peu rare, fort bavarde & ayant tous les défauts du terroir. Les différens partis de ce pays - ci dans tous les genres seroient désolés de cet événement, qui les priveroit de ce réceptacle de leurs querelles & de leurs injures.

18 *Août* 1777. On commencera aujourd'hui à aller voir le cabinet d'histoire naturelle de feu M. Geoffroy, apothicaire de l'Académie Royale des Sciences, qui doit être mis en vente. On annonce surtout trois clous de charette convertis, par la *transmutation*, en argent, l'un par la tête, l'autre par la pointe & le troisieme en totalité. On prétend que la portion de fer restante est attirable à l'aimant, propriété qui cesse lorsqu'on promene la pierre sur le clou & qu'elle parvient à la partie devenue argent.

On raconte que cette découverte a eu lieu dans le laboratoire de l'Académicien, en sa présence & en celle de nombre de Chymistes tous en garde contre l'auteur du prodige. Ce qui rend l'anecdote plus frappante, c'est la facilité de l'opération qui, au rapport des témoins, se fit par la seule immersion des clous dans une liqueur dont étoit pourvu le Physicien & dont il ne donna point de connoissance. Voilà de quoi exercer le zèle des investigateurs de la pierre philosophale & faire allumer bien des fourneaux. Il est étonnant qu'un fait aussi curieux n'ait pas occasionné plus de bruit dans le tems, & ne soit pas consigné dans les Mémoires de l'Académie des

Sciences. Enforte que les gens de l'art le ré-
voquent fort en doute.

20 *Août* 1777. L'efpece de Bureau de Législation Dramatique établi depuis quelque tems
& qui intéreffe beaucoup les Gens de Lettres,
doit en effet fon origine aux plaintes du Sr. de
Beaumarchais. Les Comédiens craignant fon
perfiflage & fes farcafmes, ont eu recours aux
Gentilshommes de la Chambre, & le Maréchal
Duc de Duras qui eft de fervice, ne redoutant
pas moins le ridicule que cet Ecrivain diftribue fi bien & fi libéralement, l'a exhorté à
traiter de fes prétentions à l'amiable, à fe
concilier avec Meffieurs les Auteurs fes confreres, auxquels on ne demandoit pas mieux
que de rendre juftice. Le Sr. de Beaumarchais eft parti de-là pour inviter les plus célebres au Théâtre entre ces derniers à fe rendre chez lui. Le plus grand nombre a eu la
baffeffe de le faire. Alors s'établiffant comme
le Préfident de l'affemblée, après leur avoir
rendu compte de fon projet, il a demandé
qu'on commençât par fixer ceux qu'on appel-
leroit aux affemblées, & il a été convenu que
tous ceux jouiffant de leurs entrées à la Comédie Françoife feroient convoqués, fauf le
Sr. Paliffot, rejetté d'une voix unanime, comme
un membre gangrené.

Comme le nombre des membres de ce Bureau eft de 23 ou 24, on a formé un Comité
des quatre déja nommés, qui propofent aux
affemblées générales les points à traiter & à
difcuter. Le tout eft précédé d'un dîner fru-
gal & modefte que leur donne le Sr. de Beaumarchais. Ces Meffieurs fe réuniffent enfuite

autour d'un tapis verd, & pérore qui veut.
Ils s'accordent à convenir que l'*Amphitrion* est
toujours celui parlant le mieux & le plus longuement, ne disant pas toujours de bonnes
choses au fond, mais tour - à - tour séduisant
par sa facilité & ses tournures, imposant par
sa hardiesse & son impudence.

Il est question de deux choses, ou d'un
nouveau Réglement, ou de demander une seconde Troupe. Le premier moyen est le plus
long, le plus difficile & vraisemblablement le
plus inutile. Certains auteurs s'imaginent que
le second remédieroit à tout. Malheureusement
le reste n'est pas d'accord, & les comédiens
ont eu l'adresse de se former un parti entre
les opinans qui s'oppose formellement à l'institution de la troupe rivale. M. Dudoyer, le
meilleur parleur après le Sr. de Beaumarchais,
mais plus fort en raisonnemens, est à la tête
de la cabale, & a établi dimanche dernier
un schisme dont on craint les suites.

21 *Août* 1777. Le ridiculé de M. Laus de Bois-
sy, qui semblant mépriser l'état d'homme de
lettres & de poëte, affecle de dire & d'é-
crire qu'il est un homme du monde, ne prenant la plume que pour s'amuser, lui a valu
l'épigramme suivante de M. Landrin de Ru-
bel:

> Damis ne sera pas des nôtres,
> Il n'écrit que pour son plaisir;
> Et lorsque l'on veut réussir
> Il faut écrire un peu pour le plaisir des autres.

22 *Août*. On trouve peu glorieuse pour

le Maréchal de Biron la lettre même que M. le
Garde des Sceaux lui a adressée en consolation
du Jugement des Invalides cassé, quoique rendu sous sa Présidence. Personne n'ignore que
ce n'est jamais que sur la forme qu'on casse
au Conseil, mais qu'en même tems les juges
devant s'astreindre aux formes, sont des pré-
varicateurs ou des ignorans s'ils ne les obser-
vent, surtout étant avertis comme l'ont été
ceux dont il est question par les requêtes &
mémoires des accusés. Cette Lettre est donc
dérisoire ou ridiculement imaginée.

22 *Août* 1777. M. le Marquis de Montalembert
dont il a été si longtems & si longuement
question, cherche aujourd'hui à fixer l'attention du Public d'une maniere plus louable.
On vend un ouvrage en trois volumes ayant
pour titre *Correspondance de M. le Marquis*
de Montalembert, étant employé par le Roi de
France à l'Armée Suédoise, avec M. le Mar-
quis d'Havrincourt, Ambassadeur de France à
la cour de Suède, M. le Maréchal de Riche-
lieu, les Ministres du Roi à Versailles, M M.
les Généraux Suédois & autres, pendant les
Campagnes de 1757, 58, 59, 60 & 61. On
ne peut gueres douter qu'il n'ait prêté les
mains à cette impression. On ne sait pourquoi
cependant ce livre ne se distribue que clandestinement à Paris. C'est un des plus mor-
tellement ennuyeux qu'il soit possible de lire :
rien de piquant ; sauf une lettre du Roi de
Prusse au Marquis d'Argens, où il s'explique
fort librement sur notre Ministere ; mais dont
il s'étoit répandu des copies dans le tems.
Au reste, ces matériaux remplis de détails

militaires & politiques font effentiels à con-
ferver pour écrire l'hiftoire, & ce n'eft que
dans de pareilles vues qu'on en peut foutenir
l'aridité.

25 *Août* 1777. L'*Effai fur les Révolutions de la
Mufique de France*, eft peut-être ce qu'on a
écrit de plus raifonnable fur cette matiere.
On fait que la brochure eft de M. de Marmontel, & il paroît qu'il regne entre ce
Poëte & M. Gluck une antipathie qui s'y
manifefte & a fans doute donné lieu aux
violens farcafmes lancés contre la production du premier. Il prétend que le muficien,
aujourd'hui l'idole de Paris, n'a eu aucun
fuccès en Italie, que fa compofition eft tout-
à-fait oppofée au génie de la mufique Italienne. Il lui reproche une préfomption intolérable, il en cite en preuve différentes de fes
lettres; où il regarde fucceffivement chacun
de fes Opéra comme autant de chef-d'œuvres. On voit auffi qu'à fon tour l'Allemand
s'eft égayé fur le compte de l'Académicien,
& lui en veut de prôner Piccini. Ces anecdotes font affez curieufes & ne font qu'a-
jouter du piquant à la differtation, très-fage
d'ailleurs & remplie d'excellentes vues.

26 *Août.* Dimanche dernier les Italiens
avoient mis fur leur affiche : *Par ordre*, ce
qui annonçoit que la Reine devoit venir à
ce fpectacle. S. M. fe propofoit d'aller enfuite
au château des Tuilleries, entendre le concert qu'on y donnoit pour la fête du Roi,
fuivant l'ufage antique. Enfin elle comptoit
faire un tour au colyfée avant de retourner
à Verfailles. En conféquence elle avoit fait ex-

pédier les vêpres & autres actes religieux de bonne heure ; mais le Roi ayant affecté de dire qu'il falloit être bien fol pour courir à Paris par le chaud qu'il faisoit, son auguste compagne a regardé ce propos comme une insinuation pour elle de ne point faire cette partie de plaisir. Elle comptoit s'en dédommager le lendemain.

On a dit que la Reine avoit arrêté avec les gens chargés de ses fêtes d'en donner au Roi au petit *Trianon*. Le jour d'une étoit pris pour le lendemain. Il étoit question des choses les plus agréables, surtout de surprises flatteuses pour le Monarque : malheureusement le Roi en a eu vent ; il a sçu que la dépense de cette fête montoit à 80,000 livres : il a trouvé cela trop cher, surtout dans un moment où par économie il se privoit d'un voyage de Fontainebleau, & pour couper court à des galanteries dispendieuses, lorsque S. M. est venue elle-même le solliciter de se rendre au petit Trianon, il l'a refusée impitoyablement, ce qui a sensiblement affligé la Reine. Le motif est si beau, si extraordinaire dans un Prince de cet âge, que la bouderie de S. M. ne durera sûrement pas, & qu'elle profitera de la leçon pour mettre plus d'épargne dans ses plaisirs.

27 *Août* 1777. Quoique le discours de M. l'Abbé Remi, couronné le jour de la Saint-Louis, contînt déjà des vérités très-fortes, des portraits satyriques aisés à reconnoître, des réflexions sur le gouvernement d'une critique fort amere, & surtout des sarcasmes peu religieux contre le clergé, on parle d'un

autre *Eloge du Chancelier de l'Hôpital*, beaucoup plus violent ; que l'auteur, exprès pour se ménager la liberté de tout dire, n'a point fait concourir ; qui s'est envoyé furtivement à différentes portes, & dont on ne peut avoir d'exemplaires par l'attention de la police à les retirer.

28 *Août* 1777. On prétend que l'*Eloge du Chancelier de l'Hôpital* qu'on a donné aux portes & qui fait si grand bruit, est de M. de Guilbert. Il est certain qu'il ne doit s'attribuer qu'à un homme en état de faire ces sacrifices pécuniaires, & de braver les persécutions que lui peut occasionner son ouvrage.

28 *Août*. Par un Arrêt du Conseil du 17 Août, S. M. a établi une Commission uniquement occupée à trouver les moyens d'améliorer les hôpitaux de Paris. Elle est composée de sept Chefs de l'Administration du temporel de l'hôtel-Dieu, & en outre des Srs. d'Argouges & de Bernage, Conseillers d'Etat, du Sr. de la Miliere, Maître des Requêtes, des Curés de Saint-Eustache, de Saint-Roch & de Sainte-Marguerite, du Sr. de Lassonne, Directeur de la Société Royale de Médecine, & des Srs. d'Outremont & de Saint-Amant, administrateurs de l'hôpital général.

Le Roi invite les citoyens animés de l'amour du bien & qui se croiront quelques connoissances particulieres sur cette matiere, à les communiquer à la Commission. Elle veut qu'on lui nomme les auteurs des projets qui auront été adoptés ou qui auront présenté des idées nouvelles & intéressantes & sans doute de les récompenser, suivant le rapport.

29 *Août* 1777. M. de Lorge, prenant la qualité de Peintre de la Reine, ayant mis son tableau allégorique sur la mort de S. A. S. Monseigneur le Prince de Conti en état d'être offert au public, commence à le faire voir dans son attelier aux Célestins ; il annonce aussi d'autres ouvrages, & établit ainsi un autre Sallon en opposition du grand.

30 *Août.* Les comédiens Italiens doivent donner aujourd'hui la première représentation de *Gabrielle de Paffy*, parodie de *Gabrielle de Vergy*, en deux actes & en prose mêlée de vaudevilles. Cet ouvrage est de Mrs. d'Uffieux Imbert & de Clermont - Ferrand, & l'on doute qu'il ait beaucoup de succès. Le sujet est trop atroce pour pouvoir prêter à une plaisanterie heureuse.

31 *Août.* M. Allegrain, Sculpteur de l'Académie, n'ayant pu transporter au Sallon une Statue, son ouvrage, la montre chez lui & les curieux y courent en foule. C'est *Diane surprise au bain par Actéon.* Il seroit difficile de voir une figure mieux dessinée, d'un ciseau plus doux, plus moëlleux. Elle est prise dans le point où elle sort de l'eau, & dans son embarras, cherche à soustraire au prophane tant de beautés. Mais tandis qu'elle les cache d'un côté, elle les découvre de l'autre. Son attitude est d'être un peu courbée, ce qui rapproche cette figure, au dessus de la stature de nos femmes, c'est-à-dire de cinq pieds dix pouces de haut, des proportions ordinaires. Il y a un art infini dans les développemens du corps. Quelques amateurs en

trouvent les membres trop forts pour fon sexe ; mais une *Diane* ne doit pas avoir la délicateffe du corps de Vénus. La tête n'eft pas moins féduifante que le refte , & c'eft le défaut qu'on reproche à l'auteur. On trouve que c'eft un contre-fens dans le moment de l'action qu'il annonce , puifque l'expreffion , loin d'être celle d'une femme coquette jouant la furprife , dont elle n'eft pas fachée intérieurement , devroit être celle d'une Déeffe pudique , indignée de fe voir en proie aux regards facrileges d'un mortel.

1 *Septembre* 1777. M. Necker, par une adreffe bien propre à lui concilier les fuffrages des bons Citoyens , entremêle autant qu'il peut des vues & des actes de bienfaifance à fes projets économiques. On a remarqué comment il avoit affecté de s'intéreffer à l'amélioration des Hôpitaux par l'Arrêt du Confeil du 17 Août. Ce font les prifons dont il s'occupe aujourd'hui. Sur les bénéfices qu'il compte faire en rectifiant l'adminiftration des Domaines , il veut que l'entretien de ces lieux publics , autrefois à leur charge , y retourne en partie , & il confacre déja une fomme de 300, 000 livres par an aux réparations , à l'entretien & à la purification de ces demeures peftilentielles.

2 *Septembre*. La *Gabrielle de Paffy*, exécutée le famedi , avoit réuffi quant au premier acte , où il y a du fel & de la gaieté ; les Vaudevilles fur-tout avoient plu ; mais le fecond Acte n'avoit pas été auffi bien reçu, & le dénouement avoit paru plat , ignoble & dégoûtant. Les auteurs l'ont refferrée en

un Acte, & prétendent que leur *Gabrielle de Passy* a été plus heureuse hier. En général, il n'y a rien d'assez merveilleux pour ramener le public au genre de la parodie, fort difficile lorsqu'on le veut porter au dégré de perfection qu'il exige; sans quoi il tient trop de la farce & n'est bon qu'aux tréteaux de la foire.

3 *Septembre* 1777. L'Académie Royale de Peinture & de Sculpture n'a point jugé à propos cette année de décerner de Prix dans aucun de ces deux Arts. Quant à celle d'Architecture, dont le sujet étoit un Château d'eau, le grand prix a été adjugé le premier de ce mois, d'une voix unanime à M. Deseine, & le second à M. Gisors.

4 *Septembre.* Les gens de Lettres attendent avec impatience la lecture du *Panégyrique de Saint Louis*, prononcé le 25 Août dernier par M. l'Abbé d'Espagnac, en présence de Messieurs de l'Académie Françoise. Une anecdote particuliere excite leur curiosité. On sait que Mr. l'Archevêque de Paris l'envoya chercher la veille, le pria de lui lire son discours, sous prétexte de prévenir différens écarts où il auroit pu donner à l'exemple de plusieurs orateurs qui, depuis quelque tems, sembloient s'être ligués pour avancer des paradoxes très-irréligieux en chaire, & rendre tout prophane un discours destiné à l'édification publique. Le jeune homme docile présenta son cahier au Prélat, qui le mutila étrangement. On prétend que la mémoire de M. l'Abbé d'Espagnac ne s'étant pas trouvée d'accord avec les corrections, il l'a débité à peu

près tel qu'il l'avoit compofé. On veut voir fi à l'impreffion il aura confervé les morceaux châtrés par M. l'Archevêque.

Mr. l'Abbé d'Efpagnac eft celui qui a con-couru, il y a deux ans, pour le Prix de l'A-cadémie en compofant un Eloge du Maréchal de Catinat.

4 *Septembre* 1777. Les curieux vont admirer à Notre - Dame deux bénitiers de granite de France qu'on y a pofés le mois dernier. Ils font d'un très - beau profil, compofés d'une grande jatte platte, couleur de petit - gris, de trois pieds deux pouces de diametre fur un fuft de colonne verd avec fa bafe & focle quarrés, du même ton que les jattes. La dureté extraordinaire de cette matiere fe manifefte par la beauté du poli & la pureté de l'exé-cution, qui ont dû entraîner beaucoup de difficultés.

Ces ornemens précieux ont été donnés par le Roi a l'inftigation de Mr. Bertin, qui a déterminé *Louis XVI* à continuer envers l'E-glife de Paris les bienfaits dont Louis XV. la combloit.

5 *Septembre*. La coëffure du fexe eft deve-nue une chofe fi importante qu'il faut abfo-lument multiplier les artiftes qui concou-rent à bâtir ces galans édifices. En confé-quence, par une Déclaration donnée à Ver-failles le 18 Août, & enrégiftrée en Parle-ment le 2 Septembre, fix cent Coëffeurs de femmes font agrégés à la communauté des Maîtres Barbiers Perruquiers, mais toujours moyenant finance. Ils donneront 600 livres chacun. Il paroît qu'on laiffe en outre fub-

fifter les Coëffeufes pour le peuple & la bour-
geoifie, les fonctions des premiers étant furtout deftinées aux têtes illuftres & brillantes.

*5 Septembre 1777. Le Nazaréen, ou le Chriftia-
nifme des Juifs, des Gentils & des Mahomé-
tans, traduit de l'Anglois de Jean Toland.*
Tel eft le titre d'un ouvrage nouveau qui
fait bruit parmi nos théologiens & nos efprits-forts. On ne fait fi c'eft le fignal d'une
nouvelle inondation de brochures de cette
efpece, dont le cours s'étoit arrêté depuis
quelques années. Celle-ci eft fort obfcure,
fort favante & fort ennuyeufe.

5 Septembre. Dans le tableau allégorique
de Mr. de Lorge fur la mort du Prince de
Conti, il ne faut point chercher beaucoup
d'invention : le Prince eft repréfenté fur fon
lit de parade : la France eft à la gauche, qui
gémit de la perte d'un tel foutien : une *Minerve* dans les airs la raffure, & un Génie
tenant d'une main un flambeau éteint & ren-
verfé, en préfente un fecond plus brillant &
plus durable. Il annonce par-là que S. A.
Séréniffime ne quitte fa dépouille mortelle
que pour fe revêtir de l'immortalité. Il faut
convenir que cette compofition n'eft ni ingénieufe ni nouvelle. Du refte, la figure principale eft bien & reffemblante ; malgré le
défaut de vie & l'état de deffèchement après
une longue maladie de langueur. La *Minerve*
n'a ni vigueur ni nobleffe : la *France* eft une
très-belle femme, trop jeune : un Garde ou
Serviteur du Prince, au pied de fon lit,
abîmé dans fa douleur & fe cachant le vifage
de fes deux mains, eft la figure qui caracté-

rife mieux le Peintre. Elle eft fièrement def-
finée, mais forme un contrefens, en ce que
ce perfonnage, le moins intéreffant, attire
cependant le plus l'attention par fon attitude
& fon défefpoir. Du refte, un beau coloris,
des étoffes riches & un acceffoire brillant font
les parties dominantes de l'ouvrage.

6 Septembre 1777. On voit dans l'attelier de
M. de Lorge, outre le tableau allégorique *fur
la mort du Prince de Conti*, plufieurs tableaux
de fa compofition qui annoncent & caractérifent fon vrai genre. Ils repréfentent des animaux, des fruits, des fleurs. Il y en a fur-tout
un d'inftrumens & de trophées militaires qui eft
fon chef-d'œuvre. On ne peut rien trouver de
plus parfait pour la vérité de la reffemblance,
la fidélité des détails, le brillant du coloris.
On en conclut affez naturellement que fon talent eft de peindre la nature morte, & même des
portraits fans s'élever jufqu'à l'hiftoire.

6 Septembre. On étoit fort empreffé de favoir
quel étoit l'auteur des *Analectes.* On les a pendant quelques jours attribués à Me. de la Croix,
qui s'en défend, & publie dans le *Journal de
Paris* une Lettre, où il déclare refpecter trop
les infortunes de fon ancien confrere pour s'a-
charner après lui & le pourfuivre jufques par
delà les mers. On affure aujourd'hui qu'elles
font de l'Abbé Moreller. En ce cas, c'eft une
grande gaucherie de fa part de s'expofer à perdre la fupériorité qu'il avoit acquife fur cet adverfaire par fa *Théorie du Paradoxe.*

6 Septembre. Tous les partifans du Chevalier Gluck fe font rendus hier à une premiere
répétition générale d'*Armide* pour la mufique;

& quoique cet Opéra fût dénué de décorations,
de danses & de tout l'acceſſoire qui le rend ſi
magnifique & ſi déliciéux, ils en ont été émer-
veillés. Le muſicien a ſuivi exactement la diſ-
tribution & les paroles du poëme de Quinault.
M. le Duc de Chartres s'y eſt montré, & l'on
a beaucoup applaudi au rétabliſſement de ſon
Alteſſe.

6 Septembre 1777. M. Greuſe, qui n'expoſe plus
depuis longtems au Sallon, en a auſſi ouvert un
chez lui, & il admet le public qui veut s'y
préſenter. On y voit ſurtout le portrait de M.
Franklin. On juge aiſément que ce perſonage a
échauffé ſa verve : il eſt difficile de trouver une
tête mieux caractériſée. On y remarque la bonté
heureuſement alliée à la fierté, & l'amour de
l'humanité y reſpire avec la haine de la ty-
rannie.

6 Septembre. Une partie du pont de Tours
s'eſt écroulée, & l'on a tout lieu de craindre
que ce qui en reſte n'ait le même ſort. C'eſt
le troiſieme bâti à grands frais par encaiſſement,
& malgré toutes les précautions priſes pour en
aſſurer la ſolidité, on n'a pu encore réuſſir à en
fixer aucun.

7 Septembre. Le problême ſur le ſexe du Chevalier d'Eon, de retour ici, continue en cette
Capitale, & il y a déja de gros paris à cet
égard. Il s'eſt éclipſé un moment pour aller à
Tonnerre, ſa patrie ; mais il tranſpire que bientôt il reviendra pour être préſenté à la cour en
femme, & qu'il conſervera ce coſtume avec la
croix de St. Louis. On ſait qu'on lui garnit à
cet effet deux robes chez la Dlle. Bertin, la
marchande de modes de la Reine, & qu'il a
déja

déja foupé chez cette ouvriere une fois habillé
en homme & l'autre vêtu en femme, forte d'ac-
coutrement dans lequel il a fort mauvaife grace.
Quoi qu'il en foit, tout concourt à confirmer
que fon vrai fexe eft le féminin.

7 Septembre 1777. La fête que la Reine devoit donner au Roi le jour de la St. Louis,
n'yant pu avoir lieu, comme on l'a dit, a été
renvoyée à un tems plus opportun. S. M. a
fait déterminer le Roi à l'agréer, & ce Monarque, toujours difpofé à fe prêter aux plaifirs
de fon augufte compagne, s'eft enfin rendu
au petit Trianon mercredi. Rien de fi délicieux,
& il paroît que ce retard n'a fervi qu'à le rendre
un peu plus cher, car on l'évalue encore plus
haut qu'on ne l'avoit fait.

8 Septembre. M. le Chevalier de Berainville,
frere de la Loge de Thalie, a terminé fa gravure
concernant la délivrance des Francs - maçons
de Naples par la protection de l'augufte Reine
de ce Royaume. Elle commence à paroître &
eft dédiée à S. A. S. Monfeigneur le Duc de
Chartres, Grand-Maître de toutes les Loges
de France. On lit autour pour légende : *Votum
unum per orbem.* Et au bas : *Carolina Regina
fratrum Neapolitanorum frangit vincula.* En voici
l'explication intéreffante.

La *Vertu maçonique*, chargée de chaînes, eft
traînée par l'*Impofture* dans les horreurs du cachot. La *Vérité* leve le voile qui cachoit aux
yeux des profanes le Temple érigé par les *Maçons* à la gloire & au bonheur de l'*Humanité.*

L'augufte *Caroline, Minerve* de nos jours,
conduite par la *Bienfaifance,* fa compagne in-
féparable, vient au fecours de l'innocente vic-

Tome X.   K

time...... L'*Imposture* frémit , son masque tombe , & la perte de sa proie met le comble à ses fureurs. L'auteur y a joint ce quatrain simple & historique.

Au fond d'un noir cachot , sans espoir , sans appui ,

La timide Vertu que l'Imposture immole ,

Voit en *Caroline* aujourd'hui ,

Et son salut & son appui.

Aux deux colonnes du Temple d'une part est écrit *Justitia* , & de l'autre *Beneficentia*. Tous les Freres s'empressent de se pourvoir de cette allégorie , & l'on ne doute pas que cet heureux essai ne procure au Chevalier de *Berainville* la dignité de médailliste , chargé des devises & inscriptions de l'Ordre.

10 *Septembre* 1777. M. le Duc de Chartres, actuellement Grand-Maître de toutes les Loges de France , est un Prince trop cher aux Francs-maçons pour qu'ils ne célébrent pas sa convalescence. Mr. l'Abbé Cordier , frere très - ardent & très - zélé , a fait mettre le projet en délibération dans la Loge des *Neuf Sœurs* , & le vœu unanime ayant été pour son exécution, il a été arrêté que mercredi prochain 17 de ce mois il seroit chanté une messe & un *Te Deum* en musique dans l'église des Cordeliers en actions de graces de cet heureux événement. Il y a des billets d'invitation , une marche différente pour les femmes & pour les hommes , & l'on ne pourra entrer qu'avec des signes de reconnoissance.

11 *Septembre.* Par un Arrêt du Conseil du 30 Août concernant la police du Colysée , il

eſt débouté de toutes ſes prétentions, ſoit pour ouvrir un Sallon de Peinture, Sculpture & Architecture, ſoit pour le rétabliſſement de la Loterie de la Sphere, ſoit pour des dommages & intérêts contre les intéreſſés dans la Salle des nouveaux Boulevards, & il lui eſt défendu d'ouvrir ou de donner aucune fête, repréſentation ou ſpectacle, ſous quelque dénomination que ce ſoit, à moins qu'il n'ait préalablement obtenu l'autoriſation du Lieutenant-général de police : Ordre de remettre à M. Amelot, ſous huitaine, les noms, les qualités & domiciles de tous ceux qui forment la Compagnie des Entrepreneurs & Propriétaires, ainſi que la déſignation des portions d'intérêt appartenant à chacun dans ladite entrepriſe : à défaut de quoi il y ſera pourvû par S. M. de la maniere & ainſi qu'elle aviſera, même par l'interdiction du Colyſée & la défenſe de l'ouvrir.

11 *Septembre* 1777. Le decret qui réunit les Antonins à l'Ordre de Malthe, auroit dû, après avoir été revêtu de Lettres patentes duement enrégiſtrées dans les Cours, être fulminé par un Prélat ; mais le Clergé dans ſa derniere aſſemblée, ayant pris des meſures pour empêcher cette réunion, aucun Evêque n'a voulu s'en charger. Il a été envoyé au Tréſorier de la ſainte chapelle, Miniſtre du ſecond ordre dans la hiérarchie Eccléſiaſtique, ſans territoire, comme ſans titre pour recevoir une telle miſſion, & l'on ne doute pas qu'il n'y ait une réclamation générale de la part du premier Ordre, lors de la premiere aſſemblée du Clergé.

13 *Septembre.* Il eſt décidément arrêté de paver le Boulevard, & pour mettre la ville en

K 2

état de faire cette dépense, il y a un Arrêt du Conseil qui lui permet d'abattre la porte Saint-Antoine qui obstrue le passage dans ce carrefour d'une grande circulation, de combler les fossés, glacis & contr'escarpe jusqu'à la rue du Calvaire, pour y élever des maisons ; & c'est sur le bénéfice de ces nouveaux bâtimens qu'elle doit trouver de quoi se dédommager. On gémit de cet arrangement, qui du boulevard, une des promenades les plus fréquentées de Paris, l'agrément du Marais, & de tous les quartiers adjacens, ne va plus faire qu'une rue. Il est également question de couper les arbres pour s'occuper, il est vrai, d'une nouvelle plantation, mais ce qui obligera de déserter ces lieux pendant un demi-siecle.

23 *Septembre* 1777. *Extrait d'une Lettre de Geneve, du* 1er. *Septembre.* „ Nous avons été ces jours-ci chez le Philosophe de Ferney. Madame Denis, sa niece, nous a très-bien accueillis, mais elle n'a pu nous promettre de nous procurer une conversation avec son oncle. Elle a cependant bien voulu lui faire dire que des Milords Anglois souhaiteroient le saluer. Il s'est excusé sur sa santé, à l'ordinaire, & nous avons été obligés de nous conformer à l'étiquette qu'il a établie depuis quelque tems pour satisfaire notre curiosité, car son amour-propre est très-flatté de l'empressement du public. Mais cependant il ne veut pas perdre son tems en visites oiseuses ou en pour-parlers qui l'ennuieroient. A une heure indiquée il sort de son cabinet d'étude, & passe par son Sallon pour se rendre à la promenade. C'est là qu'on se tient sur son passage, comme sur celui d'un

Souverain , pour le contempler un inftant.
Plufieurs caroffées entrerent après nous & il
fe forma une haie à travers de laquelle il s'a-
vança en effet. Nous admirâmes fon air droit
& bien portant. Il avoit un habit, vefte & cu-
lotte de velours cifelé , & des bas blancs. Comme il favoit d'avance que des Milords avoient
voulu le voir , il prit toute la compagnie pour
Angloife , & il s'écria dans cette langue : *Vous
voyez un pauvre homme* ! Puis parlant à l'oreille
d'un petit enfant , il lui dit : *vous ferez quelque
jour un Marlborough ; pour moi je ne fuis qu'un
chien de François.*

Quant aux valets & autres perfonnes qui ne
peuvent entrer dans le Sallon , ils fe tiennent
aux grilles du jardin ; il y fait quelque tour pour
eux. On fe le montre & l'on dit , *le voilà ! le
voilà* ! C'eft très-plaifant.

24 *Septembre* 1777. Afin de dédommager Mr.
Necker des tracafferies qu'il éprouve & des brocards de la malignité & de l'envie, un poëte
patriote lui a adreffé les vers fuivans :

> On vous damne comme hérétique,
> On vous damne bien autrement
> Pour votre plan économique,
> De zele immortel monument.
> Mais ne perdez pas l'efpérance ,
> Allez toujours à votre but :
> En réformant notre Finance ,
> Pourroit-on manquer fon falut
> Quand on fait celui de la France ?

14 *Septembre.* *L'Obfervateur* , & non

l'*Espion Anglois*, comme on l'avoit annoncé, fait un bruit du diable, sur parole, car on n'en connoît que très-peu d'exemplaires que ne montrent guere ceux qui les ont ; & , graces aux soins de M. le Garde des Sceaux, la gent des colporteurs est presque anéantie. Comme on y trouve les portraits de toute la famille Royale, des Princes du sang & de beaucoup de Grands, l'ouvrage sera longtems clandestin.

15 *Septembre* 1777. Un Comte de Limbourg-Styrum, se disant Comte d'Oberstein, est venu dans cette capitale, asyle de tous les intrigans, mettre à contribution la crédulité & la foiblesse de divers particuliers assez dupes pour se laisser éblouir des titres pompeux qu'il s'est permis de prendre de Comte, de Duc, de Prince, &c. Décoré de Cordons & chef-d'Ordres, il a transmis une partie de ces honneurs à ceux dont il a cherché à captiver la confiance pour s'en faire une ressource pécuniaire. M. le Marquis de Quincy a été une de ces ames foibles qu'ont séduit l'importance & l'appareil de cette espece de Souverain. Il a bientôt reconnu la fourberie, & a cherché à revenir contre ; ce qui n'étoit pas aisé. Il a fallu procéder judiciairement en instance aujourd'hui au Châtelet. C'est ce qui a donné lieu à un Mémoire, où l'on trouve le récit des faits & gestes de ce Roitelet. On y fait connoître le caractere des gens affidés pour seconder ses prestiges, & l'on donne à rire aux dépens des escrocs composant la cour moderne de ce Souverain phantastique, tous revêtus de dignités relatives à celles qu'usurpe leur maître.

On conçoit combien ce *Factum* pouvoit être plaifant, mais il manque de ce fel délicat que peu d'orateurs du Barreau favent employer. Il eſt vraifemblable que M. de Quincy en fera pour fa myſtification, c'eſt-à-dire pour une vingtaine de mille francs.

15 *Septembre* 1777. On parle beaucoup d'une Demoifelle Gavaudan, qui a débuté à l'Opéra dans celui de *Céphale & Procris*, où elle a fait le rôle de l'*Aurore* avec un grand fuccès. Bonne fortune pour ce fpectacle, auquel elle attire beaucoup de monde.

15 *Septembre.* Quoique plufieurs Maîtres des Requêtes préfens à la lecture de l'*Eloge du Chancelier de l'Hôpital* de l'Abbé Remi, euffent été forcés d'applaudir au portrait fatyrique, mais vrai, de cette efpece de Magiſtrat ; revenus chez eux, ils n'en ont pas été moins mécontens, & les autres qui ont été à même de le connoître enfuite par l'impreffion, ont trouvé cette hardieffe très-indécente. Ils follicitent depuis ce tems un Arrêt du Confeil qui fupprime ce difcours. Jufqu'à préfent ils n'ont pu réuffir. D'un autre côté, on a cherché à mettre en caufe l'Abbé Riballier, le Syndic de la Faculté de Théologie, afin qu'il inculpât les deux Docteurs qui ont approuvé l'ouvrage & les dénonçât à fon corps. Mais cet Abbé eſt las des tracafferies qu'il a eues déja plufieurs fois avec l'Académie, & femble aujourd'hui très-pacifique, du moins à l'occafion de cette nouvelle querelle.

17 *Septembre.* Le goût de la parodie femble renaître avec fureur : on en a fait une d'*Ernelinde* & déjà plufieurs auteurs font en con-

K 4

currence pour celle de *l'Armide* du Chevalier
Gluck, qui n'eſt pas encore jouée & ne le ſera
que la ſemaine prochaine au plutôt.

18 Septembre 1777. Une queſtion aſſez plai-
ſante a été portée à la Police ces jours-ci. Une fille nommée *Roſalie*, ſe trouvant logée dans le
même lieu qu'un jeune gars nouvellement débarqué, a jetté un dévolu ſur lui. Elle a cherché à jouir des prémices de ce ruſtre vigoureux ; mais celui-ci inſenſible à toutes les
avances de la raccrocheuſe y a reſiſté conſtam-
ment. Alors elle a pris le parti d'exciter ſa cupidité & de lui promettre un Louis pour une
nuit. Cette perſpective a ébloui le mânant plus
que les charmes de ſa conquête. Il a promis
d'être le ſoir au rendez-vous : la Demoiſelle a
affecté de craindre qu'il ne tînt pas parole, &
de peur qu'il ne ſe dégageât a voulu ſix francs
de dédit, dont elle ſeroit nantie & qu'elle lui
rendroit avec le Louis. Le gars, de bonne foi
& de bonne volonté, a accepté la condition.
Il a très-bien rempli ſa fonction, & ſa maîtreſſe émerveillée le matin eſt convenue de la
dette, mais elle a prétendu qu'il n'y avoit pas
de bonnes nôces ſans lendemain & a deſiré le
revoir le ſoir. Comme il étoit encore en fond,
il a trouvé doux d'avoir de l'argent & du plaiſir en même tems, d'autant que la Demoiſelle
a promis de porter la ſomme juſques à dix
écus, indépendamment du dédit de ſix francs
à lui rendre. Enfin, après l'avoir bien ſucé
& mis ſur les dents, elle continuant à exiger
de nouveaux ſervices, il s'eſt fâché, & ne
pouvant obtenir le ſalaire qui lui revenoit ni
même ſon propre argent, il eſt allé préſenter

un placet au Lieutenant de Police. Celui-ci
l'a renvoyé au Commiſſaire, & ce Juge de
paix trouvant que la conteſtation ne méritoit
aucune réfutation ſerieuſe, s'eſt contenté,
dans ſon rapport, de prétendre que le cas étoit
tout réſolu par la fable de la Fontaine, intitulée : *le Loup & la Cigogne*, dont la moralité
eſt dans la réponſe même du premier, qui
ayant un os dans la gorge, & ayant beſoin
du long col de la ſeconde pour en faire l'extraction, lui répond, lorſqu'elle exige une récompenſe, *qu'elle eſt trop heureuſe d'être ſortie ſaine
& ſauve de ſa gueule*. Cette déciſion eſt regardée
comme plus ingénieuſe que juſte.

19 *Septembre* 1777. On écrit de *Bordeaux*
que Me. François de Neuf-château, ce jeune
Avocat d'un mérite rare, obligé de quitter Paris, à raiſon de tracaſſeries avec ſon Ordre,
après avoir cherché à ſe fixer en divers lieux,
eſt invité de reſter à Bordeaux & d'y ſuivre
le palais. Il s'eſt concilié la bienveillance de
M. Dupaty, l'un des Avocats généraux de ce
Parlement, Magiſtrat connu par ſon patrio-
tiſme & par ſes talens. Comme il aime beaucoup les Lettres, Me. François de Neuf-château a haſardé de lui envoyer le billet ſuivant,
en madrigal, qui ne pouvoit être que bien
reçu :

Je ſuis étranger dans Athenes ;
D'un œil contemplateur j'admire ſes vaiſſeaux,
Ses ſuperbes remparts, ſes forts, ſes arſénaux ;
Mais je voudrois voir Démoſthenes.

Il a vu le Démoſthene de la Garonne, non
K 5

moins empreſſé de voir le Cicéron de la Séi-
ne, faiſant de meilleurs vers que le Romain,
s'il n'atteint pas à ſon éloquence.

20 *Septembre* 1777. Suivant les dernieres Lettres
reçues de la Martinique, non-ſeulement le million promis depuis pluſieurs années à celui qui
fourniroit un moyen ſûr de détruire les.four-
mis dans cette colonie, n'a produit que des efforts impuiſſans, mais cet inſecte s'y multiplie
de la façon la plus allarmante. Il fait également tort & aux productions & à la popu-
lation, en faiſant périr les enfans des Negres,
que ceux-ci ſont obligés d'abandonner pendant
leur travail & dont il remplit le nez, les oreilles, les yeux & ronge les membres délicats.

Il y a apparence que les ravages d'un ſi cruel
& ſi indeſtructible fléau, expoſés à M. de Sartine par l'Intendant de cette Iſle, depuis ſon
retour en France, n'ont pas peu contribué à
déterminer ce Miniſtre à favoriſer le nouveau
projet de Colonie dans la partie de la Guiane,
afin de ménager ainſi une reſſource aux
habitans de la Martinique, obligés d'abandonner leur Iſle, ſi l'on reſte encore long-
tems à remédier au mal qui ne peut que s'ac-
croître.

21 *Septembre* La direction de l'Opéra
eſt encore à la veille d'éprouver un autre changement. Une nouvelle Compagnie ſous le nom
d'un Sr. de Viſmes, Sous-Directeur des Fermes, dépoſe à la ville 500,000 Livres, dont
celle-ci fait la rente. Elle y joint 80,000
Livres, par an, pour être déchargée de tout.
On prétend, ſuivant l'uſage, que ces Meſſieurs
ont les meilleures intentions, mais ont-ils le

génie néceffaire pour les remplir ? Il fera toujours bien extraordinaire qu'un pareil fpectacle , bien loin d'être utile à la ville, lui foit à
charge !

22 *Septembre* 1777. Samedi , après la répétition d'*Armide*, on a exécuté chez Mlle. Guimard , fur fon théâtre de la chauffée d'Antin,
une parodie d'*Ernelinde* du Sr. Defpréaux,
danfeur de l'Opéra , qui a fingulierement réjoui
toute l'affemblée. Elle étoit compofée des plus
grands Seigneurs , de plufieurs Princes du fang
& des filles les plus célebres par leurs talens
ou par leur opulence.

22 *Septembre*. Les filoux de ce pays-ci font
fans cesse occupés à imaginer quelque tour nouveau pour attraper les particuliers. Un homme
bien mis , ayant canne à pomme d'or , fortoit
ces jours derniers de la comédie Françoife par
le jardin des Tuilleries ; il jouoit avec ce foutien qu'il tenoit derriere fon dos. Quelqu'un
vint le lui arracher avec violence : il fe retourne ; l'homme ne s'enfuit pas, lui fait mille ex-
cufes , lui dit que l'obfcurité l'a trompé ; qu'il
le prenoit pour un de fes amis qu'il vouloit furprendre : il lui remet en même tems fa canne.
Le propriétaire va dans une maifon où il conte
fon aventure. Quelqu'un plus foupçonneux lui
demande s'il a bien examiné fon meuble ? Il
avoue que non, & reconnoît à l'inftant qu'on
lui a fubftitué un mauvais jet garni de cui-
vre.

22 *Septembre*. C'eft pour demain qu'eft affichée *Armide*. On continue à en fuivre les répétitions avec fureur. Cependant le parti des
Lulliftes fe réveille & prétend que le Chevalier

K 6

Gluck n'approche pas en quantité d'endroits du chant noble, des beautés simples du récitatif de l'ancien opéra, & que le nouveau surtout est dénué des airs gais & agréables dont l'autre fourmilloit.

24 *Septembre* 1777. Si les filoux font induſtrieux à imaginer continuellement des moyens d'exercer utilement leur art, on cherche d'un autre côté à faire des découvertes pour s'en garantir. On vante beaucoup le talent d'un maître ferrurier qui fabrique des ferrures de manière à ne pouvoir appercevoir la forme des clefs; au moyen de quoi il élude toute l'adreſſe des roſſignols ou crochets. Son invention a été approuvée de l'Académie des Sciences, & il en a donné le ſecret au Lieutenant général de Police. Cet habile artiſte ſe nomme *Georget.*

25 *Septembre.* Au gré des partiſans du Chevalier Gluck on ne peut aſſeoir aucun jugement ſur ſon *Armide.* Outre que les ouvrages de ce grand maître célebre exigent pour plaire une grande habitude & une longue diſcuſſion, c'eſt que celui-là a été très-mal exécuté. Quant aux adverſaires, ils prétendent que ce raiſonnement, peut-être bon dans d'autres cas, ne vaut rien ici, où ayant ſans ceſſe un objet de comparaiſon ils ne pourront jamais goûter le ſecond muſicien. Ils lui reprochent même d'avoir fait ſouvent des contreſens, & de n'avoir pas conformé ſa mélodie au charme des paroles. Ils aſſurent que ſans la préſence de la Reine, cela ne ſe feroit pas paſſé ainſi, & qu'ils auroient demandé à grands cris la muſique de Lully. On attend avec beaucoup d'im-

patience la feconde repréfentation de vendredi, pour voir ce qui réfultera de ces débats,
& d'ici à quelques jours on ne peut décider
du fort de cette production. Dans tous les cas
il faut toujours favoir gré au muficien d'avoir
refpecté le chef-d'œuvre de Quinault, de l'a-
voir rendu dans fon entier, fans y rien fupprimer, ainfi qu'on avoit fait à la dernière reprife
de cet opéra en 1764.

26 *Septembre* 1777. Il eft arrivé que ni le Clergé
ni les Maîtres des Requêtes n'auront fatisfaction du difcours de l'Abbé Remi, mais Mr. le
Garde des Sceaux paroît difpofé à faire valoir
leurs plaintes pour mettre déformais plus d'en-
trâves aux concurrens & exciter la vigilance des
Docteurs chargés de l'examen de ces fortes de
difcours Académiques, de façon qu'il ne s'y
gliffe rien de trop hardi ou de trop fatyrique.

Le difcours donné aux portes eft affez généralement reconnu pour être de M. de Guibert,
ce jeune militaire, déja renommé dans la carriere
des Lettres par des productions diftinguées. La
cupidité a trouvé le fecret de multiplier fon
dernier ouvrage & il fe vend clandeftinement.
Il a pour épigraphe : *ce n'eft point aux Efclaves
à louer les grands Hommes.* Un feul endroit
cité de l'écrit fera juger des raifons de fa clan-
deftinité. C'eft à l'occafion de la guerre que
l'Hôpital fit déclarer dans le Confeil contre
Elifabeth, plus par politique que par goût pour
un genre de crife qui n'alloit ni à fon caractere
ni à fa dignité. L'auteur prétend que fes vues
étoient en cela celles d'un homme de génie,
d'un excellent patriote, d'un philofophe pré-
voyant ; qu'il faut quelquefois acheter par cet

état violent un repos plus sûr ou une exiſtence
plus avantageuſe pour les générations ſuivantes.
Il ajoute en réfléchiſſant ſur les circonſtances
d'aujourd'hui :

,, Telles ne ſont pas aſſurément les ſpécula-
,, tions de nos Miniſtres actuels ; ils voient pa-
,, tiemment la Nation humiliée ſous le poids
,, de ſes anciennes injures. Ils ne comptent
,, pour rien l'énergie à redonner à nos eſprits ,
,, & l'honneur à rendre à nos armes. Le Havre
,, n'eſt point aux Anglois comme du tems de
,, l'Hôpital ; mais *Dunkerque* eſt pour nous un
,, monument de honte bien plus grand. Un
,, Député de cette fiere Nation y commande en
,, Républicain. Semblable à cet Ambaſſadeur
,, Romain qui traçoit un cercle ſur le ſable au-
,, tour d'Antiochus , en lui diſant ces paroles
,, terribles : *Vous ne ſortirez pas de ce cercle que*
,, *vous ne m'ayez répondu* ; tous les jours il nous
,, dit : *vous n'eleverez pas une pierre ſur cette*
,, *pierre , ou nous vous en punirons.* O l'Hôpital !
,, l'Hôpital ! tu étois Magiſtrat & Philoſophe ,
,, & tu aurois ſoulevé toutes les forces du
,, royaume contre cet intolérable affront. C'eſt
,, devant tes mânes que je dénonce ces Miniſ-
,, tres coupables ! Ils ſe diſent pacifiques & ils
,, ne ſont que foibles. Ce n'eſt point la paix
,, qu'ils veulent conſerver , ce ſont les places
,, qu'ils occupent. Ils ſentent que leur activité
,, ne ſuffiroit pas à des mouvemens plus vifs ,
,, & que le choc des grandes occaſions briſeroit
,, leur caractere...... »

27 *Septembre* 1777. On voit au Sallon une gravure , repréſentant M. l'Abbé Terrai. On a
fait à cette occaſion un diſtique en forme de

dialogue entre deux amateurs, dont l'un té-
moigne sa surprise de voir ce personage transf-
mis à la postérité, à qui le second réplique. Le
voici :

Le premier interlocuteur.

Quoi, ce monstre gravé !, cet infâme ! ce traître !

Le second.

Cartouche l'est : Terrai doit l'être.

On a recueilli aussi deux vers produits par un
sentiment différent. M. Guichard, en voyant
chez M. Allegrain la statue de *Diane surprise au
bain par Actéon*, dont on a parlé, a écrit
au bas :

Sous ce marbre imposteur, toi que Diane attire,
Crains le sort d'Actéon ; tu vois qu'elle respire.

Cette *Diane* doit être placée à Luciennes, chez
Madame la Comtesse Dubarri.

27 Septembre 1777. Le feu a pris à la foire St.
Ovide, la nuit du lundi au mardi, & comme
tout dans cette construction est fort combusti-
ble, en très-peu de minutes un quartier entier,
composé de vingt-sept boutiques a été brûlé.
On évalue ce dommage à 300,000 livres.

Audinot, *Nicolet* & autres Jeux de la foire,
ont donné plusieurs représentations au profit des
incendiés. Cet accident est d'autant plus malheureux pour ceux qui en ont été victimes, que
l'on annonçoit que cette foire alloit être sup-
primée, & avoit lieu pour la derniere fois.

27 Septembre. Depuis long-tems on cherche les moyens d'appliquer l'électricité à la

cure de certaines maladies du corps humain.
Les essais faits à cet égard n'ont pas encore eu
beaucoup de succès. On en tente aujourd'hui
un nouveau sur un homme qui a perdu la vue.
On assure qu'après une douzaine de ces frictions
ignées il commence à voir les objets , mais à
l'envers : on continue & l'on espere que son état
s'améliorera de plus en plus.

28 *Septembre* 1777. Outre le morceau contre
les Ministres actuels , le plus direct , le plus fort
& le plus répréhensible , mais perdant beaucoup
de son effet dans la bouche de M. de Guibert ,
militaire , & à qui l'on peut répondre : *vous
êtes Orfevre , Monsieur Josse* , il y en a plusieurs
autres dans son *Éloge de l'Hôpital* , prêtant à
des allusions malignes ; il en est encore de di-
rects contre l'administration , le Parlement ,
l'Académie même , à qui l'auteur paroîtroit ré-
noncer par cet écart. Il veut que Richelieu
ayant continuellement en vue de consolider &
d'étendre le despotisme dont il venoit de faire
le principe du gouvernement françois , ait imaginé d'instituer cette Compagnie pour asservir
le génie des gens de Lettres , qui y seroient
introduits absolument sous la dépendance du
Ministere , & même le génie des autres aspirans
à cet honneur & obligés d'être fort circonspects
pour ne pas se mettre dans le cas de l'exclusion.

Du reste , ce discours est écrit avec la force ,
l'énergie , la véhémence qu'exigeoit le projet de
l'auteur. Il est quelquefois obscur & néologue ;
ce qu'il a de commun avec presque tous les
ouvrages modernes : il n'y a pas une grande
suite , cette liaison , cet enchaînement de plan
& d'idées qui constituent les chefs-d'œuvres ora-

toires. Il eſt allongé en certaines parties, étranglé
dans d'autres ; mais malgré ces défauts il mérite
d'être lu. Bien des gens le préferent à celui de
l'abbé Remi. Les partiſans de ce dernier ne ſont
pas du même avis.

29 *Septembre* 1777. Outre le zele des Directeurs des ſpectacles forains à concourir au ſecours
des incendiés, projet charitable dont on doit
la premiere idée au Sr. Nicolet, le Corps de
la Draperie & Mercerie, la Communauté des
Marchandes de modes, divers particuliers,
dont grand nombre n'ont pas même voulu être
nommés, ſe ſont empreſſés d'y contribuer, &
la Police a exigé que les dix maiſons de jeu
autoriſées à donner la Belle, conſacreroient chá-
cune le profit d'un de leurs jours à cette bonne
œuvre. En ſorte que les brûlés ſe trouveront
vraiſemblablement mieux qu'auparavant.

29 *Septembre*. La querelle s'échauffe entre les
Lulliſtes & les Gluckiſtes. Le beau tems ayant
attiré beaucoup de monde au Palais-Royal le
lendemain de la premiere repréſentation & jours
ſuivans, il y eut de grands débats, & les premiers paroiſſant l'emporter & montrant beaucoup d'acharnement, le muſicien a été conſeillé,
pour prévenir la conjuration, de demander veñ-
dredi qu'on redonnât l'opéra ancien, de ſup-
plier la Reine de venir par ſa préſence intimider
les cabales. S. M. a eu la bonté d'y condeſ-
cendre & le coup a été paré. L'exécution s'eſt
trouvée moins défectueuſe, mais non encore
admirable.

29 *Septembre*. Les trois concurrens les
plus accredités pour la place vacante à l'Académie Françoiſe ſont Mrs. *Le Mierre*, Abbé *Maury*

& *Chabanon.* Le premier a pour lui *Hypermneſtre*
& la *Vétuſté*. Le ſecond eſt fortement porté
par le parti Encyclopédique & a une intrigue
ſupérieure en pareil cas au plus grand mérite.
Le troiſieme, excellent membre de l'Académie
des Belles - Lettres, ſans avoir de titres véritables, compte ſur ſes confreres, en grand nombre dans l'Académie Françoiſe, & d'ailleurs eſt
fort répandu & a beaucoup de liaiſons chez les
gens de haut parage. M. de Chamfort eſt peut-
être celui qui ſupplanteroit les trois autres, s'il
pouvoit parvenir à faire jouer ſon *Muſtapha*
avant l'élection & s'il réuſſiſſoit. Les candidats
ont le tems de ſe remuer & de dreſſer leurs
batteries d'ici à la Saint-Martin.

29 *Septembre* 1777. Le Colyſée, fruſtré des reſ-
ſources ſur leſquelles il comptoit pour ſoutenir
la curioſité du Public, eſt obligé de s'en tenir
au ſpectacle trivial de ſes feux d'artifice. Il a
excité un Concours entre le Sr. Malo, ſon Ar-
tificier ordinaire & le Sr. Duperé, débutant &
portant le défi au premier, à raiſon d'un feu
d'artifice appelé *Du Fort*, que l'un a fait exécuter hier & l'autre fera exécuter aujourd'hui.

30 *Septembre*. On donne jeudi à la Comédie
Italienne la premiere repréſentation de *l'Olympiade* ou le *Triomphe de l'amitié*, Drame héroïque en trois actes & en vers, mêlés d'ariettes,
parodiées de la muſique du Sr. Sachini.

1er. *Octobre*. On rapporte un bon mot
de la Reine, le jour où elle eſt allée au Sallon,
ne voyant point le Sr. Vernet entre les Artiſtes qui lui faiſoient leur cour, elle l'a fait
appeler & lui a dit obligeamment : » M. Ver-
» net, je vois que c'eſt toujours vous qui faites

» la pluie & le beau tems. » Il faut favoir que cet artiste est un peintre de Marines supérieur, dont les tableaux étoient en effet les plus remarquables du Sallon, entr'autres une *Tempête* & un *Calme*. Ses confreres jaloux ont cherché à étouffer cette saillie de la Reine, qui transpire aujourd'hui.

2 *Octobre* 1777. La fermentation continue au sujet de l'*Armide* du Chevalier *Gluck*. Cependant la troisieme représentation, quoique la Reine n'y fût pas, s'est passée assez tranquillement. On y a remarqué encore des changemens & suppressions. Malgré cela les applaudissemens n'ont pas été excessifs, & les partisans même du Musicien s'en prennent aujourd'hui à Mlle. Rosalie, leur héroïne dans *Alceste*. Ils trouvent qu'elle n'y excelle pas comme dans celui-ci. Il résulte de ces divers avis que l'Allemand, admirable pour peindre la douleur, la fureur & toutes les grandes passions de cette espece, n'a pas le même talent pour la partie gracieuse, pour la mélodie, pour les airs de Ballet ; & comme *Armide* est un opéra, plus rempli de tendresse & de volupté que d'autres sentimens, qu'il a eu tort de choisir ce sujet, surtout ayant été traité par un grand maître, dont le chant facile, simple & noble, est encore dans la mémoire & dans la bouche de tous les défenseurs de notre musique.

2 *Octobre*. Hier Mlle. Thenard a débuté à la comédie françoise dans le rôle d'*Idamé* de l'*Orphelin de la Chine*. Cette éleve du Sr. Préville avoit attiré un monde immense. C'est le second sujet pour le Tragique qu'il présente. La singularité n'a pas peu contribué à la curio-

sité générale. Mlle. Thenard n'est plus de la
premiere jeunesse. Elle a une taille avantageuse,
un bel organe, de l'intelligence ; mais elle a
peu de sensibilité ; elle peche par un défaut
d'entrailles, si nécessaires dans un pareil rôle.
On comptoit sur le Sr. Le Kain pour le rôle
de *Gengis-kan* ; il a été remplacé par le Sr. La
Rive. Celui-ci étant venu annoncer qu'on donneroit samedi *Zaïre*, une voix s'est élevée du
parterre, & a crié *c'est bon, à condition que vous
n'y jouerez pas*. A l'instant un murmure d'im-
probation de cette voix isolée s'est élevé, & les
alguazils se sont mis en devoir d'arrêter le témé-
raire. Heureusement aucun délateur ne l'a dénoncé ; la fermentation a paru s'appaiser, mais
quand on a levé la toile pour jouer la petite piece, tout le parterre a crié : *La Rive*, & n'a pas
voulu laisser commencer qu'il ne fût venu. On
l'a amené à moitié deshabillé & il a été applaudi
excessivement ; ce qui lui a prouvé le desir
du Public de le dédommager de la mortification
qu'il avoit reçue d'abord ; genre de réparation
qu'on n'est pas souvent dans le cas de faire aux
comédiens.

8 *Octobre* 1777. De toutes les critiques qui
ont paru sur le Sallon, une petite piece de
vers attribuée au Marquis de Villette est celle
qui a eu le plus de succès. Il faudroit un
commentaire pour en bien faire sentir les divers traits épigrammatiques à ceux qui ne
connoissent pas le local & les productions de
cette année. Il y a pourtant assez de sel pour
qu'elle puisse être goûtée généralement. La voici:

Il est au Louvre un galetas,
Où dans un calme solitaire

Les chauve-fouris & les rats
Viennent tenir leur cour pleniere
C'eft-là qu'Apollon fur leurs pas
Des beaux arts ouvrant la barriere
Tous les deux ans tient fes états
Et vient placer fon fanctuaire.
C'eft-là , par un luxe nouveau
Que l'art traveftit la nature ;
Le ridicule eft peint en beau ,
Les bonnes mœurs font en peinture ,
Et les bourgeois en grands tableaux
Près d'Henri Quatre en mignature :
Chaque figure à contre-fens
Montre une autre ame que la fienne ,
Saint Jerôme y reffemble au Tems,
Et Jupiter au vieux Sylene.
Ici la fille des Céfars
Dans nos cœurs trouvant fon empire,
Semble refufer aux beaux arts
Le plaifir de la reproduire ;
Tandis qu'un Commis ignoré,
Narciffe amoureux de lui-même,
Vient dans un beau cadre doré
Nous montrer fon vifage blême.
Ici l'on voit des *ex voto* ,
Des Amours qui font des grimaces,
Des Caillettes incognito ,
Des Laideurs qu'on appelle Graces :
Des Perruques par numéro,
Des poliffons fous des cuiraffes,
Des inutiles de haut rang ,

Des imposteurs de bas mérite,
Plus d'un Midas en marbre blanc,
Plus d'un grand homme en terre cuite ;
Jeunes morveux bien vernissés,
Vieux barbons à mine enfumée.
Voilà les tableaux entassés
Sous l'hangar de la Renommée ;
Et selon l'ordre & le bon sens
Tout s'y trouve placé de sorte,
Qu'on voit l'Abbé Terrai dedans
Et que Sully reste à la porte.

3 *Octobre* 1777. Hier avant l'ouverture de *l'Olympiade*, le Sieur Michu est venu prévenir le public sur la nouveauté de ce spectacle & réclamer son indulgence. Il a dit que les comédiens ne se dissimuloient point que leur théâtre & le genre dans lequel leurs talens se sont exercés jusqu'à ce jour, étoient peu propres à rendre une piece d'un ton si élevé ; mais que le désir de faire connoître l'ouvrage d'un musicien célebre, dont les productions avoient déja été favorablement accueillies sur leur théâtre, l'avoit emporté sur toute autre considération.

Ce compliment trop long, rempli d'inconséquences, & ne faisant pas connoître l'anecdote la plus importante par laquelle on nous auroit appris comment ce drame destiné à l'opéra avoit passé au théâtre Italien, a cependant été applaudi par le parterre toujours bénin.

Quant au Drame, on a trouvé que le parodiste , le Sr. Framery , avoit abfolument gâté l'ouvrage de Métaftafe. La mufique, au furplus , a eu beaucoup de fuccès. C'eft le pendant de *la Colonie*. Le plus grand défaut de l'*Olympiade* eft de contenir trop de richeffes harmoniques ; il en faudra élaguer une partie , & ce chef-d'œuvre n'en produira que plus d'effet.

5 *Octobre* 1777. M. le Comte de Maurepas a toujours beaucoup aimé les ouvrages d'efprit , mais furtout les poliffonneries. La vieilleffe ne lui a point ôté ce goût-là , & les foucis du gouvernement lui rendent un tel plaifir encore plus néceffaire. C'eft pour y contribuer que M. Amelot fait ramaffer dans Paris toutes les chanfons & autres opufcules de ce genre , que fait éclorre la licence de nos auteurs : il y a même un petit bureau littéraire inftitué *ad hoc* , où les auteurs de ces facéties viennent les lire , & dont on fait un choix , fans qu'ils s'en doutent , pour amufer le Mentor du Roi.

5 *Octobre*. Les entrepreneurs du Colyfée contrariés dans toutes leurs entreprifes pour le foutien de cet établiffement, n'en font pas moins induftrieux à imaginer de nouveaux moyens de le maintenir : ils propofent aujourd'hui une foufcription modique & bien capable d'amorcer. Elle eft de 25 livres feulement : pour cette fomme on entrera gratuïtement en ce lieu l'année prochaine 1778, depuis le 30 Avril jufqu'au 17 Novembre ; ce qui embraffe un nombre d'environ foixante repréfentations. Le prix reftera toujours fixé à trente fols pour les non abonnés. Ils ont

indiqué un homme public pour recevoir l'argent, & il doit le rendre au mois d'Avril, si le nombre des souscriptions désirées n'est pas complet. Il doit être de 4000 ; ce qui feroit un capital de 100,000 livres. Ils prétendent qu'il seroit suffisant pour subvenir aux frais & à l'entretien de ce lieu, ainsi qu'à celui des fêtes & décorations.

6 Octobre 1777. Quelques changemens successifs qu'ait éprouvés & éprouve à chaque représentation l'*Armide* du Chevalier Gluck, les sensations du public impartial ne varient point & le résultat constant est que l'effet n'en est frappant qu'en deux endroits du premier acte & surtout dans un où l'enthousiasme est général ; que les trois autres se reçoivent avec une froideur à peu près égale, & que l'on se réchauffe au cinquieme, où il y a des beautés, quoiqu'inférieures à celles du commencement de l'opéra. De-là une guerre plus vive entre les deux partis. Comme M. Marmontel est à la tête des adversaires du musicien Allemand, c'est contre lui que sont spécialement dirigés les traits de la critique ; M. l'abbé Aubert se met sur les rangs & a adressé au Chevalier Gluck le madrigal suivant, épigrammatique contre l'académicien. Il faut savoir que dans son écrit sur la musique il se sert souvent de l'expression *Période Musicale* en parlant du chant phrasé, dont manque souvent l'auteur d'*Alceste*.

Vers à M. le Chevalier Gluck.

J'ai vu ton *Armide* nouvelle,
Et j'ai senti l'effet de ses enchantemens ;

La

La haine ne peut rien fur elle,
Dom Période & fa fequelle
Ne pourront rien fur fes amans.

7 Octobre 1777. On ne peut que publier avec empreffement un procédé particulier ou plu-tôt une opération hardie par laquelle on vient d'accoucher une femme mal conformée, fans avoir eu recours aux deux feuls moyens bar-bares connus jufqu'alors dans les cas où l'en-fant ne peut franchir les voies naturelles , même aidé des manœuvres ufitées ; l'un de maffacrer de fang froid le nouvel être aux portes de la vie , pour l'arracher avec la plus grande violence , & l'autre de recou-rir à l'opération céfarienne , qui confifte à ouvrir le ventre fur le côté , pour en extraire le fœtus.

M. *Sigaud* , jeune médecin peu connu , d'un génie borné, au gré de fes confreres, eft celui qui ait imaginé de fubftituer à ces deux opérations meurtrieres la fection de la fymphife cartilagineufe des os pubis. Cette fection d'une partie prefqu'inerte , a eu le plus grand fuccès entre fes mains. La mere & l'enfant fe portent au mieux & la Faculté a nommé deux commiffaires pour fuivre le traitement, pouvoir en dreffer procès verbal & faire connoître au public un événement qui intéreffe fi fort l'humanité.

8 Octobre. Quoique la Reine par fon rang & par les graces de fa perfonne femble n'avoir befoin d'aucune décoration extérieure , elle n'en aime pas moins la parure exceffive-ment , comme c'eft affez l'ufage dans la jeu-

Tome X. L

neſſe. Dernierement à Choiſi, où il y avoit
ſpectacle, elle a vu une danſeuſe la tête ornée de plumes qui lui ont fait envie. L'actrice s'en étant apperçue s'empreſſoit de s'en
décoëffer en entier pour en faire hommage
à S. M ; mais elle n'en a point voulu, elle a
dit qu'elle la trouvoit trop bien, que ce ſeroit dommage, & s'eſt contentée d'en prendre une. Les Catons de la cour ont trouvé
indécente cette familiarité de S. M., que les
Ariſtippes admirent, au contraire, comme un
trait de bonté.

8 *Octobre* 1777. Sous le Miniſtere de M. de
Laverdy, un plaiſant, pour ſe moquer de
lui, lui adreſſa anonymement un projet ten-
dant à ſtationner des brouettes en différens
quartiers de Paris, avec des ſiéges d'aiſance
pour ſoulager ceux qui ſe trouveroient tour-
mentés d'une colique preſſante, & il en devoit réſulter un petit impôt ſur celui qui ſeroit dans le cas. Aujourd'hui, on a réaliſé
cette facétie dans le jardin des Tuilleries.
Lorſque le Nôtre planta ce jardin ſous Louis
XIV, il traita la choſe avec cette magnificence dont tous les ouvrages d'un tel Souverain portoient l'empreinte ; il n'oublia point
les beſoins inſéparables de l'humanité, même
au milieu de ſes plaiſirs : il établit de vaſtes
cabinets de verdure, regnant tout le long
d'une terraſſe, bien fournis, bien épais &
propres à dérober au public & le ſpectacle &
les inconvéniens de cette fonction. On vient
de ſupprimer tous ces cabinets & d'établir
meſquinement des commodités, comme dans
la maiſon d'un particulier, où eſt forcé d'al-

ler le malheureux qui veut fe débarraffer de
fon fuperflu , & il n'a cette faculté que
moyennant uue rétribution de deux fols :
amende , au furplus , pour ceux qui feroient
leurs défections ailleurs. Cette invention rappelle l'Edit de Vefpafien , qui avoit mis un
impôt fur les urines.

10 *Octobre* 1777. On voit encore chez M.
Greuze le tableau d'une fille qui a caffé fa
cruche , fimbole expreffif d'un bien plus précieux qu'elle a perdu. Des fleurs qu'elle tient
dans fon tablier , repréfentent non moins ingénieufement la légere & facile récompenfe
qu'elle en a reçue. Sa figure eft pleine de la
douleur naïve que ce premier échec caufe à
toute jeune perfonne honnête. Quant au
faire , il eft fupérieur ; les chairs ont cette
fermeté d'une villageoife robufte ; les bras font
charnus & animés du fang qui y circule : ce
tableau eft merveilleufement empâté , & la
fanté la fraicheur , refpirent fur la phyfionomie de cette fille.

10 *Octobre.* Le *Muftapha* de M. de Chamfort , doit être donné à Fontainebleau & tout
de fuite à Paris ; ce qui confirme la prétention de cet auteur au fauteuil Académique
& fon efpoir de l'obtenir.

11 *Octobre.* Des différentes nouveautés ,
au nombre de fept en effet , qu'on doit exécuter à Fontainebleau devant la cour , il n'y
en a aucune de la Comédie Françoife. Ce
font *la Chercheufe d'Efprit* Ballet de M. Gardel l'aîné , pour le jeudi 23 de ce mois :
Pomponin , Opéra-comique en deux actes ,
de M. Guinguenet , mufique de M. Piccini,

pour le 24: le 27, Ballet de *Ninette à la Cour*, de M. Gardel l'aîné ; le 30 *Fatmé*, Comédie Ballet en deux actes de M. de St. Marc, musique de M. Desaides : *Matroco*, Drame brulesque en cinq actes, mêlé d'ariettes & de vaudevilles, de M. Laujon, musique de M. Gretry, pour le 3 Novembre & le 14 *Félix*, Opéra comique en deux actes, de M. Sedaine, musique de M. Monsigny ; enfin le même jour *Mirtil & Lycoris*, Opéra en un acte de M. Bocquet, musique de M. Désormery.

12 *Octobre* 1777. La parodie de l'opéra d'*Ernelinde*, jouée chez Mlle. Guimard, la Terpsichore du théâtre lyrique, l'a été une seconde fois à Choisi la veille du départ pour Fontainebleau ; le Roi en a été si content qu'il a donné une pension à l'auteur, qu'on sait être un nommé Despréaux, danseur de l'opéra. On peut juger par cette faveur combien S. M. a encore l'ingénuité du bel âge & aime à rire. On étoit assez embarrassé jusqu'à présent de lui connoître aucun goût en ce genre, & le voilà découvert.

C'est, sans doute, pour contribuer à amuser ainsi son auguste Epoux, que la Reine favorise la future administration de l'Opéra, qui se propose de faire venir des Bouffons d'Italie.

12 *Octobre*. Il y a eu ces jours derniers une course à la plaine des Sablons : la Reine y a assisté & c'est M. le Duc de Lauzun qui a gagné.

12 *Octobre*. La célebre Madame Geoffrin vient enfin de payer le tribut à l'humanité ;

mais comme elle étoit depuis quelque tems en enfance, cet événement n'a produit aucune fenfation ; le troupeau philofophique qu'elle raffembloit, difperfé d'avance, s'étoit reparti en d'autres fociétés.

12 *Octobre*. Quoique l'*Olympiade* fût horriblement mal exécutée & chantée aux Italiens, les connoiffeurs & gens de goût n'en avoient pas moins démêlé la beauté de la mufique, qu'ils avoient trouvé bien fupérieure à celle d'*Armide*, furtout pour la mélodie. Le Chevalier Gluck & fes partifans, furieux de cette préférence, ont excité la jaloufie de l'Opéra qui, fe prévalant de fon privilege, a prétendu que la Comédie Italienne empiétoit fur lui & ne pouvoit jouer de pieces où il y eût des chœurs, & plus de fept chanteurs en fcene ; en conféquence il y a eu recours à l'autorité, qui a arrêté le cours des repréfentations de l'*Olympiade* après la quatrieme repréfentation. Cette indignité révolte tout Paris. L'injuftice eft d'autant plus criante, que ce drame Lyrique n'a été adopté par le dernier Spectacle que lorfque les directeurs du théâtre lyrique, après l'avoir fait mettre à l'étude & repéter, l'ont abandonné, de peur de déplaire au Chevalier Gluck & aux Gluckiftes. Il en réfulte une grande défaveur fur l'Allemand, dont les manœuvres baffes fe font manifeftées en cette occafion.

12 *Octobre*. *Ethocratie, ou le Gouvernement fondé fur la Morale*. C'eft un ouvrage profcrit, comme tant d'autres, parce qu'il eft trop bon, à ce qu'affurent fes partifans ; ils

disent que c'est un essai, un projet d'union entre la morale & la politique ; qu'il présente l'idée d'une Législation conforme à la vertu, qui peut être également avantageuse aux Souverains, aux Nations, aux Familles, à chacun des Citoyens ; que l'auteur, tel qu'il soit, mérite la reconnoissance de tous les ordres de la société ; qu'il ne propose rien de chimérique & que son plan peut être aisément exécuté par tout législateur sincèrement animé du désir de faire le bonheur des hommes.

12 *Octobre* 1777. Quoique les Italiens aient échoué successivement dans deux parodies qu'ils ont présentées depuis peu au public, ils ne se rebutent pas; ils lui en annoncent une troisieme, qui sera exécutée aujourd'hui. C'est celle d'*Ernelinde.* Elle est en trois actes & en vers, mêlée de vaudevilles.

13 *Octobre.* Extrait d'une Lettre de Ferney, du 4 Octobre. J'ai dîné aujourd'hui chez M. de Voltaire en très-grande compagnie. L'automne le dérange & il redoute les approches de l'hiver : il se plaint de sa strangurie, il est cassé & a la voix éteinte : mais son esprit n'a que quarante ans ; il rabache moins encore dans sa conservation que dans ses écrits. Il est précis & court dans ses histoires. Comme nous avions la jolie Madame de Blot, il a voulu être galant, & il étoit plus coquet qu'elle des mines & de la langue. Pour vous donner une idée de la vigueur & de la gentillesse de son esprit, je ne vous en citerai que deux traits, ils suffiront ; la Comtesse est tombée sur le Roi de Prusse & a loué son administration éclairée & incor-

ruptible : » *par où diable, Madame, s'eſt-il*
„ *écrié, pourroit-on prendre ce Prince ! il*
» *n'a ni Conſeil, ni Chapelle, ni Maîtreſſe."*
On n'a pas manqué de parler de M. Necker,
& j'étois curieux de ſa façon de penſer ſur
ſon compte. Il a apoſtrophé un Genevois,
qui étoit à table avec nous : » *Votre Répu-*
» *blique, Monſieur, doit être bien glorieuſe,*
» lui a-t-il dit : *elle fournit à la fois à la*
» *France un Philoſophe* (M. Rouſſeau) *pour*
» *l'éclairer, un Médecin* (M. Tronchin) *pour*
» *la guérir, & un Miniſtre* (M. Necker) *pour*
» *remettre ſes finances ; & ce n'eſt pas l'opéra-*
» *tion la moins difficile. Il faudroit,* a-t-il
» *ajouté, lorſque l'Archevêque de Paris mourra,*
» *donner ce ſiege à votre fameux Miniſtre Ver-*
» net, *pour y rétablir la religion."* Ce dernier perſiflage, ſans autre réflexion ultérieure,
m'a décelé ſon jugement ſur notre Directeur-
Général. Je l'avois preſſenti par une citation
écrite de ſa main au bas du portrait de M.
Turgot, *oſtendent-nobis hunc lentum fata....*
Le Marquis de Vilette étoit des nôtres &
paroît goûté du patron, qui lui a dit des
douceurs ; je crois qu'elles ſont intéreſſées,
& qu'il s'agit de l'amadouer pour un mariage.

Ce qui indiſpoſe encore plus le Philoſophe
contre M. Necker, c'eſt la faveur qu'il accorde à la Loterie Royale de France, qui s'eſt
étendue dans ces cantons. On vient d'établir
à Ferney un bureau de cette Loterie ; il
redoute avec raiſon que les habitans de la
colonie ne donnent dans ce piege.

13 *Octobre* 1777. M. Perronnet, le fameux
conſtructeur de Ponts, eſt allé à Tours pour

voir quels remedes apporter au défaftre de
celui de cette ville. Il a fait un prix avec
les entrepreneurs pour réparer les deux ar-
ches , & moyennant une fomme de 220000
livres il n'y paroîtra pas.

13 *Octobre* 1777. M. Marmontel, Hiftoriographe de France & l'un des Quarante de l'A-
cadémie , quoique fexagénaire ou peu s'en
faut , eft devenu éperdument épris d'une
jeune perfonne de vingt-trois ans, niece de
l'abbé Morellet, & ce Philofophe s'eft laiffé
conduire à l'époufer, ce qui doit avoir lieu
aujourd'hui. C'eft ce qu'on appelle une gri-
fette, mais jolie. Quant à lui, il a près de
20,000 livres de rentes viageres ou autres
qu'ils s'eft formées de fes *Contes* & divers
ouvrages. Il vivoit avec la groffe Chalut,
femme du fermier général, & il a effuyé de
vifs reproches de cette amante délaiffée.

13 *Octobre*. Les membres du bureau de
légiflation dramatique ont fini leur travail, &
l'ont préfenté aux Gentilshommes de la Chambre pour y donner leur fanction & le faire
homologuer au Parlement, s'il leur plaît : on
eft curieux de voir ce Réglement, que ces
Meffieurs regardent comme un chef - d'œuvre , ainfi que tout ce qui fort de leurs
mains. Il paroît que le projet des deux troupes eft échoué.

14 *Octobre*. Le fuccès de la parodie d'*Er-*
nelinde qui a fi fort amufé le Roi, a engagé
les gentilshommes de la chambre à faire compofer d'autres fpectacles dans le même genre
& de plus grivois encore. C'eft ce qui a
donné lieu à la naiffance de la Princeffe

A E I O U, parade des plus équivoques
& des plus dégoûtantes pour quelqu'un qui
ne porteroit pas à ce genre de spectacle une
certaine bonhommie. Elle a été exécutée aussi
à Choisi devant le Roi & la Reine, avec
non moins de succès de la part de ces augustes personnages. Du reste, on n'y trouve
rien contre les bonnes mœurs, mais une
gaité polissonne & des propos si poissards,
qu'on a été obligé d'avoir recours aux poissardes les plus consommées pour exercer
& styler les acteurs. Les hommes étoient
habillés en femmes, & les femmes en
hommes : c'étoit une déraison, une farce
générale.

On a parodié aussi l'effroyable ballet de
Medée & Jason, & l'on a travesti en scene burlesque cette cruelle tragédie pantomime.

On ne croit pas que la Reine se plaise
infiniment d'elle-même à ce genre de spectacle, mais son dessein d'amuser le Roi l'a
engagée à s'y prêter & à affecter de le
goûter.

15 Octobre 1777. Un plaisant vient d'adresser
une Epitre aux Bostoniens : il leur reproche
de s'aviser de vouloir être libres lorsque le despotisme regne sur le monde entier. Cette idée,
qui fait le fond de la facétie, donne lieu à des
détails très ingénieusement tournés. Il y a de
la gaîté, de la vérité, & une excellente philosophie, assaisonnée de sarcasmes adroits &
piquans contre le Gouvernement Britannique,
&, en général, contre tous les Souverains.

L 5

car on voit que l'auteur n'eſt rien moins que
Royaliſte : on va juger.

> Parlez donc , Meſſieurs de Boſton ;
> Se peut-il qu'au ſiecle où nous ſommes ,
> Du monde troublant l'uniſſon ,
> Vous vous donniez les airs d'être hommes ?
> On prétend que plus d'une fois
> Vous avez refuſé de lire
> Les billets doux que Georges Trois
> Eut la bonté de vous écrire.
> Il paroît , mes pauvres amis ,
> Que vous n'avez jamais appris
> La politeſſe Européenne ,
> Et que jamais l'air de Paris
> N'inſinua dans vos eſprit
> Cette tolérance chrétienne
> Dont vous ignorez tout le prix.
> Pour moi , je vous vois avec peine
> Afficher , malgré les plaiſans ,
> Cette brutalité Romaine
> Qui vous vieillit de deux mille ans.
> Raiſonnons un peu , je vous prie :
> Quel droit avez-vous , plus que nous ,
> A cette liberté chérie
> Dont vous paroiſſez ſi jaloux ?
> D'un pied léger la Tyrannie
> Vole , parcourant l'univers ,
> Ce monſtre , ſous des noms divers
> Ecraſe l'Europe aſſervie ;
> Et vous , peuple injuſte & mutin ,
> Sans Pape , ſans Rois & ſans Reines ,

Vous danseriez au bruit des chaînes
Qui pesent sur le genre humain ;
Et vous d'un si bel équilibre,
Dérangeant le plan régulier,
Seuls auriez le front d'être libre
A la barbe du monde entier !
L'Europe demande vengeance.
Armez-vous, héros d'Albion ;
Rome reffufcite à Boston.
Etouffez-la dans son enfance :
Dans fes derniers retranchemens
Forcez la liberté tremblante,
Qui, toujours plus intéreffante,
Se feroit de nouveaux amans.
Qu'elle expire, & que fon nom même
Prefqu'ignoré chez nos neveux,
Ne foit plus qu'un mot à leurs yeux
Et fon exiftence un problême.

15 *Octobre* 1777. La parodie d'*Ernelinde*, donnée dimanche aux Italiens, n'a pas eu plus de fuccès que les précédentes : on l'a trouvée baffe & platte, fans critique, fans faillies. Elle va pourtant & l'on l'a jouée aujourd'hui pour la feconde fois.

On efpere revoir l'*Olympiade* : les comédiens ayant obtenu de l'exécuter à Fontainebleau, on ne doute pas que de fuite ils n'aient la liberté de la continuer.

15 *Octobre*. Le nouveau Directeur & Ordonnateur Général des bâtimens, curieux d'illustrer fon adminiftration par une protection éclatante du Roi à l'égard des Arts, a fait rendre

L 6

par S. M. une Déclaration donnée à Verfailles le 15 Mars & enregiftrée les Grand'Chambre & Tournelle affemblées le 2 Septembre dernier, *en faveur de l'Académie Royale de Peinture & de Sculpture.*

A la fuite de cette déclaration, contenant douze articles, fe trouvent les Statuts & Réglement que le Roi veut être obfervés par ladite Académie, au nombre de 40 articles.

Au refte, fi le but apparent de cette nouvelle légiflation eft de procurer à cette Académie deftinée à raffembler dans fon fein les artiftes, qui par les talens les plus diftingués mériterent d'y être admis, un luftre plus grand en faifant déclarer au Roi qu'elle fera la feule à qui S. M. accordera à l'avenir fa protection immédiate, qui aura feule le droit de fe qualifier *Académie Royale principale & premiere,* un autre but de M. d'Angiviller non moins effentiel eft de s'élever en petit Miniftre, de fe confirmer & de fe maintenir dans toutes les prérogatives de cette dignité, en faifant encore dire au Roi que la dite Compagnie recevra fes ordres par le Directeur & Ordonnateur Général de fes bâtimens, jardins, arts, académies & manufactures Royales.

16 *Octobre* 1777. Les papiers publics ont parlé en 1773 d'un jeune fourd & muet âgé d'environ onze ans, trouvé fur le grand chemin de Peronne. Il fut alors amené à Bicêtre, où il refta pendant deux ans, & paffa de-là à l'hôtel-Dieu, où il demeura l'efpace de huit mois pour caufe de maladie. A cette époque, M. l'Abbé de l'Epée, cet ingénieux & fublime inftituteur gratuit des fourds & muets,

s'en chargea pour l'inftruire. Ayant eu des indictions, qui l'ont conduit à rechercher l'origine de cet enfant, il a découvert qu'il étoit fils légitime du feu Comte de *Solar*, & que tout donnoit à croire que fa mere, oubliant les fentimens de la nature, avoit cherché à perdre ce malheureux : en effet, celui-ci a fait entendre par fignes qu'un certain jour on l'avoit fait monter fur un cheval avec un cavalier ; on lui avoit mis un mafque ou bandeau fur les yeux, & qu'après l'avoir fait cheminer pendant un certain tems, on l'avoit abandonné : c'eft dans ces circonftances qu'il a été rencontré mourant de faim & cherchant jufques dans les excrémens des chevaux s'il n'y trouveroit pas quelque nourriture. Heureufement la marâtre, auteur de cet infanticide, eft morte : mais fa mémoire fera à jamais en exécration ! car il eft queftion de rendre fon état à ce jeune homme en le conftatant juridiquement ; ce qui paroît aifé & inconteftable par une foule de dépofitions.

16 Octobre 1777. Dans ce fiecle de projets, de réunions, de fuppreffions, de deftructions, il n'eft pas jufques aux Compagnies Littéraires que s'étendent les fpéculations de nos Politiques. Il eft aujourd'hui queftion de réunir l'Académie Françoife, comme inutile, à l'Académie des Belles Lettres, qui a du moins un but & un travail fixe, dont le réfultat eft conftaté par des mémoires auxquels les membres font aftreints à de certaines époques, & formant un recueil qui paroît régulierement d'année en année.

17 Octobre. On fe porte en foule pour

aller voir chez M. de Mailly, peintre en émail, une écritoire exécutée par cet artiste, ordonnée par l'Impératrice des Ruffies : c'eft un préfent que cette Souveraine fait à l'Ordre de St. George, & il doit être placé dans la Salle de fes affemblées. Comme tout ce qui a rapport à CATHÉRINE femble devoir porter l'empreinte de fon génie & de fa magnificence, M. de Mailly s'eft évertué à donner un air de monument à ce quolifichet.

Il a imaginé de faire repréfenter à l'enfemble un Parc d'artillerie, fur lequel des petits Génies militaires s'amufent à divers exercices. Il a ainfi placé ingénieufement les uftenfiles néceffaires à l'ufage auquel cet ouvrage eft principalement deftiné. Les uns de ces Génies, fur le premier plan, font grouppés de droite & de gauche avec deux mortiers, dont le premier, incliné, eft le poudrier, & le fecond, perpendiculaire, l'encrier. On voit entre deux étendues fur la place des armures recouvertes d'un tapis, fur lequel eft peint l'embrafement de la flotte Turque par la flotte Ruffe. Ce tapis fert de fermeture à une boëte entamée dans l'épaiffeur du plan, deftinée à contenir plumes, canif, grattoir, &c.

Sur le fecond font des grouppes d'autres enfans cherchant à dreffer des canons fans affut fur leurs culaffes, qui fervent de flambeaux.

Sur le devant du plateau s'avance une partie circulaire, au centre de laquelle eft un trepied ou autel antique, érigé en l'honneur de la Divinité tutélaire de l'Empire; il fert à placer l'éponge pour effuyer les plumes.

Dans l'un des tiroirs est une piece détachée ; c'est un mât brisé auquel est attaché le reste d'une voile en partie brûlée ; elle sert de garde-vue.

Dans l'enfoncement du centre est une pendule portée sur un piedestal : elle est ornée de différens attributs, entre lesquels se trouve la trompette de la Renommée. Le bout de l'aîle de cette trompette sert d'index aux heures & minutes, qui sont marquées sur deux cercles tournans qui traversent le globe.

Le tout est surmonté du portrait de l'Impératrice en médaillon.

17 *Octobre* 1777. M. le Garde des Sceaux se propose de faire publier incessamment un Réglement nouveau pour la Librairie : son objet est de remédier aux abus dont on a déja parlé & à beaucoup d'autres.

17 *Octobre*. Mlle. Raucoux s'est engagée dans la troupe des Comédiens qui suivent la cour & vont jouer à Fontainebleau sur le théâtre de la ville durant le voyage : on lui donne 10,000 livres. Son objet est d'exciter les regrets de ses camarades anciens & de rentrer parmi eux.

18 *Octobre*. Madame Buffaut vient de mourir de la petite vérole. C'étoit une des plus belles créatures de la capitale, & elle faisoit bruit par cette raison. Son plus grand chagrin étoit d'être fille d'une cuisiniere & femme d'un marchand. Elle avoit fait s'évertuer celui-ci, qui, par la protection de Mad. Dubarri, étoit devenu Ecuyer, Receveur-général des Domaines, Dons, Octrois & Fortifications de la ville de Paris, & Con

feiller du Roi en ladite ville. Elle délicatoit
son corps avec une recherche singuliere. Pour
se décrasser elle s'étoit formée une espece de
société d'artistes, de gens à talent & de lettres, & tâchoit par ses airs de petite-maî-
tresse de faire oublier son extraction.

19 *Octobre* 1777. Les poissardes, appelées à
Choisi pour styler les acteurs qui ont joué dans
la *Princesse* A E I O U, sollicitent fortement
une pension & l'honneur d'être revêtues aussi
d'un titre analogue à celui qu'elles ont eu de
s'être trouvées ainsi utiles aux plaisirs de la
cour. Il paroît qu'en effet elles ne seront pas
sans fonctions, car le Sr. de Sauvigny ayant été
chargé d'un divertissement que le Comte d'Artois doit donner à la Reine, dans un petit château qu'il fait construire au bois de Boulogne;
on l'a prévenu de tâcher d'y mettre beaucoup
de grosse gaieté, des turlupinades, en un mot
de se modeler sur *Vadé*, si connu, si fameux
en pareil genre, que le bon goût avoit fait
abandonner.

19 *Octobre*. Les brochures qui ont paru
sur le Sallon se réduisent à cinq : savoir, *Jugement d'une Demoiselle de 14 ans ; Réflexions
d'un petit Dessinateur ; Tableaux du Louvre,
où il n'y a pas le sens commun : Lettres pittoresques à l'occasion des tableaux ; & la Prê-
tresse, ou nouvelle maniere de prédire ce qui
est arrivé*. Les Artistes prétendent que les écri-
vains des trois premieres n'ont aucune connoissance des Arts, qu'ils blâment à tort &
à travers, décident avec l'intrépidité de l'ignorance ; que les deux autres méritent réfutation,
parce que les auteurs sont instruits, ont des

yeux & du goût ; mais ils voudroient au premier moins d'hypocrisie dans ses complimens
& moins de partialité, & au dernier, en termes de l'art, ils reprochent une couleur trop
crude & une touche trop dure. Ces jugemens, non moins tranchans, seroient peut-
être aussi sujets à réforme de la part des gens
de lettres qui voudroient entrer dans quelque
discussion, mais elle seroit trop longue &
sans doute inutile.

20 *Octobre* 1777. Voici une des chansons re-
cueillies pour amuser M. le Comte de Maurepas & qu'on chante à ses soupers, qui ne
font rien moins qu'austeres, comme l'on en
va juger. Cette piece est de M. Maréchal.

Chanson, sur l'Air : *Ne vla-t-il pas que jaime ?*

Il me falloit faire une fin
Comme tout bon apôtre ;
Je suis devenu Chapelain ;
Ce poste en vaut un autre.

Iris m'offroit à desservir
Sa gentille Chapelle ;
Je n'ai jamais su qu'obéir
Aux ordres d'une Belle.
Elle est au fond d'un bois couvert ;
Gardé par le mystere ;
Son sanctuaire n'est ouvert
Qu'à mon seul ministere.

Un double Autel de marbre blanc
Est de sa dépendance ;

Mais ce Bénéfice important
Oblige à résidence.

Sans Vicaire, de jour, de nuit,
Suivant les premiers rites,
Je fais office à petit bruit,
Avéc deux Acolytes.

Quoiqu'en puissent dire les gens,
Même aux fêtes de Vierge,
Dans ma Chapelle, en tous les tems,
Je n'allume qu'un Cierge.

Gros Prieurs & brillans Prélats
Tout engraissés d'offrande,
Ma foi, je ne troquerois pas
Avec vous de Prébende.

20 *Octobre* 1777. On écrit de Fontainebleau
que Mlle. Raucoux a eu le plus grand succès à la comédie de la ville ; que la Reine a
voulu la voir & a honoré ce spectacle de sa
présence ; que S. M. en ayant été pleinement
satisfaite, on ne doute pas que les comédiens François ne soient forcés de la rappeler parmi eux.

20 *Octobre*. On parle d'un animal étranger apporté dans ce pays - ci, assez curieux.
On dit qu'il vient des montagnes des Ama-
zones. Il a le col du lion, la barbe blanche,
des bras & des mains comme l'homme, &
son museau est composé de trois canaux de
différentes couleurs. On ne le nomme point,

& l'on prétend que les naturalistes n'en ont point parlé.

22 *Octobre* 1777. Il y a dans le bois de Boulogne une espece de vuide-bouteille appelé *Bagatelle*, qui par divers arrangemens se trouve aujourd'hui appartenir au Comte d'Artois. Ce Prince annonce un goût décidé pour la truelle, & indépendamment des bâtimens de toute espece qu'il a déja entrepris, au nombre de quatre ou cinq, il a eu le desir d'étendre & d'embellir celui-ci, ou plutôt de le changer absolument, & le rendre digne de lui. Il a pris une tournure fort ingénieuse pour se satisfaire aux frais de qui il appartiendroit. Il a parié cent mille francs avec la Reine que ce palais de Fée seroit commencé & achevé durant le voyage de Fontainebleau, au point d'y donner une fête à S. M. au retour. Il y a huit cent ouvriers, & l'architecte de S. A. Royale espere bien la faire gagner.

23 *Octobre*. On connoît une chanson ancienne, intitulée l'*Amour en Capuchon*. Un auteur de Nicolet en a fait une piece de théâtre, ayant pour titre l'*Amant en capuchon*. Elle est charmante & digne d'un autre lieu. On seroit tenté de la croire de l'Abbé de Voisenon, s'il n'étoit pas mort. Elle est remplie de gaieté & d'allusions polissonnes, mais fort délicatement présentées. Elle est si ingénieuse qu'on craint qu'elle n'excite la jalousie & les réclamations des comédiens françois.

23 *Octobre*. Lorsque le Général de l'Oratoire & celui de la Doctrine Chrétienne se sont présentés à M. l'Archevêque pour faire renouveller les pouvoirs de leurs Religieux,

ce Prélat a rayé de la lifte une quantité de
ces Prêtres, en déclarant qu'il profitoit du peu
de tems que Dieu lui donnoit encore à vivre
pour extirper les reftes du Janfénifme. Cépen-
dant Madame la Duchefse de Niverhois, une
des Meres de l'Eglife, ayant follicité auprès
de Monfeigneur le rétabliffement du Pere
Suard, Doctrinaire, fameux Prédicateur, &
s'étant rendue garante de fa doctrine, a obtenu fa grace.

23 *Octobre* 1777. Me. Dodin fe propofoit de
publier un Mémoire pour la femme Defrues;
mais ce ne fera, s'il a lieu, pas de fitôt,
puifqu'il fe trouve fufpendu pour quatre mois.
C'eft la fuite de fa querelle avec M. l'Avocat
général d'Aguefseau. Il faut fe rappeler que
le 30 Août étoit intervenu Arrêt, condamnant M. de Mazieres à 6,000 livres, de dommages - intérêts, & cependant fupprimant les
Mémoires publiés contre lui, comme contenant *des faits injurieux & étrangers à l'affaire.*

En même tems, par un Arrêté fecret &
verbal, le Parlement avoit réfolu » que le Bâ-
» tonnier feroit invité à prier l'Ordre de veil-
» ler à ce que les Avocats fe continffent dans
» la modération, & ne fe permiffent pas dans
» leurs écrits des faits injurieux ou étrangers
» à leur caufe, fans quoi la cour feroit obli-
» gée de faire ordonner l'exécution des Arrêts
» & Réglemens qui font précis fur cette ma-
» tiere. "

En conféquence, le préfident de la Tournelle, M. le Pelletier de St. Fargeau, a fait
au Bâtonnier une vifite, où il s'eft acquitté

de fa commiffion dans les termes les plus doux.

Les Avocats, fatisfaits de cette démarche, fe font défiftés de leur projet de ne point communiquer avec M. d'Aguetseau, & lui ont donné même une forte de fatisfaction en fufpendant l'Avocat Dodin pour quatre mois, fufpenfion peu pénible durant le tems des vacances.

24 *Octobre* 1777. On parloit depuis deux mois d'une Lettre de Me. Linguet au Comte de Maurepas, & ce qu'on en citoit, étoit d'une méchanceté fi extravagante qu'on la regardoit comme une fuppofition de fes ennemis & qu'on ne pouvoit croire le fait. Il paroît conftaté aujourd'hui fur le rapport de perfonages grâves qui difent avoir eu la lecture de l'Epître, & d'ailleurs elle a quelque trait à l'anccdote du perfonage envoyé vers lui pour retirer certains papiers ou mémoires, dont il y eft fait mention. Au furplus, le Miniftre n'eft point ému de fes menaces & n'a pas même daigné faire arrêter fon Journal, qui continue, & qui eft bien véritablement *fien*, car il n'y parle guere que de lui ou de chofes & de gens relatifs à lui, ou il y ramene les matieres qui lui paroîtroient d'abord les plus étrangeres.

25 *Octobre*. La Faculté de Théologie, malgré fon efprit de pacification, a dû céder enfin à fon zele & à fon devoir. Le difcours de l'Abbé Remi eft décidément remis à la Cenfure, non feulement relativement à quelques écarts & furtout un, concernant le Concile de Trente, mais au ton général de l'ou-

vrage. Au furplus, les fages Maîtres ne trouvent ni l'Académie ni l'Orateur même repréhenfibles, mais les deux Docteurs qui ont approuvé cet *Eloge de l'Hôpital*. L'un eft un M. Billette, Chanoine de St. Marcel, & l'autre un certain Pere Fauxambas, Ex-provincial Carme.

26 *Octobre* 1777. On continue à aller voir l'écritoire dont on a parlé, qui eft principalement admirable par vingt fujets peints en émail du Sr. de Mailly, en forme de bas-reliefs, repréfentant diverfes actions dans les batailles données entre les Ruffes & les Turcs. Ces petits objets, qui veulent être examinés de près, font finis avec la plus grande précifion. La dorure eft faite par le Sr. Henri, & le mouvement de la Pendule eft du Sr. Mayer.

La partie du monument porte environ 22 pouces de longueur & 14 de profondeur. Il eft pofé fur un plateau plaqué en ébene, chantourné & orné de plufieurs bornes ruftiques & enchaînées. Ces chaînes fervent en même tems de point de force pour tranfporter cette machine avec fûreté & facilité.

L'artifte prétend que l'ouvrage vaut en tout 60,000 livres, & ne lui eft payé que 50,000 livres.

26 *Octobre.* Quoique l'Inoculation ait perdu un grand défenfeur & un grand praticien en la perfonne de M. Hofty, Médecin de la Faculté, mort il y a plus d'un mois, elle devient plus en vogue que jamais & le Sr. Sherloc, Anglois, de la famille de Suttons, eft l'homme à la mode.

Les partifans de cette méthode font beaucoup valoir un fait récent arrivé chez M. de Longpré, tenant une école de jeunes Gentilshommes. Il attefte que de tous les enfans réfidans chez lui, aucun n'a échappé à cette épidémie, qui n'a épargné que ceux ayant été inoculés, & n'a pu mordre abfolument fur aucun.

27 *Octobre* 1777. On connoiffoit à M. de la Borde, ci-devant premier valet-de-chambre du Roi, aujourd'hui fermier général, beaucoup de talent pour la mufique; mais il en déploie un aujourd'hui plus rare & infiniment plus propre à l'enrichir. Cet amateur, qui a beaucoup voyagé en Suiffe & en Italie, a deffiné toutes les vues de ces deux pays dans le plus grand détail, & les fait propofer aujourd'hui en forme de Soufcription par deux graveurs Née & Mafquelier. Cette collection, dont le travail doit durer trois ans, indépendamment des beautés de l'art qu'elle offre aux amateurs, doit contenir des détails amufans & inftructifs, relativement au local, à l'hiftoire naturelle, aux mœurs & coutumes des habitans des lieux; en forte qu'elle aura plufieurs volumes.

Les amis de ce financier affurent que le Roi de Pruffe a fait marché avec lui pour acquérir les deffins originaux & que cette Majefté lui en donne 1,500,000 livres; ce qui eft difficile à croire, quoiqu'ils difent le tenir de la bouche de M. de la Borde.

27 *Octobre.* Toute la Littérature eft dans l'attente du travail du *Bureau de Légiflation dramatique.* Les auteurs qui le compofent,

s'en félicitent comme d'un chef - d'œuvre
d'adreſſe, dont la poſtérité leur ſaura un gré
infini. Le grand art étoit d'établir un corps
ſubſiſtant pour contrebalancer la troupe des
comédiens, & ne pouvant ſe ſouſtraire à une
ſorte de dépendance de ceux-ci pour la lecture, réception, jeu & ſuccès de leurs pieces, de trouver un contrepoids qui rétablît
l'équilibre ; c'eſt ce qu'ils s'imaginent avoir
fait en arrangeant les acteurs par claſſes en
raiſon de leurs gages plus ou moins forts,
& en faiſant ordonner par le Roi qu'ils ne
pourront déſormais paſſer de l'une à l'autre,
ſans le concours, l'agrément & le ſuffrage du
Bureau de Légiſlation, ou du moins de certains repréſentans qu'il nommera.

Ils ont auſſi cru remédier à l'inſolence des
hiſtrions, à leurs cabales, à leur partialité ou
ineptie dans la reception des pieces, en convenant d'un Préſident de lecture, pris dans
l'Ordre des Auteurs dramatiques. Il n'aura aucune voix dans l'aſſemblée, mais contiendra
les comédiens, les obligera d'être attentifs,
les fera punir s'ils ſe permettent des ſarcaſmes
indécens contre l'auteur ou ſa piece, & ſurtout examinera leurs avis motivés ſur leurs
bulletins pour juger s'ils ſont en état de prononcer. Il rendra compte du tout au Gentilhomme de la chambre, qui exigera une ſeconde lecture ſi les regles n'ont pas été obſer-
vées à la premiere.

On voit par ces articles principaux, tirés de leur Mémoire, qu'il y a de très-
bonnes vues ; mais on doute fort de leur
exécution, & ſurtout que les Auteurs
ſoient

foient affez fermes pour fe maintenir & ne pas fe divifer ; ce qui les perdroit & rendroit toutes leurs opérations infruc-tueufes.

27 *Octobre* 1777. M. le Chevalier de Ner-ciat vient de compofer un quatuor bacchi-que , dont les paroles & la mufique font du même auteur. Si celle - ci répond aux premieres , ce doit être un morceau char-mant. Cette efpece de fcene eft fuppofée fe paffer à table. Les acteurs font des per-fonnes furannées , dont l'ame eft tendre & qui ne prennent qu'à regret le parti de re-noncer à l'amour. En général , il doit re-gner dans le tout un caractere de douce mélancolie qu'exprime déja très - bien la poéfie.

Aux Invalides de l'Amour.

Amis , il neige fur nos têtes ;
A notre âge, plus de conquêtes ;
Renonçons aux tendres defirs.
Abandonnés d'un Dieu volage ,
Quittons Cithere avec courage
Et cherchons ailleurs des plaifirs.

Choififfons un bonheur durable :
Jamais ingrat , toujours affable ,
Bacchus nous invite à fa cour.
Enrôlons-nous dans fa milice :
Ce Dieu reçoit à fon fervice
Les Invalides de l'Amour.

28 *Octobre.* On trouve dans le Réper-

toire des pieces nouvelles pour Fontainebleau
que le 6 Novembre on y jouera *Fatmé*, opéra
nouveau, intitulé d'abord *le langage des fleurs*.
Ce titre plus caractérifé étoit relatif à l'ufage
des Turcs, de fe parler avec des fleurs lorfque la contrainte des ferrails les empêche de
fe fervir de la voix. Malgré cela, l'auteur
inftruit des plaifanteries qu'il caufoit, l'a fup-
primé pour y fubftituer celui plus vague de
l'héroïne de ce Ballet Lyrique. Le *Courier de
l'Europe* dans le Nº.... a jugé à propos de
s'égayer fur ce titre retranché du *langage
des fleurs*, en difant qu'on fe demandoit déja fi l'on y trouveroit beaucoup de
Penfées? » Je puis répondre, » a dit gaiement
le poëte, (M. le Marquis de St. Marc) en
lifant la pointe, » qu'au moins on n'y trou-
» vera pas de foucis. »

29 *Octobre* 1777. M. le Cardinal de la Roche-
aymon s'eft éteint ces jours-ci. Il étoit mort
au monde depuis plufieurs mois ; on n'en
parloit plus ; & l'on ne fe réveille aujour-
d'hui fur fon compte que relativement à fon
teftament, où l'on trouve une claufe de vanité puérile qui annonce bien la petiteffe de
fon génie & les chimeres ridicules dont il
s'occupoit. Il laiffe aux fonneurs cent écus
pour récompenfe des peines qu'ils prendront
à fonner à fon enterrement & les encourager à bien faire. La parcimonie perce d'ailleurs par la maniere dont il traite fes domef-
tiques, ainfi que les divers hôpitaux des dio-
cefes par où il a paffé. A cette derniere occafion cependant il avoue devoir tout à l'Eglife

& que fon bien doit être le patrimoine des pauvres.

30 *Octobre* 1777. *L'Amour Quêteur*, & non *l'Amant*, eft exactement cette chanfon de M. de la Borde, compofée il y a fix mois, dont on attribue les paroles à l'Avocat général Seguier mife en action. La piece eft d'un Abbé Robinot, attaché à la Bibliotheque du Roi, & la foule continue à s'y porter de plus en plus. Cette ingénieufe & piquante bagatelle a l'effet bien rare de paroître trop courte aux fpectateurs.

31 *Octobre.* Les querelles élevées entre les Gluckiftes & les Lulliftes ont dégénéré, fuivant l'ufage, en guerre très-vive, qui s'eft faite à coups de plume. Il paroît journellement quelqu'écrit à cette occafion, où ces Meffieurs ne s'épargnent pas les injures. Mrs. de la Harpe & Marmontel font les coryphées du dernier parti; Mrs. Arnaud & Suard font à la tête du premier. Ceux-ci répandent leurs écrits fous l'enfeigne de l'*Anonyme de Vaugirard*. Un plaifant vient de leur envoyer à la même adreffe des efpeces de ftances ou couplets, que voici :

A l'Anonyme de Vaugirard, fur fa réponfe à Mr. le Chevalier Gluck, inférée dans le Journal de Paris, N°. 296 & fuivans.

Je fais, Monfieur, beaucoup de cas
De cette fcience infinie,
Que, malgré votre modeftie,
Vous étalez avec fracas
Sur le genre de l'harmonie

M 2

Qui convient à nos Opéras ;
Mais tout cela n'empêche pas
Que votre *Armide* ne m'ennuie.

Armé d'une plume hardie
Quand vous traitez du haut en bas ,
Le vengeur de la mélodie,
Vous avez l'air d'un fier-à-bras ;
Et je trouve que vos débats
Paſſent , ma foi, la raillerie :
Mais tout cela n'empêche pas
Que votre *Armide* ne m'ennuie.

Votre ſtyle eſt plein d'embarras ;
De vos peintres la litanie,
Sur leurs talens votre fatras ,
Sont une vaine rapſodie,
Un orgueilleux galimatias ,
Une franche pédanterie :
Et tout cela n'empêche pas
Que votre *Armide* ne m'ennuie.

Le fameux *Gluck* , qui , dans vos bras,
Humblement ſe jette & vous prie,
Avec des tours ſi délicats
De faire valoir ſon génie ,
Mérite ſans doute le pas
Sur les Amphions d'Auſonie :
Mais tout cela n'empêche pas
Que votre *Armide* ne m'ennuie.

1er. *Novembre* 1777. Outre les Spectacles
forains qui ſont ſur les Boulevards, & dont

les prodigieux fuccès ont excité la cupidité de
beaucoup d'autres entrepreneurs, un nommé
Texier a obtenu l'agrément d'y faire conftruire
une autre falle, dont la deftination eft un
myftere. Les uns prétendent que ce fera un
féminaire pour l'Opéra, d'autres pour la Comédie Françoife. Le tems éclaircira ces dou-
tes & promtement, car elle eft fort avancée.

2 *Novembre* 1777. M le Marquis de Bievre eft
fameux pour fes calembours ; c'eft le faifeur
de pointes le plus brillant de France & fon
immortel chef-d'œuvre en ce genre, fa *Conteftation* (Comteffe - tation) eft fait pour attef-
ter fon merveilleux talent à la poftérité la
plus reculée. On lui attribuoit le calembour
fur l'Opéra de M. de St. Marc, dont on a
parlé. Il vient d'en faire un nouveau à cette
occafion & répand une Lettre fignée *labe - tife*,
où il fe défend de la premiere méchanceté &
la tourne en éloge. Il prétend qu'ayant demandé de qui étoit *le Langage des fleurs*, &
& ayant appris le nom de l'auteur, il s'é-
cria : *Nous aurons donc des penfées fraîches
de Fontainebleau. C'eft heureux au mois de
Novembre !*

3 *Novembre.* On ne fait plus à quoi s'en
tenir fur l'opération de M. Sigault ; elle donne
lieu à des débats très - férieux entre les médecins & les chirurgiens. Ceux - ci prétendent
que l'accouchée eft fort mal & fera pour le
moins eftropiée le refte de fes jours. Les autres affurent que tout va bien. La jaloufie des
derniers doit faire révoquer en doute leur af-
fertion funefte. Au refte, le tems feul peut

M 3

apprendre le bien qui doit réfulter de la découverte.

4 *Novembre* 1777. Les formidables Arrêts du
Conseil concernant la Librairie, au nombre
de six, commencent à paroître, & l'on ne les
regarde que comme un commencement de la
moderne légiflation en cette partie. Ils font
datés du 30 Août.

Le premier porte fuppreffion & création
de différentes Chambres Syndicales dans le
Royaume.

Le fecond regle les formalités à obferver
pour la réception des Libraires & Imprimeurs.

Le troifieme porte Réglement de difcipline
pour les Compagnons-Imprimeurs.

Le quatrieme porte Réglement fur la durée
des Privileges en Librairie.

Le cinquieme concerne les contre-façons
de livres, foit antérieures au préfent Arrêt,
foit celles qui feroient faites en contraven-
tion des défenfes portées audit Arrêt.

Le fixieme porte établiffement de deux ven-
tes publiques de Librairie.

5 *Novembre. Extrait d'une Lettre de Bordeaux du 1er. Novembre* .... » La Chambre du Commerce de cette ville, en reconnoiffance des bontés dont l'ont honorée *Monfieur* &
le Comte d'Artois, à leur paffage par cette
ville, ont arrêté de charger leur député à Paris de faire faire la ftatue de chacun de ces
Princes pour être placée à la Bourfe. Leurs
Alteffes Royales y ont donné leur confente-
ment. C'eft le célebre Pigale qui s'eft chargé
de ce double monument. "

6 *Novembre.* Le Bureau de *Légiflation* dra-

matique eſt en déſarroi depuis que le Sr. de Beaumarchais eſt parti. Quoique les membres fuſſent convenus de s'aſſembler & de régler beaucoup de choſes malgré l'abſence de ce confrere, comme il ſervoit de point de ralliement par les dîners qu'il leur donnoit, perſonne n'a voulu faire ces fraix & l'on s'eſt de beaucoup refroidi ; enſorte qu'il eſt bien à craindre que la beſogne ne reſte imparfaite, ou même ſans aucun effet. Déja M. Dudoyer, qui s'étoit oppoſé à la formation de deux troupes à raiſon de ſon attachement à la Dlle. Doligny, a fait ſchiſme & ne vient plus aſſiſter aux aſſemblées. De ſon côté, M. le Maréchal Duc de Duras a déclaré que non ſeulement il ne ſe prêteroit pas à cette innovation ſi déſirée, mais qu'il s'y oppoſeroit de tout ſon crédit. On ne ſait même ſi pour le Réglement il ne ſe rendra pas aux ſollicitations des comédiens ; car ſi, comme membre de l'Académie Françoiſe, il eſt cenſé homme de Lettres & camarade des Auteurs, comme gentilhomme de la chambre il eſt protecteur né des hiſtrions, & par ſes familiarités & intimités avec les actrices eſt en quelque ſorte leur camarade auſſi.

6 Novembre 1777. Le Sr. Le Kain, qui ne brille pas dans la tragédie de *Muſtapha* de M. de Chamfort, ayant réfuſé d'y jouer, on a écrit au Sr. de la Rive pour qu'il eût à apprendre le rôle. Celui-ci s'en eſt défendu ſur ce qu'étant deſtiné aux plaiſirs de la capitale durant le voyage de Fontainebleau, il étoit accablé & ne pouvoit ſe charger d'un travail nouveau. Il lui eſt venu un ordre plus

précis de la part de la Reine, & l'on lui
a même affigné le jour auquel il devoit être prêt.

7 Novembre 1777. Le nouveau palais de M.
le Comte d'Artois s'éleve avec rapidité. Il eft
abfolument neuf, & ne fera nullement établi
fur les ruines de *Bagatelle*, qui fubfifte à une
certaine diftance. Il y a une quantité de Ma-
réchauffées pour empêcher les curieux de pé-
nétrer & de détourner les ouvriers.

7 Novembre. Un autre plaifant du parti
des Gluckiftes a répondu à la facétie où l'on
s'egaie fur le compte du muficien Allemand
& fur fon *Armide.* Comme on l'attribue à
M. de la Harpe, la ripofte eft dirigée contre lui en jouant fur fon nom; elle eft intitulée: *Vers d'un homme qui aime la Mufique & tous les inftrumens, excepté* LA HARPE.

> J'ai toujours fait affez de cas
> D'une favante fymphonie,
> D'où réfultoit une harmonie
> Sans efforts & fans embarras.
> De ces inftrumens hauts & bas,
> Quand chacun fait bien fa partie,
> L'enfemble ne me déplaît pas:
> Mais, ma foi, *la Harpe* m'ennuie.
>
> Chacun a fon goût ici-bas:
> J'aime *Gluck* & fon beau génie,
> Et la célefte mélodie
> Qu'on entend à fes Opéras.
> La période & fon fatras
> Pour mon oreille ont peu d'appas:
> Et, furtout, *la Harpe* m'ennuie.

8 *Novembre* 1777. L'objet du premier Arrêt du Conseil concernant la Librairie, est d'empêcher dans le Royaume des Imprimeries isolées, en quelque sorte indépendantes & propres à faciliter les abus. En conséquence on forme de toutes les Chambres Syndicales, au nombre de vingt, autant de chef-lieux où ressortiront tous les Libraires & Imprimeurs du royaume, & il y aura près de chacune un Inspecteur pour les rondes & visites de chaque département. Les Bibliotheques ou Cabinets de livres à vendre seront même soumis à la visite & à l'examen des officiers de ces chambres, & ne pourront avoir lieu que sur leur approbation.

L'objet du second & du troisieme est de gêner les récipiendaires & les subalternes; de les rendre plus dépendans &, sous ce prétexte, de les faire financer. Il en doit résulter un bénéfice considérable, avec lequel M. Camus de Néville pourra monter ses bureaux en finance, & faire de sa place une excellente affaire; mais ils attaquent un peu les propriétés, la plus essentielle du moins, celle du travail de chaque individu; & d'ailleurs il résulte de ces divers arrangemens un impôt indirect qui ne devroit pas s'établir ainsi sans vérification & sans enrégistrement; ce qui a occasionné quelques mouvemens des Libraires & Imprimeurs à Fontainebleau, d'où l'on les a renvoyés sans les écouter.

L'objet du 4eme paroît avantageux aux gens de lettres, en ce que S. M. leur accorde, pour eux & leurs hoirs à perpétuité, la jouissance du privilege de la vente de leurs ouvrages une

M 5

fois obtenue, pourvu qu'ils ne le retrocedent à aucun Libraire ; cas auquel ce privilege se reftreindroit à la vie de l'auteur. Quant au privilege obtenu par l'imprimeur, il ne pourra être de moins de dix ans, & il ne s'accordera que moyennant finance.

Les deux derniers Arrêts ne méritent aucun détail, & font affez développés par leur titre.

8 Novembre 1777. Sur le rapport de M. Desjardins, envoyé en Angleterre, on vient de conftruire à la place de Louis XV un bâtiment rempli de matieres combuftibles, & l'on doit faire l'expérience d'y mettre le feu de maniere à les confumer fans que le bâtiment en foit endommagé.

9 Novembre. M. Bernard de Juffieu vient de mourir. Il étoit membre de l'Académie des Sciences, & fameux furtout par fes connoiffances en Botanique, où il a fait des découvertes qui le font affimiler par les Savans à van Linné. Il a peu écrit, & il étoit fi modefte, fi défiant de fes forces & de fes connoiffances, qu'il répondoit toujours : *Je ne fais pas.* C'eft lui qui le premier a fait connoître l'origine des plantes marines, en démontrant qu'elles n'étoient que des loges de polypes. Il avoit formé pour le feu Roi, à Trianon, un Jardin de botanique & étoit l'inftituteur de Louis XV en cette Science. Il y avoit affigné aux familles des plantes un nouvel ordre, d'après lequel elles viennent d'être recemment rangées au Jardin du Roi, par M. de Juffieu, fon neveu.

9 Novembre. Extrait d'une Lettre de Fontainebleau du 9 Novembre 1777.... » Après avoir fait des courfes à cheval & à pied, la

Reine a proposé d'en faire avec des ânes. On
a excité l'émulation des payfans du voifinage,
& jeudi il y a eu un pareil fpectacle. Le vain-
queur a 300 livres & un chardon d'or.

Au refte, la fureur du jeu gagne la famille
Royale. On donne le pharaon chez la Reine.
S. M. & le Comte d'Artois y ont fait de groffes
pertes. *Monfieur* s'y livre moins, & le Roi continue à jouer les jeux de fociété moins cher que
bien des particuliers.

Mlle. Raucoux eft l'entretien de la cour par
la protection éclatante dont la Reine la couvre.
On fait que cette Actrice, réfugiée chez le
Prince de Ligne, n'avoit obtenu grace de fes
créanciers que parce que la Dlle. Souck s'étoit
mife à la tête des affaires de fa camarade & devoit y facrifier la fortune dont le Prince *Henri*
l'a enrichie & l'enrichit encore, mais elle n'étoit
qu'en terme d'accommodement. S. M. qui veut
qu'elle rentre à la comédie Françoife, pour ôter
aux Comédiens tout prétexte de la refufer, n'eft
pas éloignée de payer abfolument fes dettes,
fe montant à 200,000 livres.

10 *Novembre* 1777. Les Salpêtriers de Paris
font paroître une réponfe à Mr. de Courbeton
très-volumineufe & remplie d'injures & de
faits grâves. L'affaire devient de plus en plus
férieufe.

10 *Novembre.* Le bureau de la ville, après
bien des incertitudes, a arrêté définitivement
d'entourer la ftatue de Louis XV, au lieu d'une
grille, d'une baluftrade de marbre. M. le Prince, Sculpteur, en eft chargé. Il vient de partir
pour Carare, où il va choifir les blocs. Le

M 6

marché de sa soumission est fait à 20 livres le
pied cube.

11 *Novembre* 1777. Il faut se rappeler la statue
de M. de Voltaire, faite par le fameux Pigale,
qui l'a représenté nud. Un ennemi du vieillard
de Ferney s'est permis à cette occasion la bou-
tade suivante :

Pigale au naturel nous a rendu Voltaire ;
Ce squelette à la fois offre l'homme & l'auteur :
L'œil qui le voit sans parure étrangère
Est effrayé de sa laideur.

12 *Novembre*. M. de Moissi est mort le 8
de ce mois âgé de 65 ans. Il avoit été garde du
corps. Il est auteur de plusieurs pieces de théâtre, jouées tant à la comédie Françoise qu'aux
Italiens. *La Nouvelle Ecole des femmes* est la
seule qui ait eu un succès considérable à ce
Théâtre & qui puisse lui conserver une certaine
réputation. Il y a quelques années qu'il avoit eu
le projet de se retirer à la Trappe, où il n'étoit
point resté.

13 *Novembre*. C'est à l'assemblée du
primâ Mensis d'Octobre qu'un des Sages Maîtres
a dénoncé un *Eloge de Michel de l'Hôpital*,
*Chancelier de France, Discours qui a remporté le
Prix de l'Académie Françoise en* 1777. Il obser-
va qu'il avoit trouvé dans l'ouvrage & dans les
notes dont il est accompagné, plusieurs choses
contre la religion & dignes d'une censure publique, & il requit d'autant mieux que la Faculté
s'occupât du discours, qu'il étoit suivi de l'approbation de deux Docteurs.

La chose mise en délibération, il fut décidé

d'un vœu unanime d'examiner les divers para-
graphes donnant lieu à la dénonciation , & de
voir en quoi avoient péché les approbateurs
qu'elle concernoit auffi.

En conféquence la Faculté de Théologie , fuivant fon ufage , nomma des députés pour cet
examen & rendre compte de leur travail au
primá menfis de Novembre.

Ces députés s'étant acquittés avec zele de
leurs fonctions audit jour , l'avis des Docteurs
pris , la Faculté

1. Déclare que l'ouvrage dénoncé contient
différentes chofes à rejetter par tout Théologien
Catholique & qu'elle défapprouve fort la fignature des deux approbateurs.

2. Que fe conformant aux démarches de fes
prédéceffeurs en pareil cas , elle défavoue , autant qu'il eft en elle , cette approbation , la
déclarant mal donnée , vaine & nulle , pour-
que perfonne ne puiffe être trompé déformais
par la fignature des Docteurs.

3. Elle ordonne que cette foufcription foit
publiquement & expreffément révoquée par les
deux membres qui l'ont donnée fans une mûre
réflexion.

4. A cette occafion elle exhorte les Docteurs
& leur enjoint d'être de plus en plus attentifs
& circonfpects en pareil examen ; de fe reffou-
venir que par leur approbation ils deviennent
garans auprès de l'Académie Françoife de tout
ce qui concerne , dans ces ouvrages , la religion
& fes intérêts , afin qu'on ne voie pas déformais
couronner par les arbitres du goût , des fronts
fur lefquels réfide l'audace de l'impiété.

5. La Faculté choifit entre les différentes pro-

positions passées mal à propos par les deux Théologiens , celles qui peuvent plus facilement servir de preuves à la nécessité de la Censure.

Après avoir extrait ces propositions , au nombre de neuf , la Faculté déclare de nouveau qu'elle ne veut point s'acharner plus longtems contre cet ouvrage , pour n'avoir pas l'air de déprimer directement l'Eloge d'un Chancelier illustre qui a bien mérité de la France : mais que par son silence elle n'entend point approuver non plus le surplus du discours ou les notes ; qu'au contraire , ce discours , à la discussion , offre plusieurs autres choses nuisibles à la religion , par des pensées hazardées & téméraires , par un ton impudent , par des railleries , des ironies, par des traits satyriques, par des attaques contre des ordres de citoyens & des corps de Magistrature respectables.

Ces préliminaires arrêtés, le tout fut imprimé en latin , pour être remis aux Docteurs dans une assemblée tenue le lundi 10 & préparer la Censure , qui devoit se conclure dans une autre assemblée générale.

14 *Novembre* 1777. La feuille préliminaire qu'a fait imprimer la Faculté & distribuer aux Docteurs, en latin , a pour titre : *Idea conclusionis Facultatis Theologiæ Parisiensis ferendæ occasione approbati à duobus Magistris libelli , qui inscribitur :* Eloge de Michel de l'Hôpital &c.

On voit aisément par l'énoncé des propositions censurées , & par les réflexions des censeurs , que c'est une pure chicane , une affaire de parti & d'intrigue. Les Maîtres des Requêtes n'ayant pu obtenir justice par eux-mêmes de la prétendue insulte qui leur étoit faite , &

s'entendant continuellement corner aux oreilles
en paſſant dans la galerie à Verſailles , ou en
entrant quelque part : *Qu'eſt-ce qu'un Maître des*
Requêtes ? Interrogation que fait l'auteur dans
ſon diſcours , & d'où il part pour peindre ce
genre de Magiſtrats , ont eu récours à un de
leurs confreres , l'Abbé Royer , auſſi Docteur
de Sorbonne. Celui-ci a ameuté les têtes chau-
des parmi les Sorboniſtes & a provoqué la dénonciation.

Un des deux théologiens approbateurs s'eſt
déja rétracté & a ſatisfait à ce qu'exigeoit
la Faculté. Le ſecond , M. Billette , Avocat
en même tems , ne veut pas , & il eſt à
craindre qu'on ne prenne un avis violent
contre lui.

14 *Novembre* 1777. Un autre plaiſant eſt intervenu dans la querelle des *Gluckiſtes , Lul-*
liſtes , Picciniſtes , &c. & a fait une eſpece
d'épigramme intitulée : *Vers d'un ignorant ,*
comme les trois-quarts du monde , en muſi-
que & ſans doute en poëſie , mais ſenſible au-
tant que perſonne :

Allemand ou François, qu'importe qui m'éclaire ?
Je ſuis , en fait de goût, neutre ſur le pays ,.
Iphigénie , Orphée , Alceſte ont ſçu me plaire ;
A *Gluck* effrontément j'oſe donner le prix.
Laiſſez mûrir *Armide ; Armide , Armide* même
Renferme des beautés & d'un ordre ſuprême !
Pour l'ancien genre enfin , bataille qui voudra ,
A Jacques , Pierre ou Paul , que la palme demeure ;
Meſſieurs de *Vaugirard* , la *Harpe & cætera* ,.
Ou pour ou contre *Armide* écrivez , moi j'y pleure.

16 *Novembre* 1777. On parle beaucoup d'une fameuse chasse exécutée à Brunoi chez *Monsieur*, entre les trois freres, où il a été tué 2,700 pieces de gibier. Comme les rabatteurs étoient obligés de le ramener très-près du Roi qui a la vue basse, & que ces officiers auroient pu être endommagés des grains de plomb, on avoit imaginé des especes de fauteuils à découvert au haut d'échelles de jardinier avec des roulettes, en forme de chaire à prêcher. Là, S. M. & ses freres plongeoient à leur aise sur les volatiles sans craindre de blesser les rabatteurs. Ce divertissement, qui a fait grand plaisir à S. M., doit se renouveller incessamment.

16 *Novembre.* On parle ici d'une nouvelle brochure de M. de Voltaire, ayant pour titre *Evhemere.* C'est encore un dialogue sur la religion, à ce qu'on dit.

16 *Novembre.* Un Eleve de M. de Jussieu lui a fait l'épitaphe suivante. Il se nomme M. *Vali*, & cet hommage de son cœur fait aussi l'éloge de son talent :

Du Linnæus François la cendre ici repose,

    Il connut, comme Salomon,

Et le Cedre orgueilleux & la simple Buglose :

    Et malgré l'éclat de son nom

Il mourut en croyant savoir très-peu de chose.

17 *Novembre.* On parle beaucoup d'un Mémoire de M. de Bellegarde, de 80 pages in-4º. servant de réponse à une brochure sans nom d'auteur ni d'imprimeur, & intitulée : *Considération sur la réforme des armes,*

jugée au Conseil de guerre assemblée à l'Hôtel des Invalides. Elle est imputée à M. de Saint-Auban, & l'on peut juger du ton de véhémence & d'énergie que l'accusé doit employer contre un pareil ennemi. Comme le procès est actuellement pendant au Parlement de Nanci, c'est-là que paroît l'écrit en question, & il est fort rare dans ce pays-ci.

17 Novembre. Les adversaires des Jésuites ne cessent de s'occuper d'eux. Ils montrent aujourd'hui une estampe prétendue frappée par cette Société, & ils y joignent une explication, par laquelle ils veulent faire connoître qu'elle est un emblême symbolique de leur système & de leur projet de rétablissement. C'est une piece curieuse au demeurant, qui mérite quelques détails.

18 Novembre. On presse les travaux du nouveau château que M. le Comte d'Artois fait construire dans le bois de Boulogne & l'on y met tant de zele qu'on arrête au besoin les voitures de pierres, de plâtre & autres destinées aux bâtimens des particuliers : on s'en empare & on les détourne pour les y mener. Cet abus, qu'il ne faut sans doute attribuer qu'à l'empressement des chefs, fait beaucoup crier & avec raison.

19 Novembre. L'affaire de la nouvelle administration de l'opéra est arrangée, & après des actes préliminaires des 18 Septembre & 5 Octobre, il a été formé à Fontainebleau le 18 Novembre un Arrêt du Conseil au nom du Sr. de Vismes du Valgay, qui lui accorde l'entreprise de ce spectacle ; ce qu'on verra plus au long dans cet Arrêt lorsqu'il paroîtra.

19 *Novembre* 1777. Les quatre premieres propositions dénoncées dans l'*Idea Conclusionis* de la Faculté de Théologie concernent directement ou indirectement le Concile de Trente. On y reproche à l'Abbé Remi de ne pas se conformer au respect qu'on a même au Barreau en France pour ce Concile. Il est vrai qu'autrefois on n'affectoit de l'y appeler que l'*Assemblée de Trente*, mais aujourd'hui un Avocat qui se serviroit de l'ancienne expression, seroit relevé par le Président.

Les Docteurs trouvent l'orateur d'autant plus repréhensible qu'il convient que c'est un Concile Ecuménique, c'est-à-dire faisant regle de foi pour le dogme & inspiré par le Saint - Esprit, & cependant il le représente comme une *machine* mue par Philippe II & Paul III, comme une *Légion Sainte*, une *Milice* invincible, dont ces deux Souverains se servoient également pour leurs projets ambitieux · comme une assemblée de personages fanatiques, refusant des saufconduits aux députés des nations Protestantes, & les condamnant ainsi sans les écouter ; enfin il fait entendre que la dépravation des mœurs des Peres du Concile a été la cause qu'on n'y a point aboli le célibat des Prêtres ; que les ténébres regnoient parmi eux, & qu'ils n'étoient pas bien d'accord sur la distinction du dogme & de la discipline : nouveaux caracteres prophanes que l'abbé Remi lui donne, bien opposés à ceux que lui reconnoît l'église Catholique.

La distinction entre la Tolérance religieuse & la Tolérance civile, que l'auteur regarde comme une idée politique, éclose au fizieme fiecle feulement, eſt la cinquieme propofition, foumife à l'animadverſion de la Faculté, qui prétend que l'Eglife a toujours admis une forte de tolérance conforme à l'efprit de douceur & de charité de l'Evangile, mais non cette indifférence aveugle & abfolue même fur la fubverſion de la religion que défigne malignement M. l'abbé Remi.

L'Eloge que l'Ecrivain fait de l'Evêque Montluc eſt la fixieme propofition cenfurée, en ce que louer à outrance un Prélat d'une vie trèslicencieufe, incertain & fouvent errant dans fa foi, auteur de livres hérétiques, c'eſt, ou d'une ignorance craffe, ou d'un jugement très - vicieux & fcandaleux pour les oreilles pieufes.

La feptieme propofition, fuivant les Docteurs, retombe encore dans cette fauffe & condamnable tolérance que profcrit l'Eglife, en argüant de dureté & d'imprudence des faints, des perfonages éminens, qu'il englobe indiſtinctement dans fes reproches.

Les huitieme & neuvieme propofitions regardent le prêt à intérêt, fur lequel les Docteurs affurent que l'églife n'a jamais varié (quoiqu'en dife Mr. l'abbé Remi) en le regardant comme ufuraire. Ils lui reprochent enfin de favorifer & d'adopter les opinions des hérétiques en voulant que les Papes n'aient commencé, qu'après avoir affuré leur puiffance, à fe mêler de cette matiere d'état qui, dans l'origine, n'étoit pas de leur reffort, comme fi ce qui eſt de leur compétence en fait de doctrine, pouvoit s'étendre ou fe ref-

ferrer au gré d'uné politique prophane & ver-
fatile.

Telle eft la nature du procès théologique
intenté par la Faculté au candidat couronné
par l'Académie, dont on voudroit flétrir les
lauriers. On affure que celui - ci fe difpofe à
repliquer & a déja fa defenfe prête.

20 *Novembre* 1777. Dans l'*emblême fymbolique de la Société*, on voit au haut les trois
perfonnes de la *Trinité*, avec les images cor-
porelles que les peintres ont coutume de leur
donner. Elles témoignent l'intérêt qu'elles portent à la Société, en montrant de la main
le cœur divin où elle a pris naiffance & où
elle réfide toujours. Ce cœur, ainfi que celui
de *Marie*, réunis, occupent le centre de l'eftampe.

La Sainte-Vierge, un peu plus bas, leur préfente les chefs & les principaux députés des
Jéfuites. Par fon attitude & l'air de fon vifage,
elle exprime fa douleur de l'état où ils font
réduits.

Ces chefs & députés du côté du *Marie*, & à
fes pieds, font *Ignace* & Saint *François
Xavier*, reconnoiffables par les attributs qui les
caractérifent, & au deffous d'eux les repréfen-
tans de l'*Empire*, de la *France*, de l'*Efpagne*,
&c. Celui de l'Empire tient une tête de mort
furmontée d'une couronne Impériale.

A droite font les députés des Jéfuites de
toute la terre. Leur miniftere a été de porter
la Croix de *Jefus-Chrift*, de la planter fur l'un
& l'autre Hémifphere, & maintenant ils en
font chargés par l'oppreffion où ils gémiffent,
mais ils montrent à leurs confreres les cœurs

de *Jéfus* & de *Marie*, leur confolation, leur afyle & le centre de leur gloire.

La crife pénible où fe trouve la Société, eft repréfentée par un vaiffeau qui eft dans la partie inférieure de l'eftampe, portant un pavillon orné du chiffre de l'Ordre de Jefus. Ce navire eft fur une mer en courroux, battu de tous côtés par les flots : l'ancre eft attachée à la poupe ; il n'eft plus poffible de la fixer en aucun endroit ; mais le navire fubfifte malgré la tempête, & jamais il ne pourra être fubmergé. Les Jéfuites qui font dedans, tiennent toujours de la main les cordages de la voile fymbolique, que le vent enfle, & dont ils tâchent de diriger la violence en leur faveur.

Au bas encore de l'eftampe, à droite, eft un jeune homme conduit par un ange. Son attitude, fes geftes, fes efforts pour s'élancer fur le vaiffeau le défignent comme un profélyte fanatique, attendant le moment de s'agréger au corps difperfé. Son exiftence errante, ainfi que celle de la Compagnie, eft indiquée par l'habit de pélerin dont il eft revêtu. Diverfes épigraphes ou infcriptions développent ces images allégoriques. Au haut de l'Eftampe on lit : *Filii mei funt.* Par ces paroles de la Genefe, Dieu attefte hautement que les Jéfuites font la famille privilégiée de Jéfus-Chrift. *Nomen meum & cor meum ibi cunctis diebus.* Celles-ci font relatives à leur nom de *Société de Jefus* & à la tête du *Sacré Cœur* qu'ils ont inftituée ; autre circonftance que caractérife encore cette troifieme devife : *Cor meum jungatur vobis.* Enfin la derniere légende eft : *Eri-*

his odéo omnibus propter nomen meum, qui autem suſtinuerit in finem, bis salvus erit. Ainſi, c'eſt pour le nom de Dieu qu'ils ſouffrent, qu'ils ſont déteſtés ; mais cette perſécution paſſera, & ils triompheront enfin.

On ne peut croire qu'il y ait aucune tête Jéſuitique aſſez folle dans ce ſiecle pour imaginer une compoſition auſſi extravagante & d'auſſi mauvais goût. Il eſt plus vraiſemblable que leurs ennemis auront voulu ainſi s'égayer à leurs dépens, en calquant cette allégorie, controuvée ſur pluſieurs autres du même genre, enfantées en effet dans les tems où dominoit ce génie romaneſque & emblêmatique.

21 *Novembre* 1777. La conceſſion de l'entrepriſe de l'Opéra pendant douze années, faite au Sr. de Viſmes par l'Arrêt du Conſeil qui ſe publie, doit commencer au 1er. Avril 1778, pour en jouir, ainſi & de la même maniere qu'en jouit la ville de Paris, ſans que pendant le cours dudit tems la jouiſſance du Sr. de Viſmes puiſſe être abrogée ou interrompue, ſous quelque prétexte & en quelque maniere que ce puiſſe être, & ce, ſous les clauſes & conditions portées aux actes déja énoncés.

Le Sr. de Viſmes doit dépoſer à la ville pendant la durée de ſon Bail une ſomme de 500,000 livres, dont l'intérêt lui ſera payé à raiſon de cinq pour cent, ſans aucune retenue.

Du reſte, S. M. ſe réſerve de faire par la ſuite pour la police & diſcipline du ſpectacle dont il s'agit, tels réglemens qui ſeront jugés convenables.

21 *Novembre* 1777. Dans l'assemblée générale de la Faculté, tenue lundi dernier, l'*Idea conclusionis* a été transformée en Censure à peu près de la même maniere à l'unanimité. M. Billette, le Docteur qui ne s'est pas encore soumis au jugement de ce Corps, lui a adressé une Lettre où en lui donnant toutes sortes de marques de son respect & de sa déférence, il entreprend de justifier son approbation & notamment de défendre les propositions concernant le Concile de Trente.

La Faculté irritée de cette résistance, a arrêté que ce réfractaire seroit tenu d'adhérer sous deux fois 24 heures à la censure, sinon seroit exclus des assemblées, &c.

Tout cela cause une grande fermentation, d'autant qu'on s'attend à un appel comme d'abus de la part du Docteur Billette, si son corps agit rigoureusement contre lui, & les indévots rient & excitent la discorde.

21 *Novembre*. Extrait d'une Lettre de M. de Voltaire, de Ferney du 9 Novembre 1777 .... Vous avez vu ici le mariage de M. de Florian; vous verriez aujourd'hui celui de M. le Marquis de Vilette, je dis Marquis, parce qu'il a une terre effectivement érigée en Marquisat par le Roi, pour lui, comme Seigneur de sept grosses paroisses, suivant les loix de l'ancienne Chevalerie. Il est en outre possesseur de 40,000 écus de rente. Il partage tout cela avec Mlle. de Varicourt, qui demeure chez Mad. Dénis. La jeune personne lui apporte en échange dix-sept ans, de la naissance, des graces, de la vertu, de la pru-

dence. M. de Vilette fait un excellent marché.
Cet événement égaye ma vieillesse. „

21 *Novembre* 1777. Le premier Médecin de
la Reine a prévenu S. M. qu'il ne repondoit
pas de sa vie si elle alloit chez M. le Comte
d'Artois au jour indiqué ; il l'a du-moins me-
nacée d'une maladie bien grâve occasionnée
même par les précautions qu'on prendroit :
S. M. a eu beaucoup de peine à se rendre à
ses raisons. Le Roi en a été enchanté , & a
dit *Lassone est bien hardi ; je pensois la même
chose , mais je n'osois le faire envisager ; c'est
fort heureux qu'il ait obtenu cela.* En effet il est
décidé que la Reine n'ira point à la Fête.

22 *Novembre.* On peut se rappeler les
Lettres d'un Comte à un Président, qui ont
paru lors des bruits répandus sur la réinstalla-
tion des enfans d'Ignace, & les démarches du
Parlement en cette occasion. Aujourd'hui
c'est à ce Comte prétendu qu'est adressée
l'*Explication de l'Emblême Symbolique de la
Société & de ses projets de rétablissement*, dans
une Lettre datée du 25 Septembre. L'auteur
le félicite de l'heureux succès de ses alertes au
moment où les Jésuites préparoient de côté &
d'autre des points de réunion, se glissoient à
l'Ecole Militaire, devenoient aumôniers des
régimens : il lui attribue la vigilance du gouvernement à éventer ce projet & à le faire
échouer. Il prétend que malgré cet échec ils
n'ont pas perdu de vue leur dessein, que c'est
pour désabuser de plus en plus les gens qui le
regardent comme chimérique & absurde, qu'il
faut faire connoître cette estampe qu'ils ont
fait graver par leurs affiliés, dont l'ensemble,

suivant

fuivant lui, préfente à la fois l'idée que les Jéfuites ont de leur Société, la perpétuité qui lui eft promife, les fondemens qui la lui afiurent, les reffources qu'elle s'eft préparées ; il part de-là pour la difféquer comme l'on a vu, & il y ajoute quelques anecdotes venant à l'appui.

La *Fête du Sacré Cœur* eft principalement un objet de fon averfion, en ce que cette dévotion puérile & pharifaïque aux yeux des gens fimples & peu clair-voyans, étoit dans le plan des Jéfuites la fauve-garde de la Société & prefque fon apothéofe. Il la regarde encore aujourd'hui comme un centre de ralliement, un cri de guerre pour diftinguer leurs affiliés, connoître leurs troupes, & calculer leurs reffources dans un moment décifif où ils croiroient pouvoir tenter une entreprife hardie. Il voudroit donc que les Magiftrats, après avoir profcrit, lors de la diffolution de l'Ordre, toutes ces fodalités inventées par les Jéfuites, ces congrégations privées où ils enrôloient leurs dévots, ne regardaffent pas cette moderne inftitution comme moins dangereufe & la fiffent abolir.

23 *Novembre* 1777. Il doit y avoir aujourd'hui un concours de monde prodigieux à Verfailles. Enfin la préfentation du Chevalier d'Eon reprenant fon fexe véritable, qui eft celui de femme, annoncée depuis longtems, va s'effectuer dans fon nouveau coftume. Mlle. d'Eon continuera à porter la croix de St. Louis attachée à fon côté, & elle ne peut refter en France & furtout fe montrer

en public en habit d'homme ; autrement elle
perdroit ses 12,000 livres de pension. On
assure que cet arrangement a été fait à la sol-
licitation de Madame la Comtesse de Guer-
chy, qui a représenté que sans cette reconnoissance bien caractérisée, son fils seroit
forcé nécessairement de se battre contre un
homme qui avoit si étrangement bafoué son
pere.

On croit que cette fille célebre, honteuse
de commencer un rôle différent de celui qu'elle
a joué depuis plus de cinquante ans qu'elle est
au monde, & dans lequel elle est fort gauche, se retirera dans quelque coin éloigné pour
se soustraire aux curieux & aux plaisanteries.
Dans le fait, de toutes les femmes travesties
dont parle l'histoire, c'est la plus étonnante,
en ce qu'elle s'est distinguée à la fois dans
les Armes, dans la Politique & dans la Littérature.

24 *Novembre* 1777. La Faculté de Médecine
chassée de ses Ecoles qui tomboient en ruine,
s'étoit réfugiée aux anciennes Ecoles de Droit
qu'on va abattre aussi incessamment ; ne sachant où tenir ses assemblées, elle a présenté
une requéte au Roi pour implorer son secours. Elle lui représente qu'elle est hors
d'état de se loger. Elle demande le terrein
du cloître de St. jacques de l'hôpital : cet
hospice autrefois consacré aux pauvres pele-
rins revenant de la terre sainte, reste aujourd'hui sans objet. Elle propose d'en changer l'institution, en y formant un établissement en faveur des malades indigens, & en
même tems une Ecole pour les jeunes Bache-

ters. Il n'y a rien de ftatué à cet égard ;
mais il s'enfuit qu'on avoit mal à propos imaginé que le terrein, qu'on bâtit aujourd'hui
rue de l'Epéron, étoit deftiné aux Ecoles de
Médecine.

24 *Novembre* 1777. On parle beaucoup d'une
affociation formée fur la paroiffe de St. Sul-
pice, dans le goût de celles fi fréquentes en
Angleterre pour des objets de zele patriotique ou de charité. Celle-là a ce dernier pour
point de vue ; il eft queftion de foulager les
indigens de cet arrondiffement en leur procurant du travail, & même en leur prêtant de
l'argent gratis. Il eft à fouhaiter que cet exemple gagne & s'étende aux autres quartiers de
Paris.

24 *Novembre.* Les Imprimeurs & Libraires faifant corps avec l'Univerfité, ont
demandé l'intervention du Recteur pour faire
parvenir leurs repréfentations au Garde des
Sceaux. Celui-là en cérémonial eft allé mercredi haranguer M. de Miromefnil & lui
remettre par écrit les réclamations des parties
lefées.

25 *Novembre. Madrigal à une Coquette par*
M. Roëttier.

De vos yeux, Idamé, le fuccès eft rapide ;
Mais vous avez d'amans un effain trop nombreux ;
L'Amour eft un enfant que la foule intimide,
Il lui faut des témoins, mais il n'en veut que deux.

25 *Novembre.* Le recueil intéreffant de M.

N 2

dè la Borde, dont on a parlé, aura pour titre :
Tableaux Pittoresques, Physiques, Historiques, Moraux, Politiques & Littéraires de la Suisse & de l'Italie. On voit ainsi qu'il est destiné non seulement à plaire aux yeux & à les amuser, mais à nourrir l'esprit d'instructions utiles & agréables.

26 Novembre 1777. La Conclusion de la Faculté contre l'*Eloge de l'Hôpital* de l'Abbé Remi paroît enfin imprimée ; elle est à peu près semblable à l'*Idea Conclusionis* dressée d'après le rapport des députés nommés le 1 Octobre, qui ont rendu compte de leur travail le 4 Novembre. Cette feuille imprimée & envoyée à chacun des sages Maîtres, a été approuvée dans tous les chefs lors de l'assemblée du 10, & a reçu sa derniere sanction dans celle du 17.

C'est dans cet état que la Conclusion est enfin imprimée aussi en latin & revêtue de toutes les formalités.

Au bas il est fait mention de la rétractation du Frere *Fozembas*, un des Docteurs approbateurs, signée de sa main en date du 6 Novembre.

Et l'on ajoute par un *Postscriptum* aussi latin que le Docteur Billette, l'autre approbateur, a également envoyé son adhésion pure & simple dans une lettre du 18 Novembre, adressée au Doyen de l'assemblée.

26 Novembre. La Reine est venue au Bal de l'Opéra dimanche dernier si parfaitement incógnito qu'elle s'est trouvée mêlée & confondue avec beaucoup de filles; ce qui a singulierement amusé S. M.

26 *Novembre* 1777. La Cour ayant décidé de voir jouer à Fontainebleau l'*Olympiade* ou *le triomphe de l'amitié*, drame héroïque en trois actes & en vers mêlé de musique, il a été imprimé pour le 17 Octobre, jour où il a été exécuté, & l'on peut parler pertinemment du poëme. L'auteur des paroles, M. *Framery*, l'a dédié à Madame la Duchesse de Fronsac ; il ne dissimule pas les traverses qu'a essuyé son ouvrage & il annonce que c'est dans ce moment critique que sa protectrice a daigné l'accueillir ; du reste, il le donne en quelque sorte comme sien, apparemment parce qu'il l'a fondu à sa manière, & ne fait mention en rien que ce soit une traduction de *Metaf-tase*, quoique personne ne puisse gueres l'ignorer. On sait aussi que la musique est de M. Sachini, maître de chapelle de Naples. On a déja parlé du succès prodigieux de celle-ci, qui cependant est un mélange assez mal fait de plusieurs morceaux de ce grand compositeur ; ensorte qu'on peut dire que l'un & l'autre sont également travestis.

26 *Novembre*. On écrit de Ferney qu'il paroît un nouvel ouvrage du patron, intitulé *Prix de la justice & de l'humanité*.

27 *Novembre*. La requête de la Faculté de Médecine au Roi a été présentée par le Docteur Desessarts, Doyen, & les Docteurs Cosnier & Maloët, ses Députés. Elle est imprimée, très bien faite, courte & noblement écrite. Ils ont espoir de réussir.

28 *Novembre*. Il paroît un petit écrit à la mémoire de Madame G.... (Geoffrin) avec cette épigraphe : *Nulli flebilior quam mihi*. On

l'attribue à M. Thomas, & il eſt aſſez dans ſon
ſtyle & dans ſa maniere.

28 *Novembre* 1777. *Félix* ou *l'Enfant trouvé*,
a été exécuté lundi à la Comédie Italienne avec
peu de ſuccès. Les paroles ſont de M. Sedaine
& la muſique de M. de Monſigny. Un *trio*
charmant placé à la fin du troiſieme acte eſt le
ſeul morceau qu'on ait applaudi avec tranſ-
port, tant par la ſituation des acteurs & le
ſentiment qu'ils expriment, que par l'onc-
tion d'un chant tendre, rempli d'une affection douce & mélancolique. Quand on
l'a annoncé pour la ſeconde fois, il s'eſt
élevé des voix qui ont redemandé l'*Olympiade*.

28 *Novembre.* L'élection du Succeſſeur à
la place vacante de l'Académie Françoiſe
par la mort de M. Greſſet n'eſt pas encore
faite, mais doit avoir lieu décidément la
ſemaine prochaine; jamais les ſuffrages des
arbitres du goût n'avoient été ſi fluctuans,
ou plutôt jamais les cabales n'avoient eu
autant de jeu & arrêté ſi longtems les élec-
teurs.

29 *Novembre.* Suivant la Requête de la
Faculté de Médecine, depuis 1734 les biens de
Saint Jacques de l'Hôpital, tant ceux de l'égliſe, que de l'hoſpice, ont été confiés à une
régie, & il n'a encore été fait aucun emploi
des revenus ni au profit de S. M. ni au profit des pélerins, ni à celui des pauvres: il
n'eſt reſté de l'ancien établiſſement que la continuation du ſervice divin dans l'égliſe. Cependant, par un Arrêt du Conſeil du 23
Septembre 1733, revêtu de Lettres patentes

du 15 Avril 1734, il fut furſis à toute nomi-
nation aux bénéfices, dans la vue d'augmenter la ſomme des revenus qui dès-lors montoit à 12,000 livres. Depuis cette époque le
nombre des titulaires a conſidérablement diminué & les revenus accrus en proportion paſſent aujourd'hui 50,000 livres.

C'eſt de ces fonds que la Faculté demande
qu'il ſoit fait emploi en ſa faveur ; ils ſont
ſuffiſans pour lui conſtruire un bâtiment
ſimple , mais proportionné à ſes exercices , pour élever & doter un hôpital ,
en même tems conſacré au ſoulagement des
malades & à la perfection de la médecine ,
& dans lequel on pourra vérifier ſans fraix ,
la vertu des remedes propoſés comme nouveaux.

29 *Novembre* 1777. Il eſt queſtion de donner inceſſamment à l'opéra *Myrtil & Lycoris* , parodie en un acte , repréſentée devant leurs Majeſtés à Fontainebleau cet automne. Les paroles ſont de Mrs. Bocquet &
Boutellier ; la muſique de M. Déſormery , &
les Ballets de M. Laval , maître des Ballets
du Roi.

Le poëme eſt la paraphraſe de ce joli vers
de Virgile , *& fugit ad ſalices & ſe cupit
ante videri.* C'eſt un Berger fuyant l'amour ,
qu'une Bergere épriſe véritablement , mais
feignant la coquetterie , ſéduit pàr ſes aga-
ceries , ſes mines & ſes petites ruſes ; il
en réſulte un jeu de théâtre qui doit faire
le principal mérite de l'ouvrage , rempli
d'ailleurs de fadeurs érotiques en vers peu
harmonieux.

1 *Décembre* 1777. On a donné lundi chez Mlle. Guimard cette même Parodie d'*Ernelinde* qui avoit déja été exécutée & jouée à Choifi deux fois. On a commencé fur les dix heures, devant la plus augufte affemblée, compofée de Princes du fang, de plufieurs Miniftres & d'un nombre de Grands du Royaume ; elle a toujours parfaitement réuffi.

1 *Décembre*. Les connoiffeurs & amateurs vont voir avec empreffement un tableau prétendu, original de *Michel - Ange des Batailles*, chez un ancien tapiffier qui en a fait l'acquifition, l'a nettoyé & l'offre au public. Son fujet eft la vue d'une prairie, où fe trouve une fontaine d'eau minérale, dont on va s'abreuver aupès de Rome dans un certain tems de l'année. Le fpectacle de la foule de buveurs de toutes les nations qu'on y remarque, offre, malgré l'unité de l'action, une quantité d'attitudes, d'expreffions & de détails diverfifiés à l'infini, qui prouvent le génie & la fécondité de l'Artifte. Le coloris d'ailleurs en eft admirable & le coftume y eft obfervé dans toutes fes parties. On étoit inquiet en Italie de cette production, qu'on regardoit comme perdue, ou dont on ignoroit le fort. Il s'agit aujourd'hui d'en conftater l'exiftence & l'identité avec celle-ci.

1 *Décembre*. La *Chercheufe d'Efprit*, Ballet Pantomime de la compofition du Sr. Gardel l'aîné, Maître des Ballets du Roi en furvivance, avoit été repréfentée devant leurs Majeftés à Choify, & a été exécutée encore à Fontainebleau. Tout le monde connoît le Con-

te de la Fontaine, *Comment l'Efprit vient aux filles*, qui en contient le germe, & l'opéra-comique du même nom de M. Favart, fur lequel le Ballet en queftion eft plus particu-lierement calqué. On voit par le programme la foule de tableaux naïfs, champêtres & piquans, auxquels il donne lieu, & ce développement occupe & aiguife l'intelligence du Spectateur, tandis que l'exécution féduit & enchante les fens. On juge par la defcription de ce Ballet Pantomime, que M. Gardel, piqué d'une no-ble émulation par le Sr. Noverre, marche di-gnement fur fes traces, & s'il n'a pas fon in-vention, a de l'agrément & de la facilité dans la choréographie.

2 *Décembre* 1777. *Matroco* eft un drame bur-lefque en quatre actes & en vers mêlés d'ariet-tes & de vaudevilles, repréfenté auffi à Fon-tainebleau. Il avoit été exécuté avant à Chan-tilly, chez M. le Prince de Condé & c'eft lui qui y faifoit le principal rôle. Dans fon avertiffement M. Laujon, auteur des paro-les, annonce qu'il n'a pas eu d'autre but que celui de traveftir les héros & héroïnes des poëmes & romans de chevalerie : » Dans les » tableaux variés, dit-il, que préfentent les » ouvrages de ce genre, il a choifi les inci-» dens qui prêtent le plus à la plaifanterie, » pour la faire reffortir de la pompe même » du Spectacle. Les cérémonies & facrifices » magiques, les métamorphofes, les defen-» chantemens, les délivrances des chevaliers, » leurs combats avec les géans & nains, les » attaques & brifemens de tours, font les » principaux objets que l'on a réunie dans un

» me fujet, pour les préfenter fous le maf-
» que de la parodie. En voyant des géans
» fanfarons & brutaux ; des héros langoureux,
» qui ne perdent jamais l'occafion de haran-
» guer quand il faut agir ; des héroïnes pru-
» des , précieufes , toujours preffées de con-
» ter leur hiftoire ; un enchanteur poltron,
» que le moindre fonge effarouche , & que
» l'étendue de fa puiffance ne peut jamais raf-
» furer : en retrouvant enfin dans ces carac-
» teres romanefques , des fentimens exaltés ,
» des rodomontades, l'affectation même des jeux
» de mots , l'on jugera fans peine que l'on
» s'eft occupé à donner un fpectacle de plai-
» fanterie & non pas d'intérêt. Auffi a-
» t-on affecté dans cette *folie dramatique* de
» mêler aux différens morceaux de mufique,
» les refreins d'airs & vaudevilles qui leur
» fervent de contraftes & fouvent même de
» parodies. »

On ne peut juger à la lecture de cet ouvrage de fon mérite purement pour les yeux ;
il ne préfente à l'efprit que des idées bizarres
& incohérentes , propres à faire rire ceux
qui aiment ce genre, mais dont l'effet véritable ne peut fe reconnoître que fur la fcene.
La mufique eft de M. Grétry & préfentoit
beaucoup de difficultés par l'alliage qu'il a été
obligé de faire dans la fienne avec une infinité
d'autres.

2. *Décembre*. 1777. M. le Garde des Sceaux
a défendu aux Imprimeurs & Libraires de
rien faire paroître pour le foutien de leurs
droits & privileges relativement aux derniers
Arrêts du Confeil dont ils fe plaignent. Ils

ont heureusement découvert un Mémoire ancien de d'Héricourt, ce fameux Jurisconsulte,
en leur faveur contre les Libraires de province, dans une contestation précisément de
la même espece que celle d'aujourd'hui ; ils
l'ont arraché du recueil où il est, & en ont
envoyé dans cet état autant d'exemplaires
qu'ils ont pu.

3 *Décembre* 1777. Mlle. Raucoux ayant fait encore de nouvelles incartades, & affichant de
plus en plus une dissolution de mœurs la
plus scandaleuse, les Comédiens se flattent
qu'ils ne seront point forcés de la recevoir
parmi eux à pâques & que la main auguste
qui la soutenoit, lui retirera sa protection.

On fait beaucoup de contes sur la célebre
Duthé, qui a disparu.

3 *Décembre.* On voit dans la place de
Louis XV, deux boutiques en planches, dont
l'une a été préparée par l'auteur du secret
de *préferver du feu toute partie d'édifice com-*
bustible. Elles se touchent, & il n'y a même
qu'une seule cloison de bois commune aux
deux. On mettra le feu aujourd'hui à celle
qui n'est pas préparée, & on l'enflammera le
plus violemment possible. L'auteur se flatte que
l'autre ne sera nullement attaquée par les
flammes.

4 *Décembre.* Nos modes deviennent de
plus en plus un objet de commerce considérable. Il s'éleve chaque jour d'immenses atte-
liers en ce genre, & des artistes même se
vouent à donner des dessins pour les coëf-
fures de femmes. Un d'eux en avoit imaginé
une propre à faire la fortune de la marchande

N 6

de modes qui l'avoit exécuté. Cette coëffure étoit nommée *aux Infurgens*. C'étoit une allégorie foutenue des divifions de l'Angleterre avec l'Amérique. La premiere étoit repréfentée fous la forme d'un ferpent, fi parfaitement bien exécuté, que dans un comité tenu chez Mad. la Marquife de Narbonne, Dame d'Atours de Madame Adelaïde, il fut décidé qu'on ne pouvoit adopter cet ornement, qu'il étoit trop propre à donner des attaques de nerfs. En conféquence l'ouvriere fe retranchoit à le vendre aux étrangers jaloux de nos nouveautés ; il avoit été propofé d'en faire l'annonce dans les papiers publics, mais le gouvernement toujours fage & circonfpeêt l'a défendu. On va le voir par curiofité chez l'auteur.

4 *Décembre* 1777. L'expérience faite hier avoit tous les caraêleres propres pour en conftater le fuccès, car le vent portoit en plein de la boutique enflammée fur celle qui devoit réfifter au feu. Il eft certain que fuivant l'énoncé de l'auteur du fecret, il n'a pas tenu parole, puifque le feu a gagné enfin la feconde boutique & s'y eft maintenu, lentement, il eft vrai & fans aêtivité, mais conftamment, de façon à confumer l'édifice à la longue. Il devoit dire que fon fecret retardoit les progrès du feu, & n'en préfervoit pas.

5 *Décembre*. On eft enfin raffuré fur le fort de Mlle. Duthé ; on fait qu'elle eft en Angleterre avec un Lord qui en eft fol.

5 *Décembre*. Le tableau annoncé de Michel-Ange des Batailles, a pour fujet la vue de la

fontaine de l'*Aqua acetofa*. Voici l'anecdote qui a donné lieu à cet ouvrage.

De son tems il y avoit à Rome un bœuf d'une hauteur & d'une groffeur monftrueufes ; chacun s'intéreffoit à la confervation d'un animal fi extraordinaire : il fut attaqué d'une maladie de langueur & dépériffoit tous les jours. Ayant envain employé tous les remedes imaginables pour lui rendre la fanté, on s'avifa de le conduire dans une prairie fituée auprès de Rome, à deux milles environ de la porte du Peuple, entre le Nord & le Levant. A peine trois jours s'étoient écoulés qu'on s'apperçut que l'animal reprenoit fon embonpoint. On reconnut qu'il s'abreuvoit à une fource d'eau qui arrofoit la prairie, & l'on attribua fa guérifon à cette eau dont on vérifia la falubrité par l'analyfe ; elle fe trouva être un purgatif naturel & très doux. Auffitôt le Pape Alexandre VII fait recouvrir d'un grand arc & décorer de différens marbres cette fontaine, dont la réputation s'étendit bientôt & fe conferve encore. Tous les ans à la fin de Juillet, pendant le mois d'Août & au commencement de Septembre, il y a un grand concours. *On y voit certains jours jufqu'à cinq ou fix cent perfonnes en même tems, qui boivent ou qui cedent à l'effet de la purgation en plein air & le long des prez qui avoifinent cette fontaine.* Tel eft le moment choifi par le peintre.

5 Décembre 1777. Le ballet en action de *Ninette à la Cour* par M. Gardel l'aîné, maître des Ballets du Roi en furvivance, repréfenté devant leurs Majeftés à Choifi pour la pre-

miere fois & récemment à Fontainebleau, paroît à la lecture du programme absolument calqué sur l'ouvrage de Favart en trois actes,
lui-même parodié de *Bertholde à la Cour*. Il
faudroit voir l'exécution pour en juger, mais
il y a beaucoup de pantomime, une multitude de scenes gaies & naïves, mêlées d'autres plus nobles & plus magnifiques : ce dont
il résulte une diversité qui feroit honneur au
chorégraphe, s'il avoit imaginé réellement
cette action.

5 *Décembre* 1777. M. l'Abbé Millot a été élu
hier par l'Académie Françoise à la place vacante de Grenet.

6 *Décembre*. *Fatmé* est une comédie-ballet
en deux actes, représentée aussi à Fontainebleau. M. de St. Marc, l'auteur des paroles, l'a fait précéder d'un avertissement assez
puéril, où il rend compte avec chagrin du
premier titre de cet ouvrage, *le langage des
fleurs* & du quolibet qu'il a occasionné, ainsi
que de sa réponse déja citée.

L'intrigue bien simple consiste dans une ruse
dont se sert la femme d'un Pacha, qui pour
ramener cet infidele favorise les amours d'une
esclave dont son époux est épris : celle-ci fait
connoître à un François son projet d'évasion,
par un langage allégorique qu'elle lui tient
en cultivant des fleurs. Il s'enhardit dans son
entreprise & l'enlève à son tyran, qui à son
tour instruit par *Fatmé* (c'est le nom de sa
femme) que l'excès de sa jalousie l'a portée
à cette tendre perfidie, lui pardonne en faveur
du motif & reprend ses chaînes.

La musique de cet ouvrage est de M. Defaides ; les Ballets font de la compofition de M. Gardel l'aîné.

7 Décembre 1777. On parle beaucoup d'un certain Smith, Anglois, venu ici pendant le voyage de Fontainebleau avec 200, 000 louis à perdre au jeu. Cela a amorcé la cupidité des joueurs de la cour, & , quoiqu'il foit d'une extraction très-vile, on a fait valoir fa qualité de Colonel, qu'il a eue dans l'Inde, pour le préfenter à la Reine & à la famille Royale. Il a été admis en conféquence au jeu de S. M. & eft devenu familier chez nos Princes, qu'il ruine, ainfi que beaucoup des Seigneurs. On prétend qu'il a déja gagné 1, 500, 000 livres. Il eft d'une infolence que donne aifément la profpérité. On l'a vu l'autre jour à table avec M. le Comte d'Artois, & le Duc de Chartres, les coudes fur la table & de la maniere la plus libre.

8 Décembre. Le Sr. de Beaumarchais, qui eft depuis peu de retour d'Efpagne, en revenant jeudi de chez le Docteur Franklin où il étoit allé fe mettre au fait des nouvelles des Infurgens, a été verfé rue des Petits-champs dans un cabriolet à glaces, & a été bleffé, mais moins grâvement que le Sr. Grand, Banquier, fon compagnon de voyage, qui s'eft caffé la clavicule. On croit même que le premier a peu de chofe, mais a fait exagérer fon accident dans le public pour y occafionner plus de fenfation & faire parler de lui, ce qu'il aime beaucoup.

8 Décembre. M. le Marquis prétendu de *Pezay*, qui avoit fait parler de lui depuis quelque tems, comme d'un homme important qui avoit essuyé une courte disgrace, avoit reparu ici & étoit retourné à Pezay, vient, dit - on, d'y mourir. C'est un homme qui n'aura eu qu'une réputation très-éphémere, soit en littérature, soit en politique.

8 *Décembre* 1777. On a déja parlé du *Duel comique*, lorsqu'il a été joué aux Italiens. Il a été représenté aussi à Fontainebleau le 10 Décembre, & l'on ne peut que reconnoître encore mieux à la lecture la méchanceté du poëme de cet opéra bouffon en deux actes & en prose, mêlé d'ariettes. La traduction de l'Italien est de M. Moline. Quant à la musique, dont on a aussi parlé & qu'on a regretté de voir adaptée à de si pitoyables paroles, elle est du Sr. Paesiello, rédigée par le Sr. de Mereaux.

9 *Décembre*. Depuis que les amateurs & les gens de l'art vont voir le morceau de *Michel Ange des batailles* dont on a parlé, il ne paroît pas qu'aucun en ait contesté l'originalité. Voici quelques détails ultérieurs qui le concernent.

L'auteur a saisi le moment du grand concours & le spectacle des différentes occupations des malades ou des curieux. Il a placé au centre la fontaine de *l'aqua acetosa*, objet principal de la scene. Elle est dans une prairie, qui, conformément à la description qu'en font les voyageurs, a la forme d'une tortue en réalité, ainsi que dans le tableau. Entre la multitude de figures dont il est enrichi, on distingue celles du premier plan, toutes très-bien terminées, au nombre de 130 ou 140, qui représentent diverses nations, &

parmi lefquelles il en eft de huit, dix &
douze pouces de haut. Elles font répandues
en quantité de grouppes formant chacun de
petites actions particulieres, mais fe rappor-
tant à l'enfemble de la compofition. Les plans
plus éloignés n'offrent point de figures auffi
finies, comme n'étant pas faites pour être
difcutées d'auffi près. Cette machine, d'une
moyenne proportion, a cinq pieds neuf pouces de large fur quatre pieds un pouce de
haut. Les connoiffeurs commencent à y mettre un prix, le propriétaire parle d'une offre
de 500 louis.

9 *Décembre* 1777. Me. Linguet, non content
d'avoir inféré dans fon Journal, & en plufieurs autres fans doute, l'annonce de l'immenfe collection de fes œuvres précédée d'un
long dire, en a fait une petite brochure fé-
parée qu'on remet à toutes les portes de cette
capitale. Il eft plaifant de le voir non-feulement s'y défendre de fon égoïsme & prouver qu'il doit parler de lui, mais vouloir im-
pofer à fes lecteurs l'obligation de l'écouter
& furtout de lui donner raifon. Jufques - là il
menace de ne fe point taire fur fon compte
& de reproduire fans ceffe les pieces du grand
procès qu'il a au tribunal du Public, & qu'il
ne regardera jamais comme jugé, que quand
il l'aura gagné.

10 *Décembre.* M. Sigault, imitant ce
Philofophe à qui l'on nioit le mouvement &
qui pour toute réponfe fe contenta de marcher, fans répondre à toutes les objections
que l'ignorance & plus encore l'envie & la
mauvaife foi lui faifoient, a tellement travaillé

au rétabliſſement de la femme Soùchot, ſi renommée aujourd'hui depuis l'opération de la ſymphiſe, qu'il l'a miſe en état de paroître devant la Faculté à deux ſéances tenues les 3 & 6 de ce mois. Elle a monté les eſcaliers ſeule & ſans difficulté, &, en préſence des Docteurs, a fait tous les mouvemens exigés d'elle. Suivant le rapport intime du Docteur Grandclas, l'un des Commiſſaires nommés pour ſuivre le traitement, il ne lui reſte plus qu'une légere incontinence d'urine. Elle eſt fort amoureuſe, quoique très - laide & très-contrefaite & même d'un certain âge. Cependant il ne doute pas qu'elle ne faſſe dans peu un ſecond enfant. Celui dont elle eſt accouchée & qu'elle allaite, a été également offert à la Faculté, qui doit conſtater l'époque & perpétuer le ſouvenir d'une pareille découverte.

11 *Décembre* 1777. La Faculté, dans ſon Aſſemblée du 6 de ce mois, convoquée pour entendre le rapport concernant la femme Souchot, a arrêté qu'il ſeroit rendu un décret dans les termes les plus honorables pour M. Sigault, par lequel on diroit qu'il ſera frappé une médaille, ſur l'exergue de laquelle on liroit la date de la découverte de M. Sigault du premier Décembre 1768, & celle de l'opération du premier Octobre 1777; qu'il ſeroit remis à M. Sigault 100 de ces Médailles, & 50 à M. Alphonſe le Roi, pour ſes bons ſoins & avoir coopéré au ſuccès de ſon confrere. Que la Faculté feroit une penſion à la femme Souchot de 300 livres, juſqu'à ce qu'il plût au gouvernement lui en faire une; ce

que l'on folliciteroit : que le rapport de M. Sigault & celui de M M. Grandclas & Defcemet feroient inceffamment imprimés & préfentés à S. M. & à toute la famille Royale, par M. le Doyen & M. Sigault ; que le Mémoire en feroit répandu avec la plus grande profufion aux dépens de la Faculté, à tous les Grands du royaume & aux principaux Citoyens, diftribué dans toutes les villes de France, & à toute l'Europe Médicinale & Chirurgicale. Qu'au furplus, on en donneroit la notice dans tous les papiers publics de l'Europe.

12 *Décembre* 1777. Le Sr. de Vifme voulant donner de l'importance à la nouvelle adminiftration de l'Opéra dont il doit être chargé fous la protection de la Reine, a déjà affemblé tous les fujets de l'Académie Royale de Mufique avanthier, & a fait à ces Meffieurs & à ces Dames un difcours où il les raffure fur toutes les fauffes idées qu'on a répandues de fon gouvernement futur, & promet, au contraire, de faire tous fes efforts pour mériter leur eftime & leur confiance.

12 *Décembre.* On continue à parler de la Lettre de Me. Linguet au Comte de Maurepas, & à en affurer l'exiftence. Il en circule des copies, qu'il faut lire pour être bien au fait de ce qu'elle contient. En général, il menace, comme on a dit, ce Miniftre de fes fureurs polémiques, s'il ne met pas fon affaire fous les yeux du Roi & ne lui fait pas obtenir juftice de S. M.

13 *Décembre.* On n'a fu que depuis peu la mort de M. Natoire, ancien Directeur

de l'Ecole de Rome, éleve de le Moine, & rival de Boucher. Elle eſt arrivée vers la fin d'Août à Caſtel - Gandolphe, près de la capitale du monde chrétien. On lui a reproché d'être plus correct ſur le papier que ſur la toile. Ses défenſeurs citent, au contraire, un St. *Sébaſtien* au moment qu'un Ange retire une flêche de ſon corps, & ils aſſurent que ce maître a quelquefois peint, deſſiné & colorié comme Le Guide. Il étoit dévot, fort attaché aux Jéſuites, & s'étoit attiré un procès peu honorable de la part d'un Eleve nommé Mouton, qui lui donna beaucoup de chagrin, il y a neuf à dix ans.

13 *Décembre* 1777. M. de Chamfort, après avoir changé ſix ou ſept fois le dénouement de ſa tragédie de *Muſtapha & Zéangir*, l'a enfin mis dans l'état où il le deſiroit, & la premiere repréſentation doit avoir lieu lundi.

14 *Décembre*. M. Gruet, jeune auteur de mérite, n'ayant pas encore vingt-cinq ans, s'eſt tué de ſon fuſil à la chaſſe par un accident. Déja *Lauréat* de l'Académie Françoiſe en 1776, il avoit médité le projet aſſez ridicule de mettre *Télémaque* en vers. Il avoit dans ſon portefeuille quelques morceaux de poéſie d'un meilleur goût. L'Abbé de Lille l'avouoit pour ſon Eleve.

14 *Décembre*. On continue à parler de M. Smith, & à tirer au clair ce qui le concerne. Revenu de l'Inde en Angleterre avec beaucoup d'argent, il a voulu figurer dans le Parlement en qualité de Député & a cherché à gagner des voix. Il s'eſt inutilement conſtitué en fraix, & il en a même réſulté pour lui une peine de

prifon de fix mois. Devenu libre, il eft venu ici avec de gros fonds. Et tel eft l'homme qui mange avec M. le Comte d'Artois les coudes fur la table & fait la partie de la Reine !

14 *Décembre 1777.* La mort de M. le Marquis de Pezay délie auffi les langues fur fon compte. Il eft avéré que ce prétendu Seigneur étoit fils d'un commis & petit fils d'un épicier, & que fon Marquifat étoit une très-petite habitation où il eft mort de chagrin. On dit que fa femme, fille de qualité, le regrette beaucoup plus qu'il ne méritoit ; qu'elle eft dans la défolation & s'eft retirée au couvent.

14 *Décembre.* Mlle. d'Eon, malgré les incrédules obftinés à lui nier fon fexe, a paru à la cour dans fa nouvelle décoration, & les Miniftres lui écrivent à *Mademoifelle la Chevaliere d'Eon.*

On n'a pas manqué de la chanfonner par un vaudeville fur l'ancien air de *la Bequille duMere Barnabas.*

15 *Décembre.* Les très-humbles & très-refpectueufes Repréfentations adreffées au Roi par les Libraires & Imprimeurs-Jurés de l'Univerfité de Paris, roulent fur les deux Arrêts du Confeil du 39 Août, dont l'un concerne la durée des Privileges en Librairie, & l'autre la contrefaçon des Livres.

Les veuves de ces Communautés fe font réunies & ont accédé à ces repréfentations pour ce qui les concerne, par une *Requête au Roi*, dans laquelle elles établiffent les motifs de leur recours à S. M. pour la confervation de leurs droits.

15 *Décembre* 1777. La tragédie de M. de Voltaire, dont on a mandé qu'il s'occupoit il y
a quelques mois, a été donnée depuis peu
aux comédiens par M. le Comte d'Argental.
Ils en ont fait lecture & l'ont jugée foible ;
mais n'ofant la refufer, pour gagner au moins
du tems & ne pas fe rendre aux inftances
vives de l'ami de l'illuftre vieillard, ils ont
écrit à celui-ci fous prétexte de lui demander
la diftribution des rôles. Cette tragédie, intitulée d'abord *Alexis*, fe nomme aujourd'hui
Irene. On parle d'une feconde, & l'on écrit
de Ferney que M. de Voltaire, redoublant
d'activité, travaille en ce moment feize &
dix-fept heures par jour.

15 *Décembre*. Le Sr. Berton, Directeur
général de l'opéra, mécontent de M. de
Vifmes fe retire. Il ne veut pas fe laiffer dé-
grader fous ce nouveau chef, dont l'intention eft de n'en point établir qui aient des
pouvoirs auffi étendus que celui-là. Son intention eft de créer des maîtres pour chaque
partie, pour le chant, la danfe, l'orcheftre, &c.
Indépendamment de ces changemens qui oc-
cafionnent beaucoup de murmures & de fermentation dans le tripot, il annonce des améliorations d'un autre genre. On dit qu'il veut
faire venir des Bouffons d'Italie, & les faire
jouer les jours où l'opéra François n'aura pas
lieu. Enforte qu'il y auroit fpectacle toute la
femaine à ce théâtre.

16 *Décembre*. Les comédiens Italiens
annoncent depuis longtems une parodie d'*Armide*. Elle doit enfin avoir lieu demain fous
le titre de l'*Opéra de province*, nouvelle par

rodie d'*Armide* en deux actes , en vers &
vaudevilles. Elle est de MM. Auguste, Desprez
& Regnier.

17 *Décembre 1777*. L'ordre d'administration
pour le soulagement des pauvres , établi sur la
paroisse de Saint-Sulpice, dont on a déja
parlé , mérite d'être connu plus en détail.

Il a pour objet de répandre les aumônes
avec discernement & de détruire l'oisiveté ,
c'est-à-dire , de secourir les vrais pauvres ,
de faire subsister les vieillards & les infirmes
dans une honnête aisance , de pourvoir aux
besoins des malades & d'essuyer les larmes des
meres désolées , en leur procurant les moyens
de nourrir leurs enfans.

On a divisé , pour la distribution de ces
œuvres de charité la paroisse en quatre cantons, dans chacun desquels on a formé une
administration particuliere composée de quatre
prêtres de la communauté & de quatre
Dames bourgeoises ayant à leur tête deux
Dames de qualité. Le curé , le vicaire & les
deux prêtres chargés des régistres seront de
toutes les administrations , ainsi que la sœur
supérieure des filles de la Charité pour les
malades.

Les quatre Dames de charité feront les informations nécessaires pour constater la demeure , les besoins, les mœurs des pauvres, &c.
Elles s'assembleront une fois par mois chez
l'une des deux Dames de qualité Présidentes ,
& là elles exposeront leurs observations sur
chacun de leurs pauvres respectifs & délibérant
sur les moyens à prendre pour les secourir
efficacement.

18 *Décembre* 1777. Muftapha, l'un des Princes
les plus accomplis de la race Ottomane, étoit
fils de *Soliman II* & d'une Circaffienne. *Soliman* ayant depuis époufé *Roxelane*, en eut
entre autres enfans *Zéangir*. Sa mere, jaloufe
de le placer fur le trône, accufa *Muftapha* de
trâmer une rebellion contre fon pere, &
celui-ci, fans daigner entendre la juftification
de fon fils, lui fit donner la mort. C'eft l'am-
bition de *Roxelane*, & l'amitié des deux freres qui ont fourni à M. de Chamfort le fujet
de fa tragédie.

Elle étoit attendue avec d'autant plus d'impatience, qu'elle avoit eu un grand fuccès
aux deux repréfentations données à Fontainebleau, & que la ville, toujours jaloufe de réformer les jugemens de la cour, défiroit voir
fi l'auteur avoit été juftement exalté avec tant
d'enthoufiafme.

En général, on a trouvé fa tragédie très-
médiocre, foible d'intrigue, fans action, fans
mouvement, fans caracteres vigoureufement
frappés; il y a quelque fenfibilité, de beaux
vers par intervalle. Le quatrieme acte produit
un grand effet. Mais le fecond, le trois, &
le cinq fur-tout n'ont pas réuffi : le dénouement, changé fi fouvent, eft encore déteftable
& contre toutes les regles de la tragédie,
puifque les deux freres, les feuls perfonages
vertueux de la piece, fuccombent. Du refte,
beaucoup de froideur & une longueur ex-
ceffive rendent ce fpectacle horriblement ennuyeux.

A la fin de la repréfentation quelques partifans indifcrets de l'auteur l'ayant demandé,
comme

comme ces voix étoient isolées , les comédiens
n'y ont pas fait attention. A ces clameurs qui
continuoient se sont joints des persifleurs , qui
par dérision ont fait chorus ; on n'en a pas tenu
plus de compte , parce qu'on sentoit bien que
ce n'étoit pas le vœu général & nul acteur n'a
paru pour se mettre en devoir de satisfaire le
public : alors l'humeur a gagné à tel point , que
le Parterre n'a jamais voulu laisser commencer
la petite piece ; il a fallu y faire entrer des Grenadiers en grand nombre , ce qui n'a pas plus
réussi , parce qu'alors les loges indignées s'en
sont mêlées. *Monsieur* , présent à ce spectacle ,
a été obligé de s'en aller , sans avoir vu la seconde piece & de fort mauvaise humeur. Enfin
un acteur étant venu pour haranguer le public ,
lui rendre compte des démarches inutiles qu'on
avoit faites afin de trouver M. de Chamfort ,
enfin pour savoir s'il vouloit qu'on jouât la petite piece ou non ? le tumulte a cessé , mais
tout cela a fait perdre beaucoup de tems , ensorte qu'on n'est sorti qu'à dix heures. Le
Comte d'Artois & Madame la Duchesse de
Bourbon ont voulu voir la fin de cette bagarre ,
qui heureusement n'a été funeste à personne ;
car des alguazils ayant voulu arrêter quelqu'un ,
il y a eu un tel mouvement de partout & des
clameurs si vives , qu'ils n'ont osé l'enlever.

18 *Décembre* 1777. La facétie donnée hier
aux Italiens est moins la parodie d'*Armide*
qu'une critique de l'opéra en général , & de
beaucoup d'autres choses qui n'y ont pas de rapport. On l'a trouvée platte , grossiere & d'un
très-mauvais ton. Il y a de la gaîté & quelques
saillies en couplets qui ont fait plaisir. Cela ne

peut aller loin, ni jetter beaucoup de ridicule
fur le Chevalier Gluck.

En novembre 1724 Bailly avoit donné une
parodie d'*Armide* plus courue. Elle avoit eu
vingt repréfentations.

18 *Décembre* 1777. La fermentation eft toujours
très-grande dans la Librairie contre les nouveaux Arrêts du confeil : cependant M. le
Camus de Neville excite le Garde des fceaux à
tenir bon.

19 *Décembre. Le Monarque accompli , ou Pro-
diges de bonté , de favoir & de fageffe , qui fon
l'Eloge de S. M. Impériale Jofeph II , & qui
rendent cet augufte Monarque fi précieux à l'humanité , difcutés au Tribunal de la raifon & de
l'équité par M. Lanjuinais , Principal du College
de Moudon.* Tel eft le titre d'un livre qui,
profcrit il y a près de deux ans par le Parlement , n'en eft devenu que plus recherché. Sa
rareté avoit empêché jufqu'ici de l'avoir &
d'en parler. On juge à la diffufion du titre que
l'ouvrage doit l'être en proportion : malgré ce
défaut il mérite d'être lu & qu'on en difcute
l'objet, le plan & les diverfes parties ; ce qu'on
ne peut faire qu'à mefure , à l'égard de trois
volumes in 8 dont il eft compofé.

20 *Décembre.* Un plaifant a fait pour
M. de Vilette une réponfe aux vers charmans
que M. de Voltaire a adreffés au Marquis en
l'honneur de fon mariage. Elle eft malignement
parodiée d'après un endroit de l'Epitre. La
voici :

Non, non, la Vénus la friponne,
La Vénus des foupers, la Vénus d'un moment;

La Vénus qui n'aime personne,
Qui féduit tant de monde & qui n'a point d'amant,
Ne seront jamais mes déesses,
Je n'adorerai constamment
Que la Vénus aux belles fesses.

20 *Décembre.* 1777. Le plus mauvais tour qu'on
ait joué à M. de Chamfort, c'a été de réimprimer
la tragédie de *Mustapha & Zéangir* de Mr. Belin,
donnée en 1705 & qui eut alors vingt-six repréfentations. On y découvre un larcin mani-
feste, non feulement du fujet, mais du plan
entier, mais de l'intrigue, des caracteres &
prefque de toutes les fcenes : à la différence près
que le premier eft beaucoup mieux conçu &
plus net, que la feconde eft plus adroite & plus
rapide, & que les caracteres font plus beaux,
mieux foutenus & plus vigoureux. La verfifica-
tion n'eft pas auffi brillante que celle de M. de
Chamfort & n'en eft que meilleure. Elle eft fimple, fans aucune prétention ; tout le dialogue
eft plein de logique & coule de fource ; les
acteurs ne difent jamais que ce qu'ils doivent
dire. Il n'eft pas poffible d'avoir pouffé l'impudence auffi loin que l'a fait le plagiaire. Il faut
lire l'ouvrage pour le croire & l'on eft alors auffi
étonné qu'indigné.

21 *Décembre.* La Société Libre d'Emulation, errante encore, a transféré fon affemblée
générale dans une Salle des grands Auguftins.
Elle a eu lieu hier 20. Elle y a diftribué deux
Encouragemens, l'un de 300 livres & l'autre
de 200 livres, à deux ferrures de combinaifon.
Elle a publié quatre nouveaux programmes.

22 *Décembre.* Quoique la Chanfon fur

Mlle. d'Eon ne foit pas merveilleufe, comme
c'eft l'hiftoire du jour & qu'elle confacre l'a-
necdote, on va l'infcrire ici :

Du Chevalier d'Eon
Le fexe eft un myftere ;
L'on croit qu'il eft garçon,
Cependant l'Angleterre
L'a fait déclarer fille,
Et prétend qu'il n'a pas
De trace de Béquille
Du Pere Barnabas.

Jadis il fut garçon,
Très - brave Capitaine ;
Pour un oui, pour un non,
Chacun fait qu'il dégaîne.
Quel malheur, s'il eft fille !
Que ne feroit- il pas
S'il avoit la Béquille
Du Pere Barnabas ?

Il eft des Francs – maçons
Un très- zelé confrere,
Sachant de leurs leçons
Les plus fecrets myfteres.
Pour le coup s'il eft fille
Plus on n'en recevra,
Qu'on n'ait vu la Béquille
Du Pere Barnabas.

Il fut chargé, dit-on,
D'ordres du Miniftere ;

On lui donna le nom
D'un Extraordinaire ;
Ah ! parbleu, s'il est fille ;
Qui lui va mieux que ça,
Si ce n'est la Béquille
Du Pere Barnabas !

Pour ses amusemens
Il a fait vingt volumes
Touchant le Droit des gens
Dont il fait les coutumes.
Quoiqu'Avocat habile,
Il ne fait pourtant pas
Le droit de la Béquille
Du Pere Barnabas.

Qu'il soit fille ou garçon,
C'est un grand personage ;
Dont on verra le nom
Se citer d'âge en âge ;
Mais pourtant, s'il est 'lle,
Qui de nous osera
Lui prêter la Béquille
Du Pere Barnabas !

Quoiqu'il ait le renom
D'être une Chevaliere,
Il paya la façon,
Aux yeux de l'Angleterre,
D'une petite fille,
Ce qu'on ne feroit pas,
Sans avoir la Béquille
Du Pere Barnabas.

22 *Decembre* 1777. On vient d'apprendre la mort de M. le Baron de Haller, Membre du Conseil souverain de Berne & l'un des huit Associés étrangers de l'Académie des Sciences. Cet homme célebre étoit en même tems Philosophe, Versificateur & Politique. Il s'étoit distingué dans les Sciences, dans la Poésie & dans l'administration de son pays. Il est mort à *Berne* le 12 de ce mois.

22 *Décembre.* C'est le Sr. Métard, Sculpteur, qui est chargé d'un Mausolée en marbre pour être placé dans la chapelle de la paroisse de l'Isle - Adam, où est enterré le Prince de Conti. On va voir chez lui le modele.

22 *Décembre.* Le Sr. Nivelon, éleve du Sr. Gardel pour la Danse, a débuté le dimanche 14 à l'Opéra avec un succès prodigieux. Il a des graces extérieures, jointes à la plus extrême précision & à une facilité charmante.

23 *Décembre.* On peut se rappeler la démarche des fiacres qui, pendant un voyage de Choisi, allerent, il y a quelques mois, en procession en ce lieu pour y porter leurs plaintes & gémissemens au Roi à l'occasion de certains impôts vexatoires dont ils vouloient être déchargés. M. de la Louptiere fit dans le tems une facétie en vers sur ce sujet, qu'il n'osa rendre publique à cause d'une dérision assez forte qu'il s'y permet contre le Parlement; cependant tout transpire & l'on en a des copies.

Plus fiers que Phaëton, les fiacres un beau jour
Sur deux files rangés, dès l'aube matinale,

Pour affaire de corps députés à la cour,
  S'éloignoient de la capitale.
  Le cortege arrive à Choifi,
L'Orateur eft muet, tous ont le cœur tranfi,
  Et dans un placet pathétique
Au Titus de la France ils dreffent leur fupplique.
On fe difoit tout bas ; " Eft-ce un autre Sénat,
„ Qui veut encor tenir les rênes de l'Etat ? „
  Tous les cochers de notre langue
  Savent le fin, fans avoir rien appris,
Et l'on prétend qu'un de leurs beaux efprits,
  Avoit ainfi préparé fa harangue :
„ Sire, vos bons fujèts, les fiacres de Paris,
 „ Viennent aux pieds du trône expofer leurs dif-
 „ graces ;
„ Le fiege eft avili ! nos droits font fans vigueur,
„ Prêts à perdre nos biens plutôt que notre honneur
 „ Nous avons tous quitté nos places.
„ Au plus jufte des Rois nous venons remontrer
  „ Qu'à certains ordres de police
  „ Pour le bien même du fervice
  „ Nous ne pouvons obtempérer. „
  Pour des Députés de la forte,
On fait peu de façon au féjour des grandeurs :
„ Partez, Meffieurs, partez, leur dit-on à la porte ;
  „ Le devoir vous appelle ailleurs.
„ Laiffez votre placet ; un Confeil des finances
  „ Réglera vos prétentions :
  „ Le Roi permet les Remontrances ;
  „ Mais reprenez vos fonctions. „
    O 4

24 *Décembre* 1777. M. le Vicomte d'Au-
buffon de la Feuillade ouvrit famedi dernier
la féance publique de la Société libre d'Emulation pour l'encouragement des Inventions
qui tendent à perfectionner la pratique des
arts & des métiers utiles. Ce Directeur
Préfident, renommé pour fon patriotifme,
parla fur la conftitution & le but de la Société.

L'Abbé Baudeau, Secrétaire, rendit compte
en détail.

1. De l'efprit de la Société, de fes comités
& affemblées, de fes réglemens & de fes
travaux.

2. Des Prix qu'elle a propofés au nombre
de dix; quatre dans la claffe de l'agriculture,
trois dans celle de manufactures, & trois
dans celle des ouvrages de main-d'œuvre.

3. Des encouragemens pécuniaires qu'elle a
diftribués depuis dix mois aux auteurs des inventions utiles.

Enfuite M. Jumelin, Docteur en Médecine, fit la démonftration des deux ferrures de
combinaifon, aux auteurs defquelles la Société a partagé, par forme d'encouragement, la fomme de 500 livres deftinée aux
prix qu'elle a remis.

La premiere des ferrures eft du Sr. Regnier, arquebufier mécanicien à Saumur en
Auxois.

La feconde eft de M. Boiffier, Prieur des
Céleftins de Sens. On applaudit beaucoup à
fa dévife ingénieufe : *Manus habent & non
palpabunt.*

M. du Fourny de Villiers prit la parole

après M. Jumelin & lut le nouveau Programme du Prix de 500 livres proposé de
nouveau pour la meilleure serrure de com-
binaison.

L'Abbé Baudeau finit la séance par la lecture des Programmes de trois nouveaux Prix :
le premier sur les moyens de diminuer ou
supprimer les années de jachere ; le second
sur les ustensiles de cuisine exempts de tout
danger ; & le troisieme sur les voitures à
porter des pierres, moilons & autres sembla-
bles fardeaux.

25 *Décembre* 1777. La fermentation élevée
dans la Librairie à l'occasion d'Arrêts du Confeil rendus par M. le Garde des Sceaux en
cette partie, non feulement fe maintient parmi les Chefs qui attendent impatiemment l'effet de leurs repréfentations portées par la
voie du Recteur de l'Univerfité, comme en
étant suppôts & membres, mais elle est plus
forte parmi les inférieurs, non moins offen-
fés du Réglement qui les concerne. Il y a
une espece de conjuration de la part des
garçons & apprentifs - imprimeurs qui ne
veulent plus travailler & menacent de paffer
chez l'étranger. Jusqu'ici on a fufpendu leur
évafion par la douceur & les prieres ; les imprimeurs & libraires leur ont fait entendre
qu'il y auroit néceffairement quelque nouvel
arrangement plus fatisfaifant pour tout le
monde. Mais comme il ne vient point, ils
craignent chaque matin que tous ces ouvriers ne quittent le travail & n'y renon-
cent tout - à - fait. C'est ce qui tracaffe
le Chef fuprême de la juftice, qui regar-

deroit comme humiliant d'avoir du deſſous en cela.

26 *Décembre* 1777. Mrs. Thomas, l'Abbé Morellet & d'Alembert ont chanté à qui mieux les louanges de leur mere, comme les plaiſans l'appeloient, c'eſt-à-dire de Madame Geoffrin. L'abbé Groſier, le ſucceſſeur de Freron, avoit fait une critique très gaie de ces trois Eloges & alloit la livrer à l'impreſſion, lorſque Madame la Ferté-Imbault, la Fille de Madame Geoffrin, a obtenu un ordre qui défend au journaliſte de parler de ces trois ouvrages.

27 *Décembre.* On imprimoit un Mémoire pour la femme Deſrues, mais il y a eu ordre de la Cour de l'empêcher, & tout autre en ſa faveur.

28 *Décembre.* M. *Saurin*, peu gai de ſon naturel, s'eſt déridé le front en faveur du Chevalier Gluck, ou plutôt celui-ci l'ayant ſéduit par ſon *Armide*, il lui a adreſſé les couplets ſuivans, ſur l'air *du haut en bas :*

> Ton Art divin,
> Puiſſant Maître de l'harmonie,
> Ton Art divin
> En miracles s'épuiſe envain ;
> Plus tu triomphes, plus l'Envie
> Montre de fureur & décrie
> Ton Art divin.
> De tous les tems
> Ce fut aventure pareille,

De tous les tems :
Laisse dire les mécréans ;
Reine du cœur & de l'oreille
Ta lyre fera la merveille
De tous les tems.

28 *Décembre 1777.* Le *Panégyrique de Trajan*
par Pline , semble avoir été le modele ou
plutôt le germe du livre de M. de *Lanjui-*
nais : il part de certains traits de la vie de
l'Empereur actuel pour lui tracer successivement un plan d'administration très étendu &
très développé jusques dans les moindres parties. Quelquefois par un tour oratoire, il suppose que ce Prince a fait une chose pour lui
enseigner à la faire. En parcourant ce traité
de Politique, de Jurisprudence , de Morale,
on ne trouve rien de bien neuf dans les détails , mais l'ensemble de l'édifice est très beau
par sa réunion & sa solidité. Outre les anecdotes concernant Joseph II. dont il est enrichi , il y a plusieurs autres morceaux historiques qui donnent de l'ame à cet ouvrage,
& l'empêchent d'être ennuyeux malgré sa longueur. Il y a d'ailleurs des endroits vraiment
hardis , pris dans les grands principes , & qui
caractérisent une ame forte & patriotique. Le
style en est clair & nerveux, & partout on
est étonné de la profonde érudition de ce Professeur de Moudon , plus propre à régenter
dans les Cours que dans l'enceinte obscure
d'un Collège.

29 *Décembre.* Un livre , intitulé *Con-*
sidérations sur l'état présent de la Colonie Fran-

O 6

çoise de *St. Domingue*, vient d'être supprimé par Arrêt du Conseil du 17 Décembre.

29 *Décembre* 1777. La diftribution des fix Maîtrifes, grands Prix & Prix de quartier de l'Ecole Royale gratuite de Deffin, s'eft faite avant-hier, dans la Galerie de la Reine, aux Tuilleries, en préfence de M. le Noir, Confeiller d'Etat, Lieutenant Général de Police, Préfident de ladite Ecole, & de M.M. les Adminiftrateurs.

M. Bachelier, Directeur, ouvrit la féance par un difcours; enfuite on procéda à la diftribution de 210 Prix, qui furent délivrés par le Magiftrat.

Les grands Prix ont été remportés, favoir celui d'Architecture, par le Sieur *Philippe*, fe deftinant à la maçonnerie & rempliffant la place d'Eleve, fondée par M. l'Empereur, ancien Adminiftrateur.

Celui de la Perfpective, par le Sr. *Jacot*, fe deftinant auffi à la maçonnerie, & rempliffant la place d'éleve, fondée par feu M. de Broglie, Evêque de Noyon.

Celui de la coupe des pierres, par le Sr. *Avrile*, fe deftinant pareillement à la maçonnerie, & rempliffant la place d'Eleve, fondée par feu M. Gayot, Intendant Général des Armées du Roi.

Celui de Mathématiques, par le Sr. *Schmid*, rempliffant la place d'Eleve, fondée par M. Boutin, Receveur Général des finances & ancien Adminiftrateur.

Celui de figure, par le Sr. *Touret*, fe deftinant à la maçonnerie, & rempliffant la place

d'Eleve, fondée par M. le Comte de Dur-
fort.

Celui d'Ornement, par le Sr. *Souris*, se deftinant à la Sculpture en bâtiment, & rempliffant la place d'Eleve, fondée par feu M. de
Champelo.

29 *Décembre* 1777. Des trois monumens litte-
raires élevés en l'honneur de Mad. Geoffrin,
l'un eft de M. Thomas & a pour titre *à la*
Mémoire de Mad. Geoffrin : l'autre eft de l'Abbé Morellet ; c'eft le *Portrait de Mad. Geoffrin*:
le troifieme eft *Lettre de M. d'Alembert à M. le*
Marquis de Condorcet fur Mad. Geoffrin. On
les caractérife ainfi : le premier écrivain penfe,
le fecond raconte & le dernier pleure. Mais
tous trois ont mis tant d'affectation & de prétention dans leur ouvrage, qu'ils prêtent infiniment au ridicule, & que Madame la Ferté-
Imbault a craint avec raifon que celui-ci jetté
fur les panégyriftes ne réjaillit fur l'héroïne.
Malheureufement elle n'a pu prévenir le
coup de partout, & l'on voit dans le
Journal François un extrait de l'un de ces
écrits, bien piquant, très gai & très défo-
lant pour ceux qui s'intéreffent à la mémoire
de Mad. Geoffrin. On le préfume de la main
du Sr. Paliffot.

30 *Décembre.* Le Roi, informé que
l'ouvrage intitulé *Confidérations fur l'état pré-*
fent de la Colonie Françoife de St. Domingue
a fait fenfation dans fes Colonies d'Amérique,
s'en eft fait rendre un compte particulier. S. M.
a reconnu qu'indépendamment de ce qu'il contenoit d'ailleurs de repréhenfible, l'auteur s'y
étoit permis, par des imputations grâves,

contraires à la vérité, d'attaquer l'administration des chefs de St. Domingue, elle a jugé
qu'il étoit de sa sagesse & de sa justice d'arrêter le cours dudit ouvrage, & de donner à la
mémoire du Sr. Comte d'*Hennery*, Gouverneur
de ladite Colonie, qui a si justement mérité
l'estime & les regrets de son Prince, & au Sr.
de Vaivre, Intendant qui y remplit actuellement ses fonctions avec autant de zele que de
probité, cette marque publique de sa justice
& de la satisfaction qu'elle a de leurs servi-
ces &c.

Tels sont les motifs sur lesquels est appuyée
la suppression du livre dont il s'agit & dont
le Privilege doit être annullé; ce qui lui donne
de la célébrité & le fait très rechercher.

31 *Décembre* 1777. M. le Comte d'Artois paroît avoir un goût décidé pour la protection
des arts, mais des arts frivoles. Un homme a
établi depuis peu aux Invalides un attelier pour
faire des carosses de carton. Nos Princes se
sont empressés de s'en procurer; mais surtout
cette Altesse Royale, qui a commandé un pa-
laïs, c'est-à-dire un pavillon de cette Manufacture, se démontant, se transportant & s'éta-
blissant en peu d'heures partout où elle voudra.

31 *Décembre*. La cabale Janseniste est toute
en l'air à l'occasion d'un missel. Elle cherche
à exciter de la fermentation dans le Parlement,
& voudroit que cette Compagnie s'en occupât
serieusement. Il s'agit du missel de Paris composé & publié en 1738 par les ordres de M.
de Vintimille; & qu'on vient de réimprimer
par ceux de M. de Beaumont. On reproche à

ce Prélat, par une supercherie & une falsification honteuse, d'y avoir inféré furtivement une fête en l'honneur du sacré cœur de Jésus & de celui de Marie, à célébrer le troisième dimanche après la Pentecôte, fête qui n'a jamais été prescrite ni connue de son prédéceffeur, fête qu'a toujours rejetté le Chapitre de Notre Dame, fête contre laquelle la puissance féculiere s'est déja élevée par les arrêts rendus pour les paroisses de la *Madeleine* & de *St. André des Arts*, fête enfin dont l'office s'écarte essentiellement de l'analogie de la foi & fourmille d'erreurs.

De leur côté les *Cordicoles* (c'est ainsi qu'on nomme les nouveaux Sectaires) font en mouvement pour parer le coup & empêcher la profcription folemnelle de cette moderne invention.

31 Décembre 1777. M. de Crône, Intendant de Rouen, ayant instruit le Directeur Général des finances d'une action extraordinaire pour la bravoure, l'intrépidité, l'humanité d'un Pilote de Dieppe, nommé BOUSSARD, par laquelle le 31 Août dernier il fauva lui feul huit hommes de dix, prêts à périr dans un navire naufragé, M. Necker a écrit de fa main à *Bouffard* la lettre fuivante, en date du vingt-deux de ce mois.

BRAVE HOMME,

Je n'ai fu qu'avant-hier par Mr. l'Intendant l'action courageuse que vous aviez faite le 31 Août; & hier j'en ai rendu compte au Roi, qui m'a ordonné de vous en témoigner

fa fatisfaction, & de vous annoncer de fa part
une gratification de 1000 livres & une penfion annuelle de 300 livres. J'écris en conféquence à M. l'Intendant. Continuez à fecourir les autres quand vous le pourrez, & faites
des vœux pour votre bon Roi qui aime les bra-
ves gens & les récompenfe."

On ne trouve point la qualité du Prix pro-
portionnée à la belle action ; il falloit y joindre
la Croix de St. Louis, donner un grade dans la
Marine à un pareil héros, qui, indépendamment d'une humanité rare, a montré dans fa
conduite une intelligence, un fang-froid & des
reffources qui caractérifent l'homme de génie
dans fon état : ce qu'on peut encore mieux
voir par la lettre de M. de Crofne, datée du
17 Décembre 1777.

*Extrait d'une Lettre de M. de Crofne, Inten-
dant de Rouen, à M. Necker, Directeur Général des Finances.*

,, Le 31 Août dernier, à neuf heures du
,, foir, un navire venant de la Rochelle,
,, chargé de fel, monté de huit hommes d'é-
,, quipage & de deux paffagers, approcha
,, de la tête des jettées de Dieppe. Le vent
,, étoit fi impétueux & la mer fi agitée, qu'un
,, pilote-côtier effaya en vain quatre fois de
,, fortir pour diriger fon entrée dans le Port.
,, Le nommé *Bouffard*, Pilote intrépide,
,, s'appercevant que le Pilote du navire faifoit
,, une fauffe manœuvre qui le mettoit en dan-
,, ger, chercha à le guider avec le porte-voix
,, & par des fignaux ; mais l'obfcurité, le

,, fifflement des vents, le bruit des vagues
,, & la grande agitation de la mer, empê-
,, cherent le Capitaine de voir & d'entendre ;
,, & bientôt le navire fut jetté fur le galet
,, & échoua à trente toifes au-deffus de la
,, jettée.

,, Aux cris des malheureux qui alloient
,, périr, *Bouffard*, malgré toutes les repré-
,, fentations & l'impoffibilité apparente du
,, fuccès, réfolut d'aller à leur fecours, & fit
,, emmener fa femme & fes enfans, qui vou-
,, loient le retenir ; il fe fit ceindre auffitôt
,, d'une corde, dont l'autre bout fut attachée
,, fur la jettée, & fe précipita au milieu des
,, flots agités, pour porter jufqu'au navire un
,, cordage avec lequel on pût amener l'équipage
,, à terre. Il approchoit du navire, lorfqu'une
,, vague l'entraîna & le jetta fur le rivage ;
,, il fut ainfi vingt fois repouffé par les flots
,, & roulé violemment fur le galet, couvert
,, des débris du navire que la fureur de la mer
,, mettoit en pieces. Son ardeur ne fe rallen-
,, tit point : une vague l'entraîna fous le na-
,, vire, on le croyoit mort, lorfqu'il reparut
,, tenant dans fes bras un matelot qui avoit
,, été précipité du bâtiment & qu'il rapporta à
,, terre fans mouvement & prefque fans vie.
,, Enfin, après une infinité de tentatives &
,, des efforts incroyables, il parvint au navi-
,, re ; il y jetta un cordage : ceux de l'équi-
,, page qui eurent la force de profiter de ce
,, fecours, s'y attacherent & furent tirés fur
,, le rivage.

,, *Bouffard* croyoit avoir fauvé tous les hom-
,, mes du navire ; accablé de fatigues, le corps

„ meurtri & rompu par les secousses qu'il
„ avoit éprouvées , il gagna avec peine la ca-
„ bane où le pavillon est déposé ; là il succom-
„ ba & tomba en foiblesse. On venoit de lui
„ donner quelques secours ; il avoit rejetté
„ l'eau de la mer & il reprenoit ses esprits ,
„ lorsqu'on annonça que l'on entendoit en-
„ core des gémissemens sur le navire : aussitôt
„ Boussard , rappelant ses forces , s'échappe
„ des bras de ceux qui s'empressoient de le
„ secourir ; il court à la mer , s'y précipite de
„ nouveau , & il est assez heureux pour sau-
„ ver encore un des passagers qui s'étoit lié
„ au bâtiment & que sa foiblesse avoit em-
„ pêché de profiter du secours fourni à ses
„ compagnons. Des dix hommes qui étoient
„ dans le navire, il n'en a péri que deux ,
„ dont les corps ont été trouvés le lendemain ".

Fin du dixieme Volume.